女神的肖像

PORTRAIT OF THE GODDESS

蘇晞文◎著

臺灣商務印書館

〔推薦序 I〕 側寫女神的肖像

路那*

第一次閱讀《女神的肖像》，是拜我和晞文的共同朋友引介之賜。讀畢之後，我覺得這部小說的優點與缺點可說是一體兩面——它在故事與寫作的語調上與近年來各家出版社所引入的翻譯小說十分相像。對有些人來說，這是毒藥；但對我來說，卻相當欣見於此類作品的誕生。它也許不那麼「本土」，但它卻同樣反應了一代臺灣人的閱讀經驗，反應出一代以外國大眾翻譯小說為精神食糧的讀者的喜好。意見寄出後沒多久，我意外的收到晞文的來信，針對我的意見做出了詳細的回覆；這對我來說，是始料未及的一份禮物與收穫。

再次閱讀《女神的肖像》，是接到本書將出版的消息之後。由於距離第一次讀它已經有一段時間了，我只記得大概的故事情節，而不記得那些細部的樣貌。但讀完之後，我更喜歡這本小說了。初稿上一些小地方的異樣感，在定稿的版本之中都消失無蹤，而讓人感動的部分則一如往昔的閃閃發光。我特別喜歡顧森母親講給他聽的經歷——在面對土地時油然而生的感情，以及恍然意識到自我有多麼與土地隔離，那些都是我曾經歷過的真實，而晞文將這些情感寫的真摯。同時，她也用了這樣的方式去描繪那些藝術家：他們的世界、他們的經歷、他們的殘缺、他們對其他人的看法，以及他們的藝術。這部分是我無從體驗的，卻因她的描寫而栩栩如生了起來——這不就是小說最初的目的嗎?透過作者的描寫，讀者得以遨遊於自我的經驗之外。而最讓人眼睛發亮的，莫過於其中那些曖昧不清的謎團。這些線索究竟引領我們朝向什麼樣的秘密前進?女神是誰?真相與結局又會是什麼?

何不翻開書頁，一同踏入事件之中呢?

＊路那

推理小說迷。臺大推研社顧問、臺大臺文所博士生。曾參與《謎詭》撰稿，另曾撰寫有栖川有栖、二階堂黎人、西澤保彥、久生十蘭、宮部美幸、呂仁等作家之作品導讀或解說。碩論主題為臺灣日治時期犯罪小說，以後也打算繼續努力。

部落格：盲眼貓頭鷹。

〔推薦序 II〕雙面拼圖

顏九笙 類型文學者・部落客

接下來我要做的事情，很像是比手劃腳猜謎遊戲：我要讓你知道即將看見什麼，卻又不真正告訴你。這部小說也是這樣的猜謎遊戲（作者本人或許會說是一張雙面拼圖）——直到最後，你才會知道你到底看見什麼。

首先，這是個關於**謀殺的故事**；賈克昂是個落魄的傷心人，他唯一的救贖，就是雖非頂尖卻很獨特的繪畫能力；他接受一位體弱的富翁贊助，可以在與世隔絕的莊園裡度過一年，唯一的條件就是交出十二幅畫，這個划算的交易後來卻害他差點沒命。這也是個關於**視覺藝術**的故事：陰沉彆扭的賈克昂畢竟還是個視覺藝術家，透過他，我們得以看見一個異常鮮豔動人的世界，還有在其中掙扎的不同創作者。在這個世界裡，有個女神般美麗的女子，以及對她虎視眈眈的惡魔；所以到頭來這成了一個**愛情故事**，雖有死亡出場攪局，卻仍然有個匆促而美好的結尾。

至少乍看之下如此。

但是小說的第二部分開始了，一切從頭來過。莊園仍然存在，居住在此的藝術家與病弱的主人也還存在，但是許多在第一部分沒有點明的線索，將會開始一一浮現出來，而且，就像莊主一樣，每位藝術家都有不可彌補的缺憾。所以，這也是個關於差異與人性的故事（但絕非「勵志」故事）。

第二個故事和我們聽過的第一個故事彼此衝突，那麼真正的完整故事到底是什麼樣？當然，你必須自己揭開女神肖像上的最後一層面紗。

就像賈克昂的作品一樣，蘇晞文的小說並不是全世界最棒的，但她很獨特。如果你有一點點好奇，請別客氣，一起來欣賞她剛完成的雙面拼圖吧。

目次

〔推薦序．I〕側寫女神的肖像 i
〔推薦序．II〕雙面拼圖 iii

第一部 海馬迴和女神
＊1—4 003

第二部 寫實的肖像畫
＊庫瓦娜．蘭金 075
＊顧森 109
＊席薇亞．克萊爾 155
＊路威繁 180
＊奧利維．岱佛 218

第三部 畫展
＊提格．法柏 253
＊史提．艾默斯 263
＊克萊爾．法柏 273

第一部

海馬迴和女神

1 

離開的時刻越來越接近了。我原本打算守好我們之間的秘密，直到我躺進棺木——照理說，我至少值得一次像樣的喪禮。在她死後，那些惡夢一夜接著一夜地滴在我的額頭上，我的決心隨之瓦解，不像過去那般堅強。我不想牽連無辜的旁人，卻總是難以迴避。然而，身為世界上最後一個知道真兇是誰的人，我再不動筆，那段經歷將永遠保持緘默，枉死的靈魂勢必會在陰間繼續追問我：你為什麼不把真相公開？

如同面對著散落滿地的拼圖，我需要一片形狀和細節辨識度高的圖塊做為起點。多年以前那場慈善義賣的晚宴似乎是最好的選擇。

＊＊＊＊＊

晚宴快結束之前，阿默將我引見給肯薩斯先生。此人正在為迪倫．古德生的莊園招募藝術家。

當時我已經喝得很醉，卻又沒有醉到願意立刻答應。

他說：「我們需要有才華的人，會畫又會寫是最理想的，當然，外表不重要，有好幾個人向我們推薦你，所以我們才來這裡。」他的話口氣聽起來不太甘願，而且還帶刺，我可以想像他會對著雙腿被截斷的人說：「聽說你以前跑得像獵豹一樣快，現在應該也不差吧？老天啊。」

「我知道我很有才華，但那是上輩子的事，我已經投胎改做普通人了。」說完後，我轉身打算再去酒吧拿酒，阿默卻拉住我的手臂，不讓我離開。

肯薩斯盯著我看了好一會兒，說：「這對你是個很好的機會，你完全不會有任何損失。」他接著解釋，整段話的大意就是迪倫．古德生會供應我日常生活和寫作需要的物品，但不包括香煙和酒，我只管安心待在莊園裡創作。作品內容要和莊園相關，但形式不受限制。每星期我最好能完成預先排定的進度，只要通過他們的例行審核，我就能支取零用金。一年合作期限到期的時候，最多再延個半年，我必須交出至少十二幅畫或其它形式的完整作品，如果一切進行順利，我可以再拿到額外的酬金。肯薩斯還說目前已經有別的畫家和雕刻家進駐莊園的工作區裡，我會有共同從事創作的同伴。他在整個說明的過程中沒有什麼表情變化，一副他不過是個銀行小職員，負責拿出表格要我填寫資料，不帶感情地建議我申請某種免除利息的貸款，只要我拿自己的腦袋當抵押品。

我聽過迪倫．古德生這個人，他確實很有錢，但那個肯薩斯大可去找更有名氣而且多產的創作者。我推說我手上有別的計劃，還慫恿阿默引薦其他人選給他。

肯薩斯說：「有人真的很喜歡你的水彩畫和那些小故事，我們目前不會考慮還沒研究過的選項。」他停頓一下，又說：「不勉強，你好好想一想，要不然再談下去只是浪費大家的時間而已。」

「謝謝，不過，我真的不是很有興趣。」我嘴上這麼說，心裡卻明白我除了答應之外，恐怕沒有更好的選擇。

阿默看出肯薩斯想立刻結束談話，他追問：「這個計劃最快會從什麼時候開始？」

「隨時都可以，只要這位先生簽下合約，他很快就會在最好的環境裡專心創作，我要再強調一次，這個計劃絕對不會讓他吃虧。」肯薩斯邊講邊拿出名片，要我考慮好之後再跟莊園經理聯絡。他起身離開的時候，只對我們隨意點個頭，連握手假裝預祝合作順利的意願都沒有。

阿默問我：「你還會有什麼損失？會比現在更糟嗎？」

我看著名片上那個陌生的名字，一時之間，我沒辦法答話。

三個多星期之後，我在約定的會合地點搭上直昇機。歷經幾個小時的耳鳴和暈眩，發軟的雙腳終於抵達迪倫．古德生的私人天堂。

2

沒有人可以從大門一眼望盡蓮思莊園的全貌。普通訪客若是搭車從主要聯外道路上來莊園，他們得先在大門入口的守衛室確認身分，再由專人陪同穿越漫長曲折的浮雕迴廊，才能順利到達莊園的主建築區。

當時我從莊園右後方的直昇機停機坪進入，經過搜身、登錄私人物品清單、拍照等等彷彿入監服刑的程序之後，工作人員告訴我，日後只有當我必須緊急離開莊園時，才會再度進入這個高度警戒的貴賓入口。我本來以為每個藝術家都有如此的接送排場，後來才知道，那天我之所以能搭直昇機上山，是因為他們先前趕著載送幾件雕塑給在機場等候的國外買主，莊園經理要機師回程時順便載我一程。

暈機和莊園的海拔高度讓我口渴得要命，我的耳膜就像快要撐破的汽球，我不斷聽到尖銳的唧唧聲。帶路的工作人員步伐很急，一路上他眉飛色舞，為我詳細介紹莊園的歷史和建築特色，我卻只能聽到某些片段，視線也沒辦法持續定焦在他指著要我觀賞的地方。

帶路的人說：「這棟建築有兩層樓，一樓挑高四米六，採光和隔間都是專為藝術家打造的，我們工作人員住在二樓。整個建築物的外圍輪廓就像一個馬蹄鐵。」他怕我不懂，還加進手勢。「兩邊盡頭的尾端再延伸出去，分別各有一間長形的房間，一個是大型工作室，一些尺寸很大的雕塑和油畫都會放在那裡，另外一邊的大房間是藝術家的交誼廳，你們可以在那裡用餐和舉辦活動。」

他停下來，回頭確認我跟上他的腳步，又繼續說：「馬蹄鐵圓弧的內側面對著蓮花噴泉池廣場，每個藝術家的房間都有落地窗可以望向廣場，再來是中央花園，還有更遠一點的浮雕迴廊。外側最特別的就是涼廊的設計，像現在，我們可以自由走動，不用擔心淋雨，不用曬太陽。」

我抬頭往上看，發現涼廊的天花板每隔一段距離就會出現大理石圓拱，雕著各種花草和動物，圓拱的底部連接著光滑的象牙色大理石柱，石柱下方基座刻成海浪洶湧的形狀。我猜，涼廊地板應該是先以淡藍色的水泥漿打底以後，再拌入貝殼碎片和細圓石，它們輕輕刮過我的鞋底，就像海灘的細沙在趾縫之間摩挲。通往地面的階梯全部用藍色玻璃片拼貼裝飾，色調時深時淺，下午四點的陽光拂遍我們行經的路徑，梯面折射出金色碎光，建築物如同正被浪潮一波波往前托，在太陽神的凝視之下，緩緩浮昇。

接近涼廊盡頭時，他停下腳步，打開門，說：「這裡就是你的住處兼小型工作室，希望你會喜歡。」他簡單說明保全設備的使用方法和莊園生活規則之後就離開，讓我休息。

房間比室外陰涼許多。我放下行李，坐在大書桌前，手指小心拂過放在桌子左側的電動打字機。桌旁有畫架，還有小型的木製工作檯，顏料和畫筆整齊排在工作檯上。書桌正對著一扇窗，我起身繞過書桌，拉開實木製的百葉窗片，光線唰地沖進整個房間。十幾公尺之外是蓮花噴泉池和花園，加上遠處的綠色山稜線以及邊緣鑲著金線的雲絲，就像一幅被窗子框住的水彩風景畫，這樣的景緻對我來說太過奢侈，它們需要日復一日被緩慢而仔細地品嘗，我不想在第一天就過分貪婪，所以我將注意力放回房間內部。

這是個高挑寬闊的房間，一顆人造的寧靜之肺，將清淨的微風吸納進來，隨後吐出旅人所有的疲累。我躺在軟硬適中的床墊上，閉起眼睛，膨鬆的被子和枕頭有薰衣草的香氣，那時候，我真的以為住在天堂要付的代價就只是畫圖和打字。

不知不覺我就睡著了。

某種冰涼涼的清脆響聲陸續流進我的夢境裡。

一串風鈴懸掛在空中。它正在發狂，鐮刀狀的鐵製鈴片沾滿黏糊糊的暗紅色液體，後方黑色的門開了又關，關了又開，碰！碰！碰！

接著，我聽見並且感覺到自己喉嚨正沙啞地咕噥著，眼前一片黑暗。等我完全回過神，記起當時身在何處，我才留意到房門旁邊有個螢黃色的方形燈閃閃爍爍，發出叮鈴鈴的聲音，同時外面有人正用力拍門。我掙扎要翻下床，連鞋都來不及穿，趕緊把手掌貼在方形燈旁的儀表板上，解開保全鎖。

我打開門，門外好幾個人都嚇得往後退，沒有一張臉孔是我看過的。

「賈克昂．諾耶先生，你還好吧？」有個男人的聲音冒出來。

我張開嘴想說話，卻只覺得膝頭發軟，全身冒冷汗，不停發抖。

男人又說：「我們發現你錯過集體的用餐時間，猜你可能想在房間單獨用餐……服務員試著要跟你確認餐點，可是電話沒有人接……」

後面的話我全部沒聽進去，因為我昏倒了。

****

我在莊園的醫護室裡忽睡忽醒躺了好幾天。那裡就像醫院的急診室，空間雖然不能跟大醫院相提並論，但是重要的醫療設備似乎一應俱全。淺田醫生仔細詢問我的狀況。我回答時暗想，這裡薪水肯定不少，不然怎麼會有醫生願意待在這種偏遠的私人住宅裡？男女護士各一名圍在我的病床旁邊，輕手輕腳地幫我調整點滴，慢慢搖起病床，準備口服藥，熟悉的藥水味令我心情惡劣。我才剛到莊園，還沒來得及和其他成員見面，居然就以暈倒做為開場；我覺得難堪得要命。

「賈克昂，我是蓮思莊園的經理，我叫柯希雅，我們之前通過電話。」柯希雅突然出現在淺田醫生的身邊，跟我說話。

她順手把發亮的黑色長捲髮攏在耳後，曲線俐落的彎眉像用炭筆仔細描繪過，蒼白皮膚、深棕色眼珠、沒有抹上彩妝的嘴唇，幾乎就是我無數次幻想出來的模樣，她的嗓音聽起來無比滄桑。我的臉瞬間漲紅，但是我盡量保持鎮定。

「不會介意我直接叫你名字吧?你現在覺得怎麼樣?」她的問候聽起來很緊繃。

「好多了，謝謝你們。」我知道他們大概沒辦法從我的表情感受到我的歉意，所以我馬上又接著說：「真的很抱歉，我以前沒有這樣昏倒過。」

「可能是因為山上的高度，還有第一天，太累了，也太久沒有吃東西。」淺田醫生試著向柯希雅解釋我的病因。我懷疑他其實另有想法，因為他盯著我看的眼神帶有責備和疑問。

「沒事就好，我們嚇壞了，大家都很期待跟你見面呢!」柯希雅說。

我沒說話。

「別擔心，過幾天還會有新的藝術家加入我們，到時候再一起辦個歡迎會，我們絕對不會忘記你的。」她看出我仍然沒有意願多說話。「你就先休息吧，等你舒服一點，我們再來談合作的事。」她拍拍我的肩頭，跟醫生點過頭，就匆忙離開醫護室。

之後大概有七天左右的時間，我半躺在床上，像艘破船，在高燒盜汗的浪頭和畏寒嘔吐的漩渦之間浮盪。炎夏日光無聲無息地從花壇角落移向深棕色窗框上，停留的時間久到快要把木製窗框焚燒起來，然後才慢條斯理地前往我視線所不能及的地方。意識清醒的時候，我會反覆回想她輕拍我肩頭的節奏和力道，臆測她說過的話是否帶著厭煩。她也用同樣的態度對待其他藝術家嗎?我要怎麼做才能讓她意識到我和別人不同?

淺田醫生說我的健康狀況「非常需要密集的醫療照護」，所以，除非他認可，不然我只能像個退休的有錢人，在避暑山莊裡無所事事，專心休養。

沒有人來探望我。

戴夫．維立歐到達莊園的當天晚上，果然就如柯希雅提過的，他們舉辦了一場歡迎餐會。淺田醫生終於同意讓我離開醫護室。我回到還來不及熟悉的房間，破舊的行李箱留在原來的位置。有人將床單鋪平，上面完全沒有我睡過的痕跡，窗戶緊閉，整個房間聞起來像剛用消毒藥水刷洗過的停屍間，我想起剛到這裡時做的第一場夢。

我穿上黑色棉衫，外加深灰格紋的毛呢獵裝外套，那是我以前整理舊衣捐贈箱的時候拿來的。它缺了最下面的一顆扣子，手肘彎曲部位的麂皮已經磨到發亮，雖然我洗過它好幾次，衣料還是隱隱留著霉味；顏色最淡的那一條牛仔褲破洞看起來比較不明顯，所以它得以入選參加宴會。

我走進交誼廳的時候，原本交談的聲音全都靜下來，只有音響放出來的音樂繼續在空氣裡跳著舞，上上下下，前進後退。

柯希雅站在一小撮人的中間，她的視線很快就掃瞄到我，她微笑著快步走到我身邊，舉起水晶高腳杯，大聲宣布我的蒞臨：「這就是賈克昂．諾耶，莊園接待的新畫家，他寫的詩和故事也很棒，大家來跟他打個招呼吧！」

＊＊＊＊

認識阿默之前，藝文圈的聚會不曾出現在我的生活裡，勉強要算的話，就只有當我待在生鏽破爛的貨櫃裡看書，讓思緒和作者們進行無聲而不連續的討論。除了偶爾會有慈善團體的志工送東西過來之外，大部分的時間我都是獨自一人。

我白天出門，先到固定常去的幾個定點撿拾可以回收賣錢的廢棄物，有時候會撿到很不錯的書、只用一半就丟棄的顏料、發黃而從未使用過的舊紙、尚且堪用的小電器和家具等等；若是碰巧有臨時工的工作，我通常不會拒絕。當天氣太凍，手邊連買包煤炭生火取暖，或是吃個三明治的錢都不夠的時候，我會去敲附近教堂的門，請他們給我一點食物，或是讓我待個幾天撐過暴風雪，之後我會幫忙鏟雪或修補屋頂來償還他們的救濟；他們認識我，知道我的確盡力討生活，所以他們比較能夠容忍我。我也曾經在為受虐兒童募款的勸募箱裡捐獻過一點錢，我會提到這件事，絕非想要塑造我為人慈善的形象，我不過是要讓你們知道，我們這種人，並不總是在「壓榨」社會的善意，我們手心向上請求施捨，我們也會手心向下主動給予，雖然價值少得可憐，名字從來就沒有機會被刊登在捐款名錄或刻在紀念碑上面。實在萬不得已，我才會去庇護所。我會因為這種一無所有，有時近似乞討的生活而感到羞恥嗎？會。雖然我的臉很能藏住羞恥，但是我不打算在心理層面有所讓步。我依然懷著一絲所謂尊嚴和希望的東西，不願意讓自己徹底習慣這樣的生活。我心有寄託。

如果不太累，晚上我會花點時間把當天看到的特別景象畫下來，在圖畫背面寫幾段註記文字，有人說那些是詩句。例如，有個女孩在公寓裡養了一隻白色的大肥鵝，她常常帶著牠在附近的人行道蹓躂，白鵝的頸子上面鬆鬆地交叉纏上粉紅色緞帶，樣子像小芭蕾舞者的腿。路人看到這個景象，總會想要跟女孩攀談個幾句，不見得單單只對她感興趣，也許這隻悠然而不怕人群的白鵝才是引發好奇心的主角。女孩卻始終不答話，甚至很少回望別人。我畫了兩張構圖不同的素描稿，一個是女孩趴在白鵝的背上，像套上毛衣的袖子一樣，把兩隻手伸向白鵝攤平的翅膀，最後她的手背和翅膀末端融合成為一體，在夜空飛翔，下方是成排破舊的鐵皮房屋。另一個是女孩和白鵝回到狹窄的房間，她脫下人皮，裡面是隻流著眼淚的黑色長頸天鵝，白鵝脫下豐滿光滑的羽衣，裡面是個瘦小的老女人，全身皺巴巴。

作畫的時候，我彷彿回到過去，她安靜待在我的身邊，看我畫畫，或是和我一起亂編故事。我們失聯二十多年，我一直在打探她的消息，卻又害怕真正和她重逢的時候，我會說不出話。我不知道該怎麼告訴她自從那件事發生之後我吃過多少苦，最叫我難受的是她不知去向，那些有可能知道詳情的人卻提防著我。如果這些畫能夠讓她了解我這二十年以來的經歷，說不定，我們還有互相彌補的機會。

白天經營畫廊，晚上當探訪志工的阿默，也就是那個帶我和肯薩斯見面的朋友，他無意間看到我在畫畫，問我願不願意讓他們經營的小型出版社出版我的作品，他會先預付一筆版稅給我。我猶豫很久，最後挑出六十張內容比較簡單的水彩畫給他，這只是我作品總量的零頭而已，畫紙因為保存條件惡劣，泛黃發縐，而且有蟲蛀的洞痕。原先我擔心他會騙我，或情況剛好相反，我的東西會害他賠錢，結果他告訴我，那本像明信片又像小詩集的書賣得很不錯，他們先把我的畫按照四個季節的次序整理過，然後再細分為每星期一張，有些還剛好符合重要的節日，像是情人節、感恩節之類的，讀者可以把書頁撕下來當卡片。畫稿後面的文句被他們視編排需要刪減不少，最後成品的書名是《我想對你說》。

我不在意這些作品評價如何，我知道那些都不是我最好的作品，畫稿上面沒有署名，至於合約，我連看都沒看就隨手扔掉，可是這本書的預付版稅的確救了我的命。有天警察來找我，說我住的那個破爛貨櫃佔用公有地，附近居民一直打電話向他們申訴，指控我可能躲在裡面嗑藥，說不定還囤滿垃圾、贓物、土製炸彈，是社區公共安全的隱憂。我請警察進門，讓他們判斷我是否真有嫌疑。他們隨意看了兩眼，沒有真的打算要仔細搜查，只說，沒辦法，就是一定要拆，你趕快找地方住。他們向我要社會安全號碼和證件，我說之前遭小偷都被偷走了，還沒有申請補發。

我要住哪裡？我能在哪裡畫圖寫作而不被打擾？我絕對不要跟陌生人擠在收容所，被分類建檔，被追問我過去發生什麼事，為何落到今天這種下場。

阿默及時把版稅交給我。我忙著整理所有的畫稿，僅僅另外再收幾件衣服和幾本書，搬進附近一間便宜的兩房公寓。那棟六十多年的老房子已經沒什麼人願意住進去了，經常停水斷電。

阿默說，只要我願意繼續畫下去，事情總有一天會變好。

阿默的優點就是他不會過分好奇，你不用交出自己的秘密換取他原先就預備好要提供的資助。他說，他跟藝術家打交道二十幾年得到的結論就是：知道的越多，問題越多。

他舉了一個例子，說他有次向買家介紹一張裸女油畫的時候，心裡同時忍不住犯嘀咕：「請您看看，獨樹一格的造型，誘人的線條，女畫家就是用這副漂亮的身體搶走好朋友的老公，到手之後又甩掉他，害他跳海自殺，她也不時向我借錢，哭著說放高利貸的人在追殺她，她還說假如有必要，她願意忍耐，跟我上床，您不買這張畫，我就不知道什麼時候才能把錢收回來，我愛她的作品，可她真是個難纏的女人，所以您不如就乾脆一點，下手買吧。」

我不清楚藝術經紀圈子的生態和規則，例如，經紀人和藝術家之間的公私界線應該劃在哪裡，我猜他做的無非是有限度地幫助藝廊代理的藝術家能規律創作，並且盡可能提高他們作品的市場價值。他之所以願意在街頭探訪我們這些人，可能只是想要挖掘所謂不世出的素人藝術家，因為簽下早有名氣的藝術家對他而言已經失去挑戰。阿默還說過：「他們拿了錢要去做什麼我不管，我一點都不想知道，不要太誇張就好，最重要的是他們要能繼續工作，他們搞不清狀況，這不是為我，是為他們自己，很多人老是以為靠自己就能找到買家，他們心思放錯位置了，我不缺能替我賺錢的藝術家，但他們真的很難找到會為他們著想的經紀人。」

他幫我接洽一些繪製書本封面和內頁插畫的案子，有時候會買品質好的顏料和畫紙送我。他讓我看過所有他代我簽收的取款憑據，親自把稿費和贈書送到我手上，向我證明他一毛錢都沒拿，完全義務服務，我知道那些零星小額的稿費，他也看不上眼。我曾經懷疑他在放長線釣大魚，想取信於我，之後他就可以拿到我所有的畫稿，當作另外一本商業出版品的素材；也可能是他想拉攏我，讓我跟他的藝廊簽約。可是，兩年多過去了，他完全閉口不提第二本書的計劃，也不曾主動提議要看我的新畫作，每年年中和年底，他都會給我一筆錢，說，這是你的書賺來的，你自己的錢。我不免猜想他可能認為我還不夠資格成為他專門代理的畫家，就算事實如此我也不會難過，我正好樂得不用礙於人情而承擔強制性的長期合作關係。

不管他真正的動機是什麼，他的耐心對我而言是份禮物。獨自生活，豎立高牆阻擋他人接近，乍看之下似乎是種很安全的生活方式，尤其對於我這樣的人而言。而阿默卻讓我不得不承認，這種拒人於千里之外的態度事實上非常耗費心神，因為我正使出全力，抗拒內心想要擁有正常人際關係的渴望——我想要在無須設防的情況下被傾聽，被賦予尊重，被讚賞；即便我知道那些好聽話很可能是出於善意的偏見。

有好長一段時間，阿默幾乎是我唯一的談話對象，他說過的話有些在我的腦中停駐許久，猶如畫布上的油彩，縱使顏料敵不過時間的力量而褪色，蒙上塵埃，產生裂痕，但他的獨特筆觸終究還是存在，依稀可辨。

他去找我的時候通常會帶點熱食和飲料，就像前菜和餐前酒，以便喚醒對話的味蕾。他會談論時事，分析慈善機構的救助資源何以會分配不均，抱怨每年見鬼的冬天等等，但是大部分的談話主題還是圍繞在他經手的藝術交易。

「你記得那個做怪物雕像的男人嗎？」

我點點頭。

「下午他突然拿著雕塑刀跑來找我，說他的惡龍雕像在富比士拍賣會可以賣到一百萬歐元，我一定違反合約，拿走大部分應該屬於他的錢。我真想跟他吼，富比士？他們眼睛瞎了嗎？還是你根本就瘋了！」

「結果你說什麼？」

「我說，原來你的作品能炒到這麼高的價格，我真的是第一次聽說，可見我的經營策略，和你對作品價值的期待之間產生非常大的誤差，我真的感到很遺憾。說實話，我恐怕沒有能力用這種價格賣出你的作品，如果你沒有意見的話，為了你好，我願意放棄對你的作品的獨家經營權，讓別的畫廊或經紀人接手。」

「嗯。」

「他聽我講完以後，整個人就傻住了，結結巴巴說，我……我只是要測測測試你，很好很好……你你你過關了……。講完他馬上轉身走人，我都還來不及回話。拜託，我光是說服收藏家拿八千美金買他那隻怪龍放在院子中間，就花了我兩個多月的時間，他體會不到我的難處，他的藝術神經只忙著感覺自己，感覺美金和歐元。還有，我要告訴你一個秘密，茱蒂介紹的那批藝術家是恐怖份子。」

酒精會改變阿默平靜斯文的臉，彷彿有人在他的臉刷上薄薄的一層永固玫瑰色水彩顏料，再用圓筆悄悄更動他的輪廓線，酒精還會催化他的戲劇細胞，讓他用誇張的方式形容這些奇特的人。

「他們啊，把租來的畫室弄得一團糟，那些畫呀，就像他們拿剛屙出來的狗屎往畫布一炸，相信我，我真的聞到臭味了。有個男人，他把上過石膏打底劑的木板丟進紅酒裡浸泡三天，拿出來晾乾以後，再把酒瓶的碎片貼滿整片木板，有的碎片邊緣還有血跡。他告訴我，這幅畫的標題是〈法國波爾多的秋日：酒精濃度13％〉，還特別提醒我，他把酒標貼在整張『畫』的中間，瓶子上的酒標可以證明產地。真要命，他們根本就是不定時炸彈，他……」

「那你就是我見過最厲害的拆彈專家。」他的話還沒說完，我就脫口而出回了這句話。對話突然暫停。他看著我，眼珠動來動去，我記得當時的場面很尷尬，所以決定離開沙發，假裝要在地板角落的書堆翻找舊書。

「剛剛你是在稱讚我嗎？」阿默問。

「大概吧。」

「聽起來感覺不錯。」

我聳聳肩。我們的對話大部分都結束在我顯露出不置可否的態度、無意再繼續交談的時候。

隔年，因為冬末春初的融雪引發水災，我住的公寓西南側快要坍掉了，政府貼出危樓公告，要所有人在期限之內遷出，以便他們拆除。我搬進市區一間窄小但乾淨的套房，有熱水和暖氣，但是再也沒有多餘空間足以存放我累積多年的書和畫稿，所以我將舊書寄放在藝廊的倉庫，大半的畫稿委託阿默處理，請他從賣畫的錢扣掉租用倉庫的費用。

他雇人清查所有畫稿的總件數，詳細列出個別名稱、尺寸大小、使用媒材等資料明細，拍照建檔，還擬了委託合約書，合約末頁加上一項特殊的附帶條約：我有隨時片面終止委託藝廊處理作品的權利。

我雖然十分感激他提供的寬厚條件，但是我不願意提供任何身分證明，我堅持賈克昂．諾耶就是我的名字，只要在合約上簽名，我認為整個交易就談定了。他看過我畫圖，應該知道那些畫稿都是我的親筆創作——我沒有盜用別人的圖。

阿默說：「事情沒那麼簡單，我的責任要確保畫作的來源一切合法，也要幫你保護自己的權益，事實上我到現在還是不確定你真正的身分，除非，我找警察幫忙。」阿默講完後，直盯著我看，我沒有見過他的眼神變得如此嚴厲。我有點害怕，想要取消整件事情。

他看我不回話，只好主動開口：「還有，你不怕我到時翻臉不認帳？說不定我以後突然出意外，死掉了，藝廊裡沒有其他人認識你，你拿不出任何文件證明你就是合約上簽名的那個人。」

「對照筆跡不行嗎？」

「還不夠，而且，你能保證到死之前，你每一次簽名都會簽得很相像？我本來要請攝影師替你拍幾張照片，可是我猜你大概不會答應。」

「不要，」我光是聽到這個提議就渾身不自在，「而且我也沒有銀行帳戶。」

「我不可能每次都提著現金來見你，尤其以後賣畫的錢可能會越來越大筆。晚一點我陪你去開戶。」

「沒這個必要。」我一直搖頭。

「我是說真的，你不能這樣搞。」

「你沒有處理過類似的狀況嗎？」

這個提問帶有風險，我清楚得很。我堅持不肯提供身分證明文件就足以讓他對我的來歷起疑心，非但如此，我還反過來暗示他可能從事過違背正確程序的交易——無論程度有多輕微，進而誘使他重施故技。我也可能破壞我們之間盡可能不多涉入對方私事的默契。

阿默看著我，說不定在考慮各種回答的得失，評估是否值得為我冒險。我一度想要奪門而出，心裡盤算著從此不再和他見面的損失會有多嚴重，同時間我卻又妄想著一次僥倖，我們這幾年的相處或多或少能形成某種程度的信任，只是我不確定這樣的信任是否存在於世間。

最後他嘆口氣，說：「有，但那一次只有兩件小尺寸的油畫，是我一個老朋友的客戶，想把長輩留下來的舊畫脫手，舊畫沒有列在遺產明細裡面，他不想公開，也不太計較價格，數字有到基本的水準就行了，只要買家那邊報稅和付款的程序好商量，他就願意成交，賣畫的錢會分好幾筆匯進老朋友的帳戶，剩下的細節我就算可以講出來，你也不會在意的。」

「就當成我先把大部分的錢寄放在你這裡，如果還有什麼稅什麼手續費的，扣掉以後再給我，我需要錢的時候會提早跟你說。」

「所以我變成幫你管錢的會計師，還是保險箱？」

「如果你覺得值得的話。」我知道自己沒有資格佯裝得如此理直氣壯。

換成他不講話。

「就像我們合作第一本書的時候……幫我出書和賣畫不是都差不多嗎？」

「不對不對！前幾天我只是先大概翻了一下照片清冊，你的畫有幾張，我保守地說，賣出去的總金額會是你賣書領版稅的幾十倍，說不定是上百倍，原作和複製品的價值是不一樣的。」

我聽到時悄悄倒抽一口氣，我從來沒有想過自己能賺那麼多錢。

「再來，買書的讀者不會要我們提供來源合法的保證，不管書裡面的畫是真是假，都不會影響到書籍本身的價值，二手書市場的價格不在我們討論的範圍內。可是如果我賣出去的畫來源不清不楚，這會影響到未來畫作增值，還有在市場交易流通的困難，除非你是好久以前就過世的大師，作品因為戰亂、竊盜或是其他事情，轉了好幾百手，最後神秘地到了我的手上，經過專家評定是真跡，我百分之百確定你不會活過來跟我要錢，也沒有隨時跳出來聲稱享有繼承權的子孫，我才能說，喔，是啊，賣你的畫就跟授權出書一樣簡單！」

「我不是故意要找你麻煩，真的，我只是，覺得這樣比較好。你冒一點畫作來源不明的風險，我冒著失去原畫和收入的風險，假設我們這樣來算的話，你會不會比較不吃虧？」

「你說得好像我穩賺不賠一樣，而且我聽起來感覺還更惡劣，好像我吃定你，只要逮到機會就可以坑你，然後你會像那個雕塑家一樣跑來找我，指責我污掉你們的錢！你會拿什麼來找我？啊？絕對不會只有一隻油畫筆，對吧？拿槍嗎？半夜跑來我的畫廊潑油漆搞破壞嗎？」他越說越大聲。如果我真的再不知好歹一點，我甚至可以反譏他是不是做賊心虛，否則何必在糾紛尚未發生之前就把話講得那麼難聽？我當然不想如此對待他。

「先不要生氣，聽我說，好嗎？你看看合約還需不需要加上其它額外的條款，萬一我最後真的會瘋成那樣的話，你就能避掉麻煩。我是說真的，我願意簽名，要我蓋手印都行。」

「賈克昂，我不是要你簽賣身契，我們要互相幫忙，而且最好能合法又合情理，這是最好的狀況，我不懂為什麼這件事對你來說會這麼困難？」

因為我還不打算讓你懂。我心裡這麼想。

「那就不要賣原畫。那些畫稿除了出書之外，應該還有其它可以簡單授權的發表管道吧？只要能讓我繼續畫，賺點錢生活就夠了。我們不要再爭了。就照以前的方法。」

我們僵持不下，兩個人都覺得精疲力盡。我不知道他在工作的時候那麼嚴肅，但他倒很清楚我有多固執。

他說：「好。」

當下，我的眼前開始浮出色彩，這個「好」字如果變成一張畫，我會先用2英吋的排刷沾取鈷藍色水彩顏料在畫紙大片渲開，等到水份幾乎全乾，我拿出舊牙刷，沾上鈦白顏料，或許再加點赭黃去調色，接下來，姆指輕柔快速地撥動刷毛，在紙面噴濺出扇形的細緻雨點，仔細調出像櫻花花瓣末端的淺桃粉以後，用半濕的圓筆筆尖略略勾勒阿默起伏且佈滿毛邊的聲線，畫面的中間偏右，將會有個小小的橘黃色半球體停留在充滿水氣的藍色水平線上，做為最後落下的尾音，代表我知道阿默終究會想辦法以漂亮的價格賣出我的畫，正如他了解我在作畫的時候，絕非毫無野心。

阿默建議我嘗試不同性質的水性顏料，甚至是油畫。搬家和簽約的事情底定以後，我買了簡易的戶外用畫架，它可以折起來充當畫箱，裡面放工具。他問我要不要去上課，可以學習更多作畫技巧，當作是開開眼界也行，他願意先幫我墊繳學費。我上了大約十堂的油畫入門基礎課，老師要我們開始練習自畫像時，我就決定再也不去，改成在家自學。我請阿默幫我挑幾本參考書，每天對照著臨摹練習。我對繪畫創作的態度日漸改變，從紀錄生活的輕描淡寫，轉變為在專業領域的挑戰，不同媒材於紙面上相互衝撞，激起創作的欲望電流。

他要我專心在家讀書畫圖，別再到處撿拾舊物，要不然去博物館或藝廊參觀其他藝術家的作品也好，我婉拒他的提議。他不明白每天在街道步行探索對我何等重要，這是我投身世界的方式，感受路人迎面而來的厭惡、閃避、好奇盯視、譏諷、善言探問等種種反應；忍受被弄髒、被割傷、被臭氣包圍；彎腰，負重，走到腳趾甲剝落流血，這一切就如同苦修之於追尋悟道的禁欲僧侶，而繪畫就是我的涅盤，我拿著畫筆坐在上帝右手邊的寶座。就算他們把像我這樣的人視為腸道皺褶裡無害且醜陋的瘜肉，我希望自己有朝一日能讓整個社會放出來的屁是香的。請原諒最後一句絲毫沒有美感的譬喻。

日復一日，我用不同的紙張、畫筆、顏料、刮刀或自製工具做實驗，甚至在調好的顏料中加進奇怪的佐料，例如從報廢汽車鋼板刮除下來的鏽鐵屑、木材工廠鋸木產生的粉塵狀木屑或被刨下來的蜷曲木屑、麥糠、碎煤炭，我節制地使用這些添加物為畫作增加立體的特殊觸感，觀賞者單憑眼睛和記憶，就能感受到它們的粗礫。隨著畫作尺寸越來越大，我鼓起勇氣向阿默借用畫室，那裡有穩固的大型畫架，空氣流通，光線充足，沒有多餘的雜物引人分心，只不過，無法創作的焦慮同樣也會在寬敞明亮的畫室裡無限擴張。如果創作者只專注在自己的無能為力，就會像個長時間直視太陽的傻瓜，最終只落得雙目失明。

*****

有一天，我撿到兩大疊過期的現代藝術雜誌，它們堆在某棟大樓後面防火巷裡的垃圾箱旁邊。我直接帶回家擱在牆角，沒有拿去回收場換錢，有時間就翻個幾頁慢慢讀。

我看到她了。我毫無心理準備。

她的臉出現在雜誌上，全頁，黑白的半身特寫照片，爪狀胎記淡淡地浮出未扣上鈕扣的襯衫領口，額角仍然留著一小截幼時受傷的凸起傷疤。那張照片看起來就像二十年後的她。記者在文章的最末段提到她訂婚的訊息，男方出身望族。

原來如此。她雖然沒有我的陪伴，卻還是像朵稀有的水晶蘭花一樣長大了，在閃光燈的照耀之下，為別的男人綻放微笑。原來，我是個被扔進太空船艙的星際流放犯人，獲准在執行死刑之前隔著透明窗，觀看充滿樂趣的宇宙往外不停膨脹，色彩斑斕的星雲在真空中盛開又枯萎，那些由猩紅、檸檬黃、那不勒斯藍、溫莎紫、苔蘚綠所構成的快樂是如此寂靜而歡愉。

那一期雜誌是三年多前發行的。我想辦法查到那家藝術經紀公司的電話號碼。選定一個陽光普照的早晨，喝了兩杯加進大量砂糖的黑咖啡後，我踏進公共電話亭，準備打電話到她工作的地方。我的手不聽使喚，試了好久才投進足夠的硬幣，還不斷按錯數字鍵，像做惡夢一樣。接聽電話的人說她很早以前就離職了，據說她人在國外另謀高就。我掛上話筒，很訝異地發現自己的心臟居然還在用力跳動，我只覺得全身癱軟，再也沒有力氣往外走任何一步。我忘了當時我是怎麼回到住處的，只記得眼前的天空又藍又乾淨，讓人想在上面抹上髒污的顏料，然後乾脆用力撕碎它。

後來，我開始真正靠原畫賺到錢，可是後續完成的每一張作品我都看不順眼。進行中的畫作往往只塗了幾筆，我就判定整張畫已經徹底完蛋，無可救藥。我把雜誌上那張照片拿出來放在畫架上，想為她畫張肖像畫，可是她的微笑好刺眼，刺得我淚水直流，我似乎能感受到她的快樂，可是那份快樂並不會因此而歸屬於我。她怎麼可以如此美麗地獨自活下去？她有試著找過我嗎？我不敢往下猜想，因為她若是真的有心，她一定知道可以在何處聯繫到我。清醒作畫的時間越來越少，我終日昏睡，每次張開眼睛，發現自己還活著的那一刻真叫我難以承受。

寫到這裡，我試圖用現在的視野去觀看過去的我——為何當時我沒有採取任何一種可以快速了結的手段？是不是意味著我依舊眷戀這個佈滿畫彩的世界，而正是這些變化萬千的色相光影，取代積壓在我心頭的陳年灰褐色？

阿默起初以為我是被「撞牆階段」給困住了，一時之間不曉得該如何表達出來讓他知道。隨後我的情況越來越惡化，還拒絕讓他進門，他既挫敗又生氣，認為我們過去的嘗試和努力根本沒有意義，他甚至歸結出一個荒謬的結論：我故意折磨他。

最後，阿默威脅要叫警察來撞開門窗。

我勉強起身去開門，再鑽回毯子裡，背對著他。

「你又來做什麼？」我沒好氣地問。

「你到底怎麼了？我有哪裡做得不夠？沒有鼓勵你？沒有提供實際的幫助？你為什麼不相信我，不把問題說出來？你以為自己還有很多時間？每天光躺著就能解決事情？你在糟蹋身體，糟蹋才華，你知道外面有多少平凡的畫家想要擁有這種才華嗎？就算只有你的一半也好！」

「你屁都不懂。」

「那就讓我懂啊！我到底要怎麼幫你？」

說來奇怪，許多人時常以為自己聽完別人的心事之後，一定能立刻理解並且提出許多好建議。就這件事而言，我認為聆聽告解的天主教神父表現得還可以，他們不說他們了解，在那個小房間裡，他們也不會囉囉嗦嗦提出不被需要的建議，他們只是傳聲筒，簡短地替上帝傳話，你的罪被赦免了，只是不可再犯同樣的罪。可是我需要的不是向任何人傾訴，我的渴望只有上帝能理解，因為祂眼睜睜看著事情一點一滴成形，祂目睹一切，祂一語不發，讓痛苦在我們的心頭發酵，讓不堪入目的過去像爛瘡般貼附在我們的全身，祂才是那個有責任直視我的問題的罪魁禍首。

我敬重阿默，可是不代表當時我想讓他知道所有實情，我也不指望他來照顧我的生活，他只需要理解我的作品，這就是他對我僅存的義務。

我說：「不要講了行不行？我頭很痛。」

「你多久沒吃東西了？我得找人來幫你打掃房子，你看，這堆瓶子，還有帳單……」

「滾！」

我不想對他這麼惡劣，但那是我當時唯一能講出口的話，再多一個字也不行。

大約就是那一陣子，阿默將我的作品翻拍成相片拿去製作型錄，寄給幾個有可能會感興趣的客戶，這就是肯薩斯，不對，正確地說，是迪倫．古德生和柯希雅之所以要跟我洽談前往蓮思莊園工作的原由。

阿默拿走我的鑰匙，每天晚上來探望我，確認我是死是活。他找人來打掃的時候，我沒有阻止他，只是繼續昏睡，他再也沒有逼我說話。過了不知道多久的時間，我慢慢有餓的感覺，願意進食，但是往常的活動能力似乎很難恢復，更別提拿筆畫畫。那天我能神智清醒地在慈善晚會裡和肯薩斯交談，事後回想起來，真是件奇蹟。我懷疑阿默可能在我的食物裡下藥，而且應該下了好一段時間。

他一直想說服我換個環境作畫，離開小房子，離開熟悉的生活方式，離開他的庇護，而蓮思莊園的邀請出現得正是時候。

＊＊＊＊

沒有阿默在身邊，我不知道該如何面對這個歡迎餐會。就在柯希雅向大家介紹我之後，有些人走近我，你一言我一語地找話題和我閒聊，帶我前往為了宴席而特別隔出的包廂。

從他們的對話中我才知道同時期進駐莊園的藝術家最多只有十五人左右，這個餐會不止為了歡迎新人而舉辦，同時也為即將離開莊園的藝術家餞行。那幾位合約到期的藝術家都認為這個合作計劃讓他們能專心創作，他們日後仍然想要和迪倫．古德生保持合作關係。

我問他們為什麼不乾脆留下來？

有的說必須要空出位置讓莊園引進新人，有的說這裡的日子雖然悠閒，但社交生活和刺澂有限，加上冬季至少有一個月的封山期，訪客無法上山，為了安全起見，莊園裡的人也只能待在圍籬內，整片安靜的白茫茫反而令人格外煩躁，更別提定時提交作品的規定，對於某些習慣長時間醞釀或拖延的藝術家而言，就像拿槍逼著他們跳下山崖。

我心不在焉地聽著他們的對話。那些進出交誼廳的服務員看起來像舊時代有錢人家的侍僕，先為賓客放置外套，在晚宴正式開始以後，他們站在我們每一個人的左後方，等待著分送菜肴、收拾餐具、斟酒、端上咖啡等等，只是他們的臉上卻又有著高級飯店經理的神氣。他們的膚色不同，也有各自的口音。

我藉著餐後在主建築物後方小花園隨興散步的時機離開人群，退到角落，假想自己正在公園為陌生的路人畫速寫，只是我暫時用腦部的灰白皮質代替畫紙，而雙眼成為在畫紙上滑動的軟芯鉛筆。幸好在場的每個人身上都別著名牌，我可以在描繪他們的時候順便記下他們的名字。

露納．金斯基的皮膚非常白皙，透出靜脈微血管的青藍色，她的髮色也很淡，我會用纖細的線條大致勾出她的臉部和身形，有些地方甚至沒有線條，只留下大量的空白。她出現在夜晚會比白日更為顯眼，就像月亮一樣。如果我要上色，我只會在眼窩、頭髮、身體的凹陷區域，還有衣服的縐褶部分使用色彩偏寒冷調性的水性顏料，而且顏料要用許多的水加以稀釋，先稀薄地染上一層，看看效果如何，再決定還要不要繼續堆疊顏色。她的聲音偏低沉，充滿溫柔而短促的節奏，像溶化的焦糖漿般，一滴滴，或是直線地降落在香草冰淇淋色的畫布上。

我猜測威廉．費拉可能是混血兒，他的膚色近似尚未烘烤的咖啡豆，灰藍色的眼珠正興致勃勃地來回掃視身旁的人，黑色長髮綁成馬尾，他的個頭不高，灰色的針織上衣遮掩不住胸膛和手臂的結實肌肉線條，有好幾個女人被他逗得哈哈大笑。我需要色澤鮮艷、質地厚實的壓克力水性顏料，除了畫筆之外，我會另外用刮刀做為上色的輔助工具。搶眼的淡鎘紅、印度黃、焦茶色可以相互調合成深淺不同的溫暖顏色，如同秋日的濃艷夕陽灑在向日葵或麥田上；天藍色和翡翠綠將會淡淡地潛進他的雙眼，甚至是他那頭柔順發亮的髮絲，當然，少許的鈦白色是必要的，做為一種平衡的力量——他給我的感覺正是如此，看似接納他人，或被他人接納，其實他只是優雅地站在邊界線上。

戴夫．維立歐泛紅的臉有一半隱沒在棕紅色的絡腮鬍裡，頭髮理得很短，體形和氣質像特種部隊的軍人。他幾乎沒有開口說過話，僅僅十分節制地使用手勢，或點頭、搖頭、微笑、皺眉來表示他是否同意。可是他的雙眼一點也不安靜，他異常專心地看著別人，似乎深怕自己一不留神就會漏接任何重要的訊息，或者，他正嘗試以眼部的肌肉與人交談。他像冬天的樺樹樹幹，讓我想要選用一張表面紋理粗糙的畫紙，以乾筆和硬實的纖維海棉來為他上色，低飽和度的焦棕、生茶紅、赭黃、靛藍、烏賊墨應該就足夠，但是我會在他的眼球上先塗上極少許的留白膠，使它們不致沾染到顏料，以便最後可以將膠刮掉，再用其它手法細緻地處理他眼中的星火。

牆面上的雕塑在柯帝柏的臉上映出大片黑影，他陰沉沉地坐在牆角看著所有人，尤其是看著柯希雅。從姓氏推斷，如果不是湊巧，他們兩個人似乎有親緣關係。他的長相和體格不是我描繪的重點，他的神情才是。就像有人舉燈望向漆黑的地下室，頓時光亮和暗影交錯，細節尚無可辨識，但足以引發不安。我挑了張灰棕色的畫紙做為整張圖的底色，那是不亮也不暗的中間色調，讓人暫持觀望態度的灰色系。我用鈍頭炭筆拉出柯帝柏的輪廓線和陰影，至於光線停留在他鼻梁和身體側邊所產生的亮帶，就讓白色不透明水彩來說明。

柯希雅的黑髮盤成緊緻的髮髻，餘下的一束捲髮正順著她的背脊蜿蜒而下；微微噘起的嘴唇塗上粉霧質地的正紅色唇膏，希臘式長袍禮服像雲一般浮在她的身軀，纖細的手臂在衣間若隱若現。就在我望著她入神的時候，我好像瞬間退化成為新手，完全不知該如何落下第一筆，無論我畫得多神似，都無法真正讓她重現於紙上，因此，我必須放棄擬真寫實的方法。我想像自己從各個不同的角度為她拍照，把照片沖晒出來後一字排開，挑出我最喜歡的部分，剪下來，重新在畫布上組合，她的眼睛可能一隻正對著鏡頭，一隻半張半閉，斜斜睨著身旁的人，嘴唇左右錯位，耳朵偏離正常人的位置，甚至被衣裙覆蓋住的乳房、大腿都將轉化成幾何圖形。我會用對比鮮明的平面色塊和線條重新描繪方才組合的草稿，或是拿印有花紋的壁紙、絲綢、染色棉布拼貼出她的禮服。只有支離破碎的形式才能收納她的複雜。

就在我苦思陌生的畫法之際，迪倫．古德生走過來，問：「還習慣嗎？」我一時反應不過來。他完全不符合我想像過的那種有錢人的模樣。我以為他會或公開或隱約地帶有自傲的表情，身上穿著精緻的衣飾——除非他屬於那些個性儉約的少數例外，只不過既然他會贊助藝術這種被視為非民生必需品的奢侈活動，在外表方面他應該不會過分節省；我以為他雖然上了年紀，但健康狀況尚可，喜歡談論他對於藝術作品的獨到見解，以便證明他並非富而庸俗；我甚至粗估過他的財產，蓮思莊園可能是他眾多資產的其中之一，所以他只會在這裡待上短短的時間。

然而，在我眼前的是一張極為蒼白而浮腫的臉。迪倫．古德生穿著寬鬆的白色棉麻混紡的長袖上衣，外面再罩一件棕色的無袖麻料長背心，下半身套著柔軟的絲光綿寬管長褲。我後來才知道這是他的固定穿著樣式，只有顏色、花紋和厚度會改變。他看起來想要跟我多聊一點，但是他使用的句子很簡短，因為他邊說邊喘。

古德生說：「我原本應該先去、探望你的、但是抱歉、最近我比較、不舒服、到現在才跟你見面、請不要介意。」他的雙眼隨著越來越急促的呼吸而睜大。

「應該說抱歉的人是我，剛到第一天就出狀況……總之，謝謝你給我這個機會，我覺得自己很幸運。」我這樣回應他。阿默在我出發之前還特別提醒我，無論如何一定要找機會先向負責人道謝。

「你不是因為幸運才來這裡的，是因為，你的好作品，我們希望能，跟著你創作。」他勉力地講完話之後，長長吐了口氣，左右張望，大概是想要找地方坐下來休息。我很高興他能暫停談話，因為他的停頓讓我快要跟著喘起來。

我笨手笨腳地扶他到小花園的石椅上坐，碰觸人類的身體讓我渾身不自在，比撿破爛時更糟。他在調整呼吸，我猶豫是否要找理由離開。交誼廳的燈光微弱地傳送到我們所在的暗處，我站著，居高臨下看著他滿頭灰白的亂髮，這個男人虛弱到我沒有辦法嫉妒他。

「好累。」古德生突然開口。

他的身體狀況根本不適合留在這種低氧和日夜溫差大的地方，我不懂他為什麼要找自己的麻煩，雖然莊園有基本的醫療設備和一組小小的照護團隊，但我懷疑他們是否能應付古德生所有的緊急突發狀況。我沒打算接話，因為我已經開始在腦中為他的肖像畫打起草稿。

他是荒郊的一堵舊石牆，非常古老。石牆原先是神殿的正面主牆，曾經飾滿壁畫、金箔、浮雕、稀有寶石等，信徒們為了祈福而高舉雙手或以額角輕輕碰觸它，直到時間推垮它的雄偉和繁華。野草掩蓋往日的路徑，兩旁的巨樹皆已枯死，紫紅色的暮靄退隱到天幕的邊緣，鉤狀新月昇起，淡漠地照著牆頭。風從牆面的破洞穿過，嗚嗚低語，蝙蝠倒掛在枯枝上。也許我會把這個畫面以銅版蝕刻的方式製成黑白版畫，頂多在局部另外套印淡淡的色彩。

這是我記住他們的方式，他們並非只是一張張在人海中浮起又沉落而且相似的臉孔，他們是由不同色彩、線條、質地、風格組合而成的圖畫，我們在彼此的生命裡留下不同筆觸；或厚塗或輕描。

柯希雅不知為何發現我們在這裡，她看見古德生，連忙跑過來，想要將他攙扶進室內，但他搖手拒絕。

「又不舒服了嗎？」

「還不就是這樣。」

「要不要我去通知淺田醫生？」

「不用，坐一下就好。」

即使花園的光線不足，我還是看得見柯希雅對我投來責備的眼光。總是如此。只要我在場，我就成了那個最方便指責的犯錯者。從以前就是如此，每當我開口解釋，甚至大聲抗辯，掙扎抵抗，效果差不多等於待宰的羊對著屠刀咩咩叫，一點用處都沒有。

會不會我屬於一個特別的族群？我們帶有某些隱形的印記，也許是眼睛的形狀、聲音、體型、膚色，說不定這個印記根本不能被分析，反正，我們生來就是祭品，只不過我們自己往往對此一無所知，其他人卻看得一清二楚。他們打我，彷彿我的血和眼淚只是玩具壞掉之後滲漏出來的填充液體，拿抹布擦掉就好了。

我可以準確地畫出球棍、皮帶、麻繩、拳頭、熨斗造成的傷口，那是用不同畫筆和技法混合而成的產物，我的痛覺並非只有黑色。我還能把那些咒罵的語詞轉換成不同的抽象畫；我只要拿著各種顏料管在畫布上用力甩動，從任何角度開始都無所謂，最後再加上一些特殊的材質。去你媽的小雜種——鈷藍色；沒用的智障——咖啡色；你媽在生下你的時候就應該把你當場掐死——暗紅色；爸爸是爛貨兒子更爛——紫色；我要把你賣給老玻璃——黃色的火藥粉；你們兩個是變態生下來的——酒醉後的嘔吐物，我要讓你看著自己的……

最後，這些抽象畫都將被燒光了，只存留在我的記憶。

柯希雅再一次勸說古德生：「花園太涼了，你還是進去休息吧？」然後她轉頭看著我，「賈克昂，幫我一下，我們不能讓迪倫待在這裡。」

我聽見古德生嘆了口氣。

3

群山和雲霧層層嵌住位於高地的蓮思莊園，春夏時分，山區早晚都會籠罩在霧氣裡，海拔一千三百多公尺的崎嶇地帶經常刮風，風裡挾帶南面的海洋水氣，適時冷卻一道道酷熱的陽光，使得莊園的景觀植物生機盎然。

秋天照例是最受期待的季節，林相由山谷深處沿著山坡漸次變化，寬葉轉為針葉，而墨綠、嫩綠、芥末黃、棕色是森林用色彩作曲的音階符號。清晨天色未明之際，濃霧包裹著松葉的辛香分子團團地在林中浮動，槭樹葉片如同猩紅的火焰，唏嗦作響，人們偶爾會被眼前的景象誤導，以為聞到森林燒焦的氣味。

氣溫大幅降低之後，許多樹木僅留下讓地衣附生的挺拔枝幹，和遠方峰頂的針葉樹林共同承載冬季落雪。位於山腰的湖泊像凝結的奶酪，糖霜般的雪花灑在湖面，由於湖水從未徹底結冰，所以沒有人敢趁著冬日在上面活動。

儘管有這樣的美景，剛到的那一個多月我卻難以適應，整夜無法入睡。四周太安靜，同時又過於吵鬧，昆蟲的鳴聲此起彼落，山腰上其他住家養的狗老是在半夜突然狂吠，滿月的鵝黃色月光太明亮，星辰太擁擠，像銀色的夜燈不停閃耀，我的腦袋裡面那些雜音無論如何都不願意停止交談。

無論我睡得多晚，即便睡到接近黃昏才醒，只要我打電話通知廚房的服務員，餐點很快就會被送進我的房間。他們已經習慣我們這群生活作息不正常的人。我通常只點黑咖啡和雞肉三明治，或是簡單的水果盤。我不吃晚餐，好讓身體保持在半飢餓的狀態。

晚上十點以後，莊園主建築物四周的保全系統就會開啟，我們最遠只能走到西側的辦公塔樓，或是在後面的小花園待上一陣子。有些失眠的晚上我既無法躺在床上，也不想畫畫或看書，我就會離開房間，四處閒晃。我沿著涼廊輕腳地走，參觀鄰居的房門。

這裡有項特別的規定——藝術家可以隨意裝飾自己房間的大門和兩側的牆面。前提是不能妨害通行和造成危險。

我的房門還留著上一任住客的作品。她用銀色的不鏽鋼板彎成近似對半剖開的圓錐體，左邊是圓錐尖頂，越往右邊，就越接近半圓孤形。其中一側的銳利鋼板邊緣嵌進木製門板裡，我猜想她應該還使用特殊黏著劑輔助固定。這種容器總共有八個，裡面放了培養土和小小的多孔浮石，養著品種不同的多肉植物，有的長滿硬針，有的飽滿圓潤如淚滴，順著地心引力往下延展。我原本還疑心光線不足的問題，直到某天清晨，我的精神異常的好，準備外出寫生，才發現陽光穿越涼廊，一束接著一束跟著時間而推移，從上午七點開始到十一點，光線由下往上，由右至左地落在這些盆栽上，鋼板容器之間的距離幾乎是半小時，下午兩點到六點，光線由西面照進來，從上往下，讓這些耐旱的植物又能再度享受光線淋在身上的舒暢。聽說她原本要設計整面大型燭檯牆，在入夜之後擺滿各種蠟燭，但很多人擔心房子被燒掉，這個提議最終還是作罷。

據說我左邊的鄰居是個做裝置藝術的年輕人，在我待在醫護室的那個星期他就離開了。他在門板上面擺放好多面大小不等的鏡子，金屬製鏡框是不規則的橢圓形，有些鏡框裡鑲的不是鏡子而是泛黃的復古肖像照片、剪報、風景明信片。如果這面門板是河床，那麼這些鏡框就是體積各異的石頭，鏡子是河水表面，映照著在它面前出現的人。我相信大部分人在經過這扇門的時候，多少會忍不住停留一下，看看這些鏡子裡照出什麼樣的人，又因為鏡面分散，而且被其它圖像干擾，為了看到某些被遮蔽住的自己，我們勢必要左右前後挪動一下，整個觀賞的過程變得很有意思，到底是我們在看藝術品，還是藝術品在看我們？我們想看的是藝術品本身，還是藝術品反映出我們自己的形象？也許我們在觀看過程的一舉一動，也是門板裝飾的一部分。

露納．金斯基住在我的右邊。她在門板上畫出兩扇刻有幾何花紋的石板門，一個黑色的女人從門內探出身體，肩上棲著一隻鷹，她的長髮飛動，部分髮絲剛好遮住乳房，修長結實的右腳正往前跨越。左邊牆面有三分之二以深藍色顏料打底，作為夜晚的天幕；牆面上半部繪有銀灰色的雲層，茶紅色的半面月亮躺臥在一瓣厚而密的雲朵上；牆面中間用金漆整齊地寫了幾行細小而奇怪的符號；牆的下面是深黃色的沙丘，有條半蟲半蛇的生物在沙上爬動，遠方的黑影看起來似乎是狼群。路過的人時常被這個裝飾作品所驚嚇，尤其是在漫不經心的時候。那個探身的黑女人彷彿突然浮出牆面，雙眼還會跟著你轉動，我每次路過都忍不住邊看邊笑，故意盯著畫裡女人的眼睛，假裝左閃右躲，好像在跟她玩捉迷藏，我還會想像她最終無法抗拒我的挑釁而從畫裡跑出來。

「嗨！你覺得怎麼樣？」

我嚇得跳了起來，以為畫裡的女人真的從牆裡跑出來。

「喔，抱歉，我應該先出點聲音的。我是露納．金斯基，叫我露納吧！」

假若我沒記錯，我好像只對她點了個頭。

「你是賈克昂對吧？我剛剛問的是這個壁畫。有人說她看起來好像要偷跑出去做壞事，你覺得呢？」

我遲疑片刻，挑了個最安全的說法：「看起來很有趣。」

「有趣？」她嘆口氣，接著說：「好吧，我以為我們大概都會受不了聽到別人說我們的作品『有趣』，只要這兩個字一出來，我就知道他們其實不喜歡這個作品，有時候對方還會補充：『但是……』，你知道的，『但是』後面才是他們真正想說的話，結論就是他們根本就不覺得我的作品有趣。」

「妳好像不允許別人沒有觀點，或是把自己的觀感隱藏起來？」

「是有一點，很霸道，對吧？」她咯咯笑兩聲。「有時候我還會逼問下去，就算他們試著反問我來避開我的問題也一樣，所以，你覺得這面壁畫怎麼樣？」

我轉過頭去，仔細掃視過壁畫之後，說：「剛看到的時候……會覺得有點可怕，黑夜，黑色的女人、沙漠、野生動物，好像有什麼東西在畫裡面騷動，無論我走到哪裡，好像都逃不過這個女人的注視。顏料塗抹得很細心，幾乎看不到筆刷的痕跡。」我看了她一眼，不太確定是否還要說下去，她用手勢催促我繼續。

「說不定有的人會根據你的外貌，來推測這個黑女人可能是你的潛意識化身，不過我傾向不要在這個地方過度推論，留給評論家去作文章好了。我只能說，以我自己的解讀，這面壁畫，可能是一種用黑色幽默驅除恐懼的嘗試。如果只注意那些黑暗原始的元素，把它們全部解釋成見不得光的、負面的情感，可能會忽略掉女人打開門往外看的這個動作，她的臉上沒有害怕，沒有愧疚，她只是想要走出來到處看一看，我替她感到高興，因為她不怕黑，而且，旁邊還有好幾行金色的符號，也許那就是讓她不害怕的原因。」

其實我沒有打算要講那麼多話，但我就是關不上嘴巴。露納沒有馬上接話，只是看著我，似乎想要嘲笑我，只不過還在猶豫該怎麼開口。我心裡那種後悔莫及的感覺從胃升高到喉嚨，於是我忍不住說：「我的回答還可以吧？」聽起來真是愚蠢又卑微，我想表露自己獨到的見解卻又害怕說出來的話不符標準，偏偏我應該對別人設立的標準不感興趣才對。

露納笑：「這是我聽過廢話最少，也最有趣的一次評論，多謝！」她忽然用手摀住嘴：「糟糕，我也用了『有趣』兩個字了！」

我鬆了一口氣。

「你要不要進來看看我的其它作品？我知道有些人不喜歡展示未完成品，可是我已經習慣讓別人盯著我，我以前待在家的時候，根本沒有什麼隱私。」

我還沒來得及回答，她就已經打開房門，示意要我先走進去。

＊＊＊＊

事實上，我當天的計劃是趁著清晨為莊園的主建築畫一些素描，當時光線柔和，涼風徐徐，而且我的心情難得十分平靜，可是不知道究竟為何，我所有用來拒絕人類的本領始終無法施展在露納．金斯基的身上，直到那一個晚上。

在蓮思莊園這個太過乾淨的天堂裡，我開始有了對話的需求。以往，我每天習慣漫遊的街頭裡擠滿人群和垃圾，我喜歡看著那些人卻完全不想認識他們，不用說，他們對我也抱持類似的觀感，我是一種讓人不舒服的存在。而今，我在蓮思莊園裡成為正常的一份子，我不再被注視，除非我創造出「有價值」的作品。金斯基主動跟我說話，她急切地想知道我對她的作品有什麼想法，她還不清楚我的底細就邀請我進去她的房間——這些在別人眼中過於魯莽的行徑，在她身上反而沒那麼奇怪。

我幾乎毫不猶豫，大步直接走進去。我看見她用雙層的米白色蕾絲窗簾隔開工作區和私人區域，有七、八幅未完成的畫靠在工作區的牆上，尺寸最小的是肖像畫常用的４Ｆ畫布，最大的有到寬度超過兩公尺的150Ｆ畫布，我看不出有任何具象的形體，也許她畫的不是寫實的作品，或者換個說法，它們是抽象畫？別問我那些畫屬於什麼流派，我不知道，我從來不會如此去分類我看到的繪畫作品。

她走到畫架前面，戴上眼鏡，盯著畫架上的畫，說：「今年是我在這裡待的第三年，前兩年我畫了很多，不知道為什麼，今年特別不順，一定有地方出問題，我突然好像不會畫畫了，你有遇過這種事嗎？」她轉向我，我發覺眼鏡鏡片讓她的眼睛看起來像魚眼，我試著回想是哪一種魚。她等不到我的回答，於是又回頭看著她的畫，自顧自地說下去。

「我已經有一個確定要發展的主題，也想好這個系列聯作的大概畫面，偏偏我就是沒辦法畫進去，一改再改，你知道我為這個系列取了什麼名字嗎？《露納．金斯基在哪裡》，你可能會覺得很好笑，可是我是認真的，也許畫名還會再改也說不定。畫第一張圖的時候，我想像有一個負責把小孩塞進女人子宮的神，他在天上往地球看，思想著要把我放在哪一戶人家，所以看起來會像是衛星空拍圖，鏡頭對準一個小鎮，我想用小尺寸的畫筆，沾取顏料，用色點、色塊和粗一點的線條來畫我記憶中的那些鄰居、他們身上穿的衣服，真的什麼顏色都有，還有小鎮邊緣那條快要枯死的小河、少少的樹和很遠的山，可是我一直想到瓦西利．康丁斯基那幅〈色彩繽紛的人生〉，不知道你有沒有看過，我覺得自己好像在抄襲，所以我越來越緊張，真該死，為什麼我要這麼晚才出生呢？那些天才好像都把好題材和技巧用完了；話說回來，如果我提早出生在一兩百年前，我可能會被丟進河裡淹死，嗯，其實三十年前也一樣。」

她超乎我預期的坦白。我比較喜歡自己去探索，而不是在我尚未準備好的時候，他們把內心直接吐在我面前。我覺得有點窘，先前想要找人說點話的興致很快就消失了。

她轉身看我：「是我講得太多還是你太安靜？先別管我的畫。聽說你很會畫水墨畫，還會寫東西？我忘了，寫詩，對嗎？」

我苦笑。會不會話題流傳到最後，我將變成一個在蓮思莊園寫科幻小說，並且會畫點彩色漫畫的專職作家？

「我看我們還是一起出去逛逛好了，如果我有這個榮幸的話？」

於是我們離開她的房間，好像觀光客在景點裡面巡上幾眼之後又匆忙被趕往下一個去處。

*****

我們時常透過別人的眼睛去認識陌生的環境，他們說哪裡該看，哪裡不需要花心思注意。指南手冊式的經驗傳承是進入友誼關係的捷徑之一，不著痕跡地釋出在安全界線以內的善意，有時候，多少也帶點彰顯自己處在先行者的地位，即便那純粹是時間和機運所造成的結果。我想，露納．金斯基並非有意炫耀她比我們其他人更早進駐蓮思莊園，而且熟知許多歷史緣由、建築設計細節、主要人物，生活在此地的規則等等，她談起這裡如同談起自己久居的故鄉，先為莊園感到驕傲，再為自己能成為其中的一份子而感到與有榮焉。她希望別人能和她一起分享這份歸屬感。

她說一百五十年前的蓮思莊園本來是度假別墅，戰時被強制徵收，改成軍事哨站、監獄和將領專用的醫院，戰後荒廢十多年，突然又出現不同的繼承人輪流出面管理，莊園的產權歷經許多次的官司和買賣，最後轉到迪倫・古德生的手上。我想到之前覺得房間聞起來像停屍間也許不是沒有道理，但我決定不要追問。

「設計師為了以後維護方便，還有安全上的考量，他們一開始計劃拆掉大部分的舊建築體，但是迪倫最後決定保留原來的古典設計，加上現代化的設備，像是太陽能、保全系統、濾水回收系統。你看看牆面。」露納指著主建物的外牆要我仔細觀察。我發現他們選用的石材很特殊：墊高的地基用的是煙灰色和炭黑色的石塊，再往上就用暗橘色、赭紅色、淺棕色的小型石材交疊起來，如果站遠一點看，牆面就像棋盤一樣，這些石材含有雲母和石英結晶，會隨著日光或不同的天色，反射出細微的色調變化。

太陽的亮度和熱力漸漸增強，我們繞過蓮花噴泉池，露納說她想在中央花園角落的橡樹下坐一坐，那裡有涼爽的樹蔭。她說：「陰影可以保護我的眼睛，我的視力要到傍晚以後才會真正醒來。」

如果迪倫・古德生要我做的是透過藝術創作來展現蓮思莊園的美，我必須要說，知道這些瑣碎的運作細節對我並沒有幫助，蓮思莊園需要的不再是讚嘆，它已經得到夠多的注意力了；如果沒有藝術，這裡不過就是明信片上的漂亮風景罷了。也許金斯基認為若是她不仔細介紹，她就會辜負莊園，甚至是迪倫．古德生。儘管我不太認同那一份她自己想像出來的歸屬感，我卻開始被她的某些神情所吸引。

她談到浮雕迴廊。我們望著中央花園角落的迴廊入口，她建議我最好獨自進去。「每個人都應該至少在裡面迷路一次，很好玩的，如果午餐時間沒看到你，我會立刻組搜救隊來。我保證。」

我有種被誘進陷阱的感覺。

她笑得好開懷，眼睛雖然流露促狹的神情，但是其中沒有惡意，就像是她想送你一個帶來驚喜的禮物，不過你得先有膽量，願意冒險拆開詭異的外包裝。出於離群索居的老習性，當我遇到這種勸誘我往特定方向前進的情況，我會避開，無論他們的動機良善與否。我想回答：「也許下次吧，反正還有一年的時間，不急。」卻說不出來。是為了向她證明我不是膽小鬼？證明我也懂得冒險的樂趣？

過去我罕有機會和女性單獨相處，更別提所謂正面的經驗。可是和露納．金斯基在一起時，我發覺自己的表現還算自然，她引發我的好奇心，就像壁畫裡那名打開門往外探頭的女人。

「我已經去過了。」還來不及想到被拆穿的結果，我就說出這句話。

「真的？」

她的臉上再度出現之前那種意味深長的笑容，似乎她正給你一個小小的提醒：嘿，我不是傻子，別想唬我，雖然我可能還是會選擇姑且相信你。

「很好玩吧？看到什麼有趣的嗎？」

「我畫了一些速寫，改天可以讓妳看看。」

「太好了，我還沒看過你的作品呢！」

我以為浮雕迴廊的話題可以就此打住，沒想到她還沒放棄：「先說說看你對哪一個浮雕作品最有印象吧。」

「很重要嗎？」

她望著迴廊入口，說：「因為裡面有我設計的作品，我畫底圖，再請雕刻師刻出最後的成品，很多人不喜歡，聽說還有人打電話來抗議。」

「我只進去過一次，才看過幾面浮雕就折回來，大概還沒看到妳的作品，反正以後可以慢慢看。」

「這樣也對，匆匆看過的話就可惜了那些好作品。」

「妳很在意那些批評？」

她做了個鬼臉。「我本來以為我不在意，結果每次想到這件事，心情就變得很差。我知道我的作品通常會帶來兩極化的反應，我理性上知道這種情形很正常，我不能受影響，而且這未必是壞事，但是我好像太貪心了，想要得到大多數人的認同，他們批評我的作品，感覺起來就像在否定我這個人，否定我所有的努力，好像只有他們才是真正的行家。你一定會覺得我不夠堅強吧。」

「妳真的希望自己從來都不在意別人的想法嗎？」

「你很喜歡用問題來回答別人的問題。」

我沒回應，她也不再說話，我們就靜靜坐著，直到毒辣的正午陽光把我們趕回屋內。走近我的房門口時，她才說：「也許改天可以一起去迴廊散步。」我點頭，不知道該說午安還是晚上見，於是什麼都沒說，打開門之後就進去了。

*****

為了和露納再見面時不會穿幫，從那一次談話的隔日起，連續好幾個清早，我帶著筆記本、三明治和水前往浮雕迴廊，在裡面逗留兩、三個小時，反覆觀看每個作品。靠著太陽的方位和對浮雕作品的記憶，我從來沒有在迴廊裡迷失方向。

大體來說，迴廊的藝術品是由兩百一十七座高大的板狀物、圓柱和拱門所構成，材質多樣：銅、花崗岩、經過防腐處理的木材、雪花石膏等等，上面都刻有精細的浮雕。迴廊裡每隔大約十公尺就有可移動式的矮梯，讓訪客方便觀賞位於高處的浮雕細節。除了浮雕之外，也有數量不少的獨立式雕塑，某幾個體積比較小的作品捨棄傳統慣用的素材，以水晶玻璃脫臘雕鑄而成，我以為這種作品通常會被放置在室內收藏。越往後走，我發現浮雕基座的形狀逐漸趨向不規則，異類材質混用的手法出現得更為頻繁，例如，最後有三、四座用黑色鋼鐵、合成樹脂、廢輪胎、壓克力、鐵絲、鋁片製作的雕塑品，主題不再侷限於具象的人或物，也不再敘述故事，只是探索各種抽象的概念。迴廊裡所有的作品都依照一種古怪的次序交錯豎立著，形成曲折的路線。頁岩岩片舖成的走道兩旁有細窄的溝渠，回收重覆使用的清水在裡面涓涓流動，春暖時節，種植在雕塑作品之間的灌木叢綻放桃紅和白色的花朵，甜蜜的香氣四處飄溢。

我猜想金斯基的作品是位於迴廊中段的某個浮雕圓柱，暗紅色石材的表面打磨得很光滑，可能是石英岩，我在博物館裡看過半身雕像採用這種岩石。

乍看之下，這個作品似乎是傳統神話題材的模仿之作，裡面充滿為數眾多的神祇、奇異的幻想生物、擬人化的星體等等，當我瞥見浮雕裡有個花園，男人正在摘取樹上的果實，枝椏上有條蛇盤踞，對著男人的耳邊伸吐舌信，我才意識到這個作品只是借用神話的軀殼，真正的目的是反身鞭打傳統。

男人把摘下的果實放入口中，站在他身旁的女人一臉驚懼。男人隨即把女人推倒在地，將剩下一半的果實用力塞進女人的嘴，她赤裸而優美的軀體痛苦地扭曲著，手臂舉向諸神和眾天使，祂們轉過頭，有的將翅膀往前收攏，像盾牌般擋住女人哀求的視線。天使將兩人趕出花園，男人拿出寬大的斗篷罩住女人的全身，只露出她淒苦的面容。男人全身肌肉緊繃，頭戴桂冠，坐在飛馬的背上，飛向遠方的天空，女人躺在泥地上，雙腿之間鑽出的新生兒是個怪異的生物，牠的上半部是美麗的長髮少女，下半身是花紋繁複的蛇。這個半人半蛇的生物揮別年邁的母親；隨後，牠站在張開的蚌殼中央，七顆外形不規則的石塊飄浮在她的雙手之間，她披戴著長長的頭巾，眼角流下淚水，悲憫地偏頭望著下方破裂而歪斜的天幕，洶湧的水流正往人間傾注，許多人和動物在洪水中載浮載沉，只有一艘巨船，在汪洋的盡頭緩緩駛向冥河，狼頭人身的冥界之神手持十字形權杖，為來者指引方向。

創作者改寫猶太教對原罪和大洪水的記載、天主教聖母瑪麗亞、希臘阿波羅和阿弗洛蒂特的固有形象、中國漢族女媧補天的傳說、埃及冥神阿努比斯的故事，還讓它們相互融合，如同發生在同一個空間的連續情節，以敘事淺浮雕的形式環繞在圓柱上，說不定這正是有人為之跳腳的原因。

4

你們會選擇和什麼樣的人交朋友？和自己相同色調的？還是那些站在色環上對立位置的人？說不定我們早就做出選擇，只是沒有明白意識到這個事實罷了。

我對那種性格過於光彩煥發的人絲毫不感興趣，他們的世界太明亮，沒有陰影，也就沒有立體感。他們輕而易舉就能感到快樂，他們的快樂像電影院贈送的爆米花。我承認我在嫉妒，全世界的任何人都過得比我還要快樂，不管我再如何優秀，就是會有人輕易超過我；更何況，我還有什麼值得向人誇耀的特質呢？許多人夢想要成為獨一無二的人，我卻因為自己的獨一無二在受苦。我早已經懶得去問人生有什麼意義，受苦有什麼價值，這些問題只會讓我痛苦，因為我找不到答案。只有外出撿拾舊物或在家靜靜畫圖的時候，它們才會停止來煩擾我。有人說，存在就是我的價值，受苦本身就具有意義，只是價值和意義並不是全靠我們自己來衡量。

蓮思莊園正用一股奇怪的力量在陶塑我，因此，彷彿有兩個我同時住在莊園裡，一個享受著舒適的起居環境和自然景色，每天勤勞作畫；另一個反而比過往更加孤單而且徬徨。我記住每一個人的名字，包括那些服務員，我能夠在短短不經意的瞥視之間辨別那是誰的身影，卻難得跟他們說上幾句話。

像威廉．費拉這種生性熱鬧、談吐張狂的人，我不知道該如何將他適宜地放在我的人際調色盤上，他不是我慣用的顏色。有時候，我動念過想要接近他們，期待自己能和他們相互融合，在我這張破舊的人生畫布上添加幾筆讓人驚艷的色彩。不過我還是寧願等著他們來接近我，因為我太過害怕被排拒，我相信主動對他們而言比較簡單，假如他們對我感興趣的話。很遺憾的，似乎只有露納．金斯基和柯希雅對我主動伸出手。

當我看著柯希雅和迪倫．古德生站在一起的時候，他們就像調色盤上兩種古怪的對比色顏料，柯希雅是高彩度的深玫瑰紅，古德生是偏灰的暗綠色。

他們說古德生之所以認柯希雅為乾女兒，是因為他已經沒有能力負荷她的美貌，不然他早就把她娶進門。我也聽過另外一種說法，柯帝柏才是古德生遲疑的真正原因。

柯帝柏擅長繪製童書和具有十九世紀新藝術風格的精細插圖，陰鬱的男人竟然可以畫出富麗華美的彩圖，這一點真是叫人吃驚。觀看他的作品時，我隱約察覺到一種嫉妒的情緒油然而生，他的畫技比我成熟許多，我早先以為自己的想像力已經夠天馬行空，沒想到柯帝柏比我跨得更遠，他創造出各種變形的人類和鳥獸，外貌古怪卻不可怕，舉止逗趣，共同生活在一個飄浮的世界裡。我可以為了平撫酸溜溜的心情而輕易將他的才華歸於家學淵源——他的生父是潦倒的藝術家，養父是專研藝術史的教授，也是一家畫廊的掛名負責人——卻不會因此感覺比較自在，因為我再度想到自己貧窮的出身。假如被好人家收養的孩子是我而不是他，說不定我現在的表現會更好。這都是毫無意義的幻想。

我後來才知道柯帝柏是柯希雅家裡的養子，他們倆人沒有血緣關係，從小一起長大。柯帝柏加入蓮思莊園的資格並非最為眾人非議的地方，我們應該要反過來想，像他這種質量俱佳的知名插畫家為何願意大老遠跑來這裡？他就算一整年都不工作也不會餓死，更別提他還有個富有的養父。柯希雅就是那個關鍵答案。柯帝柏一直擔心古德生遲早會將她娶走，他必須就近監視。

原來有錢人也會受苦。柯希雅大概不知道該如何處理柯帝柏那股岩漿般的感情。當時我和別人一樣，認為她為了避免關係決裂而採取模稜兩可的態度，才是造成雙方困擾的主要原因。如果她真的想切斷哥哥對她的控制、終止他那求之而不可得的怨恨，就不應該動用特權讓柯帝柏進駐蓮思莊園，讓所有人感到為難。直到她和我共同經歷那件可怕事情以後，我才知道她有說不出的苦衷，連最親近的父親都無法與之分擔。

雖然我在繪畫的領域嫉妒柯帝柏，在情感方面我卻對他格外同情。當你愛上一個不肯愛你，卻又不坦白直接拒絕你的人，你到底該咬牙放棄抑或堅持下去？多可怕的兩個選項，無論我們選擇哪一個，都得經歷失落的痛苦，而且還沒有人可以擔保最終結果一定是快樂的。我們的感情讓我們像個瞎子，聞到她的香味，聽到她走近的腳步聲，感覺到空氣因為她存在而歡快地跳動，我們卻只能透過其它感官片段地捕捉到她的美，我們看不見完整的她。在我們盲目的世界裡，她永遠完美無瑕，不會發出汗臭，不會排泄、不會因胃漲氣而打嗝、不會變老變肥、不會嘮叨，咒罵我們是不洗襪子的豬。

距離讓我們的佔有慾望一天天增強，哪怕是陌生人對她投以欣賞的一瞥，我們都會視之為侵犯主權——別搞錯，你看的是「我」的女人，只有「我」能盯著她看，還不快點挪開你的髒眼！

說來奇怪，我們討厭看到自己變成這副敵視他人的德性，卻也捨不得放棄這個可怕的形象，彷彿這是一種證明，證明我們的愛有多麼強烈堅貞。為什麼妳們偏偏就是不要呢？

如同灰色有深淺冷暖之分，當一個人以陰沉的面貌出現在人群中，不代表他是全然冷酷無情，這種單色的偏見只會讓我們把人物扁平化。當我重新回想那一晚歡迎宴會裡我在腦中打的草稿，我覺得我似乎應該公道一點，為柯帝柏加上一點別的色彩。或許正因為同樣為女人受苦，我逐漸改變看待他的眼光，一改先前冷漠不搭理的態度，開始在心裡盤算要找出話題跟他閒聊。阿默要是看到我這個樣子，大概會以為我又吃錯藥了。

某天早晨，我在浮雕迴廊裡做筆記的時候，抬頭剛好看見柯帝柏從浮雕與浮雕間的空隙走過，我鼓起勇氣，喊了他的名字。

他側過頭看我一眼，本來打算轉身往外走，我不放棄，又喊一次，同時暗自咒罵自己過於衝動，也咒罵這個驕傲的怪胎。

「嗯？」

「我好像遇到一點麻煩。」

「哼？」

「我一直畫不好女人的曲線，能給我一點建議嗎？」

他瞇起眼睛看著我，我猜他大概在懷疑我是想找他開個惡意的玩笑。

「不會畫女人？那你是怎麼進來的？我記得這裡不收三腳貓。」

「除了女人以外，還有別的東西值得我們好好畫吧？」我沒好氣地說，後悔的感覺也不斷增強。

他不置可否地撇撇嘴，望向他原來要走的方向，一時之間無法決定要不要幫我。

「我是說真的，聽說你很厲害，既然都碰到面了……」話還沒講完，我就開始臉紅。蓮思莊園裡一定有什麼東西改變我。是食物嗎？那些藥丸真的只是維他命嗎？

「好吧，希望你的程度不要太低，我沒有太多時間浪費在新手身上。」

我心想，你這個勢利眼醜八怪，柯希雅會看上你才怪！連第三世界的郵購新娘都會拒絕你。

柯帝柏慢吞吞地走過來，我還是一樣，靠坐在浮雕的基座邊，小心不讓溝渠的水弄濕我的褲子。

他看了一下我畫的速寫。

「臉畫得還算可以。身體爛透了，你的問題出現在好幾個地方，胸部你先不用管，你要拉出腰的曲線，小女生的腰和女人的腰不一樣，你不要看時裝雜誌的模特兒畫，那些都是還沒有發育完全的雞。還有大腿，靠近屁股，還有陰部，我可以跟你講陰部吧，你的臉為什麼變那麼紅，專業一點！大腿內側靠近這個特殊部位的地方，會有一點脂肪囤積，不要畫成直線。女人的臀部不是憑空長出來的兩塊瘦肉，它們大部分是脂肪，再加上一點肌肉，不用我說你也應該知道，不同人種的肌肉比例會不太一樣，我假設你畫的是白種女人，這些脂肪要從後腰部開始，往骨盆接近，然後一路往下延伸，懂嗎？你畫的手臂好像鳥腳，醜死了。你是不是拿別人的作品提出申請？」

我看見他噴了幾滴口沫到我的速寫本上。我不禁同情起柯希雅，說不定她不是故意的，說不定她也想要對柯帝柏再更體貼一點，可是這個渾球還真難相處。我該用什麼顏料替渾球上色？

「懂了，多謝。」我能面對這種人擠出這幾個字，差不多就是我的極限了，換做是平常，我早就調頭走人。我突然很想念阿默，無論我再怎麼難搞，他的耐心似乎沒有耗竭的一天，至少表面上看起來是如此，我連表面都做不到。

「才幾分鐘你就懂了？那你重新畫一遍給我看！」

「柯帝柏，」我試著壓抑怒氣，畢竟事情是我起頭的，「我只是出於禮貌，向你稍微討教一下，不是要當你的學生，我沒有必要交作業給你。至於你說的鳥腳，我要不客氣地說一句話，你沒看過瘦手臂的女人，不代表她們不存在。」

柯帝柏瞪大著眼看我，我這才發現，他瘦得像一具骷髏，眼皮緊緊貼著眼眶，既然如此，他應該知道人類身體的確存在一種手臂叫做細瘦的手臂！

「喔。」他似乎突然想起一件事，原本緊繃又憤恨的臉逐漸變得柔和。他問我：「你有沒有愛過一個女人，愛到連命都可以不要？」

這個問題讓我呆了一下，等我回過神，不由得想要對他破口大罵。

「這個問題跟現在有什麼關係！」

「怎麼會沒有關係？」

「你的意思是說，我之所以畫不好女人，是因為我沒有真正愛過一個女人？」

「對，就是這樣。」

「想必你一定深深愛過一個女人。」他露出難看的微笑。我心想，你笑得太早了，我話還沒說完呢。

「你也一定被她拒絕過很多次，所以有非常豐富的經驗？」

柯帝柏咯咯乾笑了起來，我相信他之所以笑絕對不是我很幽默，而是他被我激怒了，這正是我講那句話的目的。

他站起來。

我以為他想不出反駁的話，打算離開這場令他難堪的對話，沒想到，他抬起腳，用力朝我的頭狠狠一踹。

我一時之間反應不過來，他又踹了我兩下，我可以感覺到他靴子後跟上的鐵片敲擊著我的頭殼，我伸出手臂護住頭部，本來還想試著抓他的腳，可是他的動作太快。就在我腦袋幾乎一片空白的時候，我的餘光瞥見他舉起原本放在迴廊角落的活動式矮梯，往我這邊走來。我頭上的血不停往下流，遮住視線，我掙扎著想要趕緊站起來逃走，可是一直站不穩，眼看矮梯就要迎面砸過來，幸好兩名莊園的守衛看到監視器畫面，立刻趕過來制止他。我聽見柯帝柏先慘叫一聲，接下來他不停咆哮咒罵，我聽不清楚他罵什麼，我只聽見自己腦中的嗡嗡聲。我希望守衛當時配有電擊槍。

後來我才知道，我不是蓮思莊園裡第一個挨他痛揍的人，只不過先前那個受傷者沒有像我這麼慘。要不是柯希雅苦苦哀求，迪倫．古德生老早就要他滾蛋。沒有人知道真正的原因。

我躺在醫護室，又氣又痛，許多可怕的記憶就像臭泥巴般從地心湧出。為什麼敢動粗的人總是能得到容忍，而我們只有被痛宰的份？柯希雅怎麼可以那麼自私，只為了讓哥哥留在她身邊而無視其他人的生命安全。我想撥電話給阿默，請他盡快把我弄出這個瘋人院，就算這裡是黃金打造的皇宮，我也不會回頭。

不出我所料，柯希雅果然到醫護室找我，試圖為柯帝柏求情。

「嗨，還好嗎？」她的口氣怯生生的，完全失去平日的自信風采。

我瞪著她。

「對不起，我實在不知道該說什麼。」

我不想回應。

「他們說，你堅持要報警。」她看我沒講話，只好繼續說下去。「如果可以的話，我希望你不要追究，賠償費用的部分，我會想辦法。」

「你們都是用錢擺平事情的？如果我被打死，你會賠多少？要賠給誰？」

柯希雅轉頭看向窗外，她的眼淚一顆顆爭先恐後地往下掉，臉頰和鼻頭泛紅，眉毛像兩隻可憐的蠶寶寶一樣把頭緊緊偎在一起。妳就是用這一招應付我們這些被害人嗎？彷彿妳才是承受最多委屈的人。

很難具體形容柯希雅之所以吸引我的地方。我可以告訴你們說，她既不性感也非清純，她只是美。想必你們會嗤笑，引用「情人眼裡出西施」這一類老套的說法來反駁我。但願這個世界真的存在所謂美的絕對準則，如此一來，我就不用費盡心思試圖讓你們明白。

她可以不開口，只靠一對眼睛向你傾訴。難不成要我動用理性，記錄分析她眼皮開闔的頻率和距離、瞳孔放大縮小的範圍、眉毛的間距和形狀變化？假如真的要這麼做，我們對美的感受不就淪為純粹機械式的刺激和反應嗎？激起我們內在情感的豈是外在血肉身軀的變化？更何況，我們要如何形容她們的情感和靈魂之美？柯希雅的美就在於她是柯希雅，換個觀點來說，我之所以認為她美麗動人，是因為我的眼睛、我的情感和追求永恆的靈魂告訴我：柯希雅很美。

先前柯希雅有幾次找我去辦公室討論新書的進度。她談到她希望蓮思莊園能夠幫助更多從事不同類型創作的藝術家，不單單只是靜態的視覺藝術，她看過阿默幫我出版的《我想對你說》那本詩畫明信片書，她希望我能為蓮思莊園寫出類似的作品。

「我在畫的時候，還沒想過會出書，如果不是阿默他們，妳後來可能也看不到這些東西。」

「如果我們找機會邀請阿默一起談談看，你覺得可行嗎？」

我聳聳肩，心裡其實不是很樂意。我只想畫自己想畫的，當初簽合約的時候，他們只說作品必須跟莊園相關，沒有提到我還得按照他們意見去畫。浮雕迴廊給我不少靈感，我想用畫筆打造出迴廊，裡面有我的記憶，我的愛，我的罪行和我所認為的真相。

「你是不是覺得我在限制你的創作？」柯希雅微笑看著我，她一定多少知道我們這種人在想些什麼，要不然她也不會才三十歲出頭就當上莊園的經理。

「我已經想好主題了。」

「願意先洩露一點機密嗎？」

看到她一閃而過的淘氣神情，我也跟著放鬆下來，不過，要我隨即用口語陳述腦中的影像，我還是會緊張。

「我想在這一年裡畫出十二張約四開大小的水彩畫，內容大概是講某個畫家他到了一個神秘的國度，所有的人都因為被下魔咒，一直昏睡，皇宮裡有十二座敘事浮雕，每一座浮雕會向旅人提示這個國家過往的歷史、當下發生的事實和未來將要發生的興衰，旅人要憑著這些線索，找出解除魔咒的方法，但是他必須非常小心，因為歷史已經被前面其他的旅人改寫過了，未來的事又還在變動，旅人唯一可以信賴的，就是他當時聽到或看見的每一件事，他只能靠自己判斷，找到下咒的人，並且想辦法解除咒語。」

我看見她的眼睛因為故事而發出光芒，我的心跟著亮起來。我發現自己渴求她的肯定，我希望她能穿越我這副流浪漢又臭又固執的外殼，踏進我的內在世界，進而了解我。

有一段時間我們都沒有出聲，她的眼球像彈珠在碗裡滴溜滴溜轉，秀氣而挺直的鼻子絲毫沒有瑕疵，嘴唇因為認真想事情而自然地微微嘟起，那真是一幅讓人百看不厭的肖像畫。

最後她說：「那就照你的安排做吧！我非常非常期待看到你的作品，如果有任何我幫得上忙的地方，請千萬要讓我知道，我一定會盡全力幫助你完成它，不止為了蓮思莊園，我自己也等不及要看到。」

就因為她這番話，我從未拖延安排好的進度，往後幾個月的辛勤創作，就只為了那幾個小時單獨和她討論的時間，我不允許自己讓她失望。她完全注意到畫中那些我刻意安排的細節，她徵得我的同意，幫我修改部分的故事內容，讓文句看起來更活潑，而且她也提供許多有趣的創意，例如特殊的關鍵人物，還有就算我想破頭也想不出的古怪陷阱，能和她共事，就如同身處天堂，就算沒有蓮思莊園也無關緊要。

原本一切都很美好，要不是柯帝柏破壞這一切，我們兩個後來也不用在醫護室裡討論理賠的事。

我堅持要驗傷，然後報警，也會提出告訴，一切按照應有的司法程序走，非得要讓柯帝柏受到教訓，我將會很樂意聽到他在獄中被獄友毒打的消息。事實上，我還沒想清楚自己到底是否有那份能耐跟柯帝柏窮耗。

柯希雅仍然繼續哀求我，我逼問她是不是認為我們的命不重要，她只是不斷強調她沒辦法看著哥哥坐牢。對我來說那是全然的鬼扯，更何況柯帝柏也不是她的親哥哥。

「我不管你們家是怎麼跟他相處的。以前我在街上睡的時候，被死小孩拿著棒球棍打是一回事，在這種地方，號稱是藝術家天堂的蓮思莊園，我居然還會被這種心理有病的怪胎打成這樣，差點沒命，在大白天！他根本就不在乎，我怎麼能放過他？這種事絕對會再發生！」我氣到顧不得嘴上的傷，連珠炮似地把話全部講出來。

「我知道你一定很生氣，懷疑我只是偏袒柯帝柏，可是，我真的不願意，如果不是因為……」柯希雅講到這裡就泣不成聲，我想伸手拍拍她的肩膀，可是又沒有勇氣，萬一她反咬我意圖性騷擾怎麼辦？

「除非妳講清楚，要不然我等一下就要打電話給經紀人，請他幫我處理，我也要馬上終止和蓮思莊園簽定的合約。」

柯希雅點點頭，然後長長吐了口氣。

「我不知道我父親有什麼秘密，但是他很怕柯帝柏。我記得柯帝柏到我們家的時候，我才三歲半，爸爸常常不在家，媽媽心情不好，沒人陪我玩，只有他會保護我、陪我。雖然爸爸說柯帝柏是他一個好朋友留下來的孤兒，但是媽媽一直不相信，他們不停吵架，我剛開始要上學的時候，他們就離婚了。

「到了柯帝柏十四歲的時候，他的脾氣越來越怪，不是跟爸爸吵架，就是把家裡弄得一團亂，爸爸為了怕我出事，就把我送進寄宿學校唸書。那時候我很氣柯帝柏，他寫信給我，我都不回，也很少回家。我滿十六歲那年，我爸跟我說，柯帝柏在他睡覺的時候用槍指著他的頭，要他答應讓我們兩個結婚。

「我死都不答應，但是爸爸的反應更奇怪，他一直勸我一定只能嫁給柯帝柏，要不然我們都會有生命危險。我要爸爸去報警，他不肯，只是強調這樣對事情一點幫助都沒有，要我為他著想。

「柯帝柏很聰明，除了那天晚上他持槍威脅爸爸以外，他就沒有再做過任何一件足以讓我們報警的事。我離開學校以後，不管我在哪裡，柯帝柏就一定要想辦法跟在看得到我的地方，如果那個地方他不能久待，他就會讓我也待不下去。

「他從來沒有對我動手，對我有求必應，好到我幾乎想要放棄，聽爸爸的話，嫁給他，可是我又不甘心。」

「賈克昂，你要是堅持報警，我不會怪你，我只是想讓你知道我的難處，在他進監牢之前，他一定會先殺了我爸，說不定，他也會殺掉我，免得有人趁他服刑的時候把我帶走。」

「真的沒有別的辦法嗎？」

「我們都想過了，你覺得他看起來像是下不了手的人嗎？就算我想申請保護令，總要有被他威脅恐嚇的證據吧？還是被他打過一兩次？可是他不找我，他找爸爸，偏偏爸爸什麼都不講清楚。」

我能說什麼呢？假如柯希雅存心騙我，用那張不斷抽噎、泛著紅暈的哀淒面孔欺騙我，我也只有認了。

＊＊＊＊＊

說來諷刺，我和莊園裡的人終於有了交集。不是因為藝術創作，不是因為共處於一個幾近封閉的環境，而是因為我被打得像條流浪狗。大家看起來似乎真心為我感到遺憾，彷彿在我浴血抵抗柯帝柏之後，他們決議頒給我某種隱形的榮譽勳章，讓我成為一份子。

當我再度得到醫生的許可，離開醫護室的隔天晚上，幾個人來敲我的門，問我要不要一起到威廉．費拉的房間，和他們喝點小酒。我答應了。

威廉勸我不要惹惱柯帝柏那個瘋子。

「你知道他怎麼講我們嗎？」戴夫問我。他平常很少講話，他聽見我們在談論柯帝柏，似乎被勾起談話的興致。

「因為我不太說話，而且從來沒跟他打過招呼，所以他說我是聾子，吃軟飯的智障，他看不起我的雕塑作品，說整座浮雕迴廊是一堆狗屎，我做的東西是裡面最臭的。」

威廉馬上插話：「你沒聽過更狠的！他說我是個屁眼抹油的娘娘腔，半夜不睡覺，到處勾搭人，整個蓮思莊園的男人除了他以外，都上過我。」

聽到的人都皺起眉頭，無奈地苦笑。

「沒有人跟經理反應過嗎？」我問。

「我本來對柯希雅還滿有好感的，自從知道柯帝柏是她哥以後，不管是不是親生的，我連帶也討厭她這個人。」威廉說。

「打人的又不是她，事情分開看會比較好。」儘管當時我回話回得頗有正義感，卻不免同時尷尬地想到自己也持有過一樣的看法。

「要不是她，那個瘋子怎麼可能進得來？現在好啦，連迪倫老爹都沒辦法趕他出去。」威廉說。

「說不定……我只是假設，他們可能有不方便的地方。」

「得了吧！喂！你頭被打壞啦？怎麼一直幫他說話？」

「我不是在『幫』柯帝柏講話，」我非得強調這一點，「我只是認為柯希雅和迪倫應該不是壞人。」

「壞人會把自己的底細貼在額頭上嗎？」威廉一臉不屑。我後來就懶得再多講，威廉的口氣聽起來就像在嘲笑我是個沒見過世面的人，一副我就是那種同情加害者的悲哀受害者。

迪倫．古德生似乎再也無法忍受柯帝柏。

柯帝柏的行徑越來越惡劣，他後來又打傷一位新到職的女性服務員，就只因為他剛好經過二樓的洗衣間，親眼目睹她沒有把他的衣服和其他人的分開洗滌。古德生決定請警察上來抓人，他還要柯希雅馬上通知她的父親盡快先找到暫時藏身的地方，等到柯帝柏入獄後再說。

當天中午過後，就再也沒有人看過柯帝柏在莊園裡活動。

不知道為什麼，那天晚上我一直坐立難安，總覺得有可怕的事會發生。我躺在床上時睡時醒，就在我夢見柯希雅全身著火，望著我哀嚎時，我突然驚醒，看到窗外一片紅光，濃濃的白煙幾乎要把我嗆昏，我連忙用上衣摀住口鼻，趴在地面，靠著印象往房門口爬行。等我開門，才發現蓮思莊園有半邊燒得像地獄一樣。

我拿起門邊的滅火器，用力敲打兩旁的房門，想要叫醒露納和威廉，我想到柯希雅，於是往辦公塔樓拔腿狂奔，柯希雅的房間就在三樓。

塔樓入口的保全鎖因為斷電而失效，我本來還擔心打不開門，但看來似乎已經有人先行解除門禁。

當我衝到三樓時，柯希雅在哭叫。我跑進她的房間，看見柯帝柏把柯希雅壓在床上，扯開她的衣服；她上半身赤裸，臉上全是血。

我舉起滅火器，從他身後砸他的頭，趁他失去重心，我趕緊拉著柯希雅要往門外跑，結果柯帝柏死命扯住她的腳，我不停踹他，他就是不放手。眼看塔樓也跟著起火，外面的火焰已經捲進窗邊的絨布窗簾，我正打算要換個方向用滅火器砸爛柯帝柏的手，柯希雅不知道從哪裡摸來一支撥火棍，她先是狠狠地用撥火棍抽打他，他不但不鬆手，還慢慢站起身來，想要掐她脖子，我用雙臂死命箍住他的上半身，那是我唯一想到的辦法，然後，我看見柯希雅用一種如釋重負的眼神看著柯帝柏；她用撥火棒尖銳的末端斜斜刺進柯帝柏的腹部，我猜她是為了要避開站在他身後的我。她不再恐懼，沒有遲疑。柯帝柏動也不動，嘴角揚起，不斷淌血，我拉著還沉浸在復仇快感的柯希雅，要她快點往外走，因為火焰幾乎要燒到我們；柯帝柏仍然不肯放開她的手臂，那一刻我真的氣炸了，我使出蠻勁抽出他肚子裡的撥火棍，藉著棍子末端的一小截倒勾，要他痛得不得不鬆開手，我趁勢把他的身體轉到火燒得正旺的地方，用力推他進去，讓火舌捲走他該死的最後一口氣。

我半拖半扶著只能跛行的柯希雅逃出房間之後，才發現蓮思莊園的主建築幾乎全毀。所有還存活的人都望著大火痛哭。迪倫．古德生的心臟承受不住突來的劇烈打擊，他倒下的時候，所有的人正忙著救火和逃命，等到我們找到他的時候，他已經沒有心跳，也沒有呼吸。

露納．金斯基、戴夫．維立歐，還有另外三名我尚未記住名字的服務員，他們全都葬身火窟。

我的作品也跟著付之一炬。

＊＊＊＊

柯希雅在醫院躺了近兩個月才勉強能下床走路。她的鼻梁被打斷，臉上有兩道斜斜的大傷疤，右臉頰被剝下來的皮膚需要另外植皮重建；左小腿脛骨從中間裂開，腳踝扭斷，這都是柯帝柏那個惡魔造成的。她一再堅稱她沒有洩露消息給柯帝柏，我們猜想，說不定是她的父親打電話警告柯帝柏。總之，柯帝柏幾乎要完成他的毀滅計劃。

我每天都去醫院陪著她，一再對她說我會努力讓她過好日子，接下來不用害怕任何事情，她永遠都是我心中獨一無二、受人仰慕的女神。我的保證聽起來是如此的不切實際，意志很堅定，口氣卻是虛軟無力的。她只是哭泣和搖頭。

阿默說他十分內疚。「我差一點就害死你……幸好你沒事，天啊，我本來以為這是大好的機會，沒想到裡面居然會有這種人，賈克昂，我真的很抱歉。」

我向他保證我完全不怪他，並且要他別再提這件事。我怎麼可能會責備他呢？若不是他當時大力促成我進駐蓮思莊園的計劃，我又怎能及時救出柯希雅？別誤會我，我當然希望救出所有人，如果可以，我還想讓時光倒流，在柯帝柏一出娘胎的時候就狠狠掐死他，這樣一來，四十多年後的蓮思莊園還會存留下去，繼續安頓其他藝術家。

我試過要靠記憶把那份被大火吞噬的畫稿重新繪製出來，作為慶祝她出院的禮物，可是每次我一回想那個故事，柯帝柏的鬼臉就出現在眼前。

在她出院之前，昔日接受過古德生贊助的人聯合舉辦一次紀念藝展。威廉·費拉做了一系列的速寫和雕像，標題是《月亮·夜鶯·死亡》，全都以露納·金斯基為藍本。最後一座雕像簡直就在折磨觀賞的人——她被綁在火刑柱上，重重烈焰包圍著她，她衣不蔽體，下半身僅剩焦骨，臉部因劇烈疼痛而變形，頭上浮著一圈荊棘編成的環狀物，有隻禿鷹的利爪緊握著環狀物，正準備飛離死者。

藝展結束以後，柯希雅就失蹤了。我不敢去懷疑她故意不告而別。我怕我會真的了結我自己。萬一她後來回來找我呢？

我沒辦法畫畫。我可以在畫架前面呆坐或昏睡一整天，不吃不喝。

＊＊＊＊

大概過了快三年，柯希雅透過阿默找到我。那時我在療養院裡，瘦得像鬼，整天只想著到底要不要自殺這件事情。兩次，我失去我愛的女人，她們一聲不吭就離棄我，好像我是垃圾。我可以接受柯希雅當面用各種理由拒絕我，就像拒絕柯帝柏一樣，儘管我會難過得快要死掉，但至少我還有釋懷的可能。

我看見她站在我的面前。我以為是鎮定劑害我又出現幻覺，我為自己感到悲哀，居然落得要靠幻覺才能和她見面。

她問我好不好，我回答：「就算妳是假的也沒關係。」

剛開始她以為我瘋了，我自己也一樣。

我看著她，她臉上的疤痕變淺了，但是沒有消失，右臉頰的膚色和別的部分不太一樣，嘴角被抹掉了一部分，鼻子有點歪歪的。是我的柯希雅沒錯。

「你還認得我嗎？」

我點點頭。「妳是柯希雅。」

她苦笑。

「我一直在等你。」

「我知道。對不起。我想一個人靜一靜，而且還有很多事要處理。」

「妳可以先跟我說。」

「我說不出口。」

「妳怕我像他一樣？」

她沒回話。

「我本來想再寫一個故事給妳，可是妳走了，我寫不出來。」

「也許我能幫忙？」

我以為我聽錯了。我忍不住張開嘴巴，想用嘴聽清楚她的話。多蠢。

「換我來救你吧。」

她把我從療養院領出來。我們住在郊區，房子是很平實的木造建築。她在社區大學教授藝術史，也和阿默一起處理我的創作事業。

她問我願不願意娶她為妻。

我說，妳真是愛說笑。

我們度過四十年美好的婚姻生活，我為她畫的許多肖像畫，到現在都還好好收在房子裡。

她在睡夢中平靜去世，留下我獨自活著，在書桌前為我們過去的錯誤寫出遲來的懺悔。我的妻子始終沒有忘記過這件事，到死前都還懷有無比的愧疚，就算她不說，我也知道。她氣自己間接害死了那些人。

究竟悲劇的源頭可以回溯到什麼時候？

假如我們歸咎於犯下原罪的人類始祖，或是無數次我們自己造成的前世業障，會不會是一種推卸責任的作法？我們的責任在哪裡？有沒有可以避免悲劇重覆發生的更好作法？

我後悔當時被打傷之後沒有堅持追究下去，但是她說我們的姑息和她父親的行徑相比，簡直是小巫見大巫，是她父親自己創造出柯帝柏這個惡魔。

柯帝柏是一對毒蟲夫妻棄養的幼兒，五歲的時候被柯希雅的父親領養。

柯希雅的父親有戀童癖，而柯帝柏是他和朋友共享的甜點，直到他年滿十三歲為止。

柯帝柏後來翻出他們拍下的所有猥褻相片。那些相片成為他未來索賠的最佳利器。

我還要告訴你們一件事：我再也沒有見過那個和我失散多年的女人。

她死於幾十年前的一場火災，起火原因是人為縱火。

我想要盡快去找我的妻子，無論她的靈魂此刻棲息何處。

該說的我都已經說盡，你們就放過我吧。

第二部

寫實的肖像畫

庫瓦娜．蘭金

庫瓦娜走進那棟被戲稱為「神殿」的玻璃建築。三層樓高的神殿位於蓮思莊園的東面，緊挨著山崖邊緣而建。

她穿過一樓的中央展覽區，沿著迴旋而上的透明階梯走到二樓。兩個多鐘頭以前門已經被鎖上，圖書室裡沒有任何照明，她藉著月光，謹慎地在走道上移動。她的掌心掃過一排排的柚木書架，指尖偶爾輕點幾本書的書脊。空氣中殘留著乾燥而苦香的咖啡氣味，她聯想到沙漠中夜晚的營火。她不是來看書的，她的目的地是三樓的小型畫室。

畫室超出整棟玻璃建築的垂直面，底部只有鋼骨支撐，像是一個懸在斷崖正上方的透明方塊。她脫下鞋子，腳掌緊貼冰涼的強化玻璃表面。她低頭，看見月光灑在半山腰的湖面，一波波蕩漾著，就在她的腳下，她覺得自己開始跟著飄浮。她仔細聆聽玻璃板在承受她的體重時，從接縫之間發出的細小刮擦聲，她想像鋼骨正一點一滴失去支撐能力，因為晚風、月亮和星辰會逐漸消蝕它們，總有一天，在她站上去的某一刻，這個房間會往下墜落，摔成碎片。她在房間來回走動，慢慢脫下身上僅有的白色睡袍，讓又亮又冷的月光像冰牛奶般淋遍全身。她需要神殿的安撫力量，為她抹去方才目睹的景像。

她原本要被扔在村子外的墳墓堆裡等死，因為他們說她是經由魔鬼受胎的怪物，在她出生後二十多年，她才首度聽說「月亮的孩子」這個詩意的代稱。

她出生的那個晚上，宣教士蘭金夫婦正開車載著藥品和奶粉前往村子，他們經過墓園旁邊，車燈掃過一團正在蠕動的灰白色東西，他們一停車，就聽見嚶嚶的哭聲，走近仔細看，發現那是個女嬰，於是他們趕忙把她帶進村裡。

村民不讓蘭金夫婦從水井打水清洗那個沾滿泥沙的新生兒。

「魔鬼的小孩，會污染整個村子。」

「這是芭烏亞的女兒對不對？我知道她這幾天就要生了，她在哪裡？」

「她死了。」

「死了？」

「魔鬼的小孩害芭烏亞一直流血，三天才生下來，然後就死了。」

「她會死是因為你們讓她十二歲就生小孩！」

蘭金太太很難過，死去的小媽媽是她最喜愛的學生之一，他們夫妻當時正在為孩子們募款，希望能買到一輛二手巴士，僱用司機，送孩子去十六公里外的學校接受正規教育。

蘭金先生衝進乾草搭建的教室後面，拎了一桶備用水，他和妻子在課桌上把棄嬰洗乾淨以後，發現嬰兒全身雪白。

在女孩三歲時，她的生父加入海盜集團，打劫沿海的貨輪和遠洋漁船，某個晚上在酒吧裡被槍擊身亡。沒多久，蘭金夫婦正式收養她。

＊＊＊＊＊

庫瓦娜．蘭金是個非洲裔的白化症患者，她的白皮膚在夏天會泛紅，冬天時則帶著青藍色。她的髮絲彷彿曾經長時間浸泡在漂白水裡，幾乎褪去所有的色素。她偶爾會抱怨自己淺灰藍色的眼珠很無趣，稍稍外翻的粉紅眼眶看起來像在發炎，所幸她只有非常輕微的弱視，眼球震顫的狀況也不算嚴重。她的臉頰長滿大小不一的淡褐色斑點，鼻樑寬而且長，嘴唇豐厚，身高將近一百八十公分。

為了存錢買車和旅行，她在青少年時期當過模特兒。她就像個罕見的白色木偶娃娃，任由彩妝師在她臉部和身體著上顏色。閃光燈和隱形眼鏡讓她的眼睛很不舒服，她的情緒越來越暴躁，她尤其討厭人家說她「很特別」。

她滿十八歲的那年，養父母帶她回去坦尚尼亞的出生地探視。他們去探訪一個庇護所，裡面全是白子，跟庫瓦娜一樣。透過翻譯，她聽到許多悲慘的故事。

「如果你是男人，你的手腳會被斬斷、晒乾，當成幸運符，這是幸運的。有時候，他們會先挖出你的心、你的肝、你的腎，拿去賣掉，然後再斬下你的頭。如果你是女人，你會被強暴，有些人不怕被白色的女人污染。你的乳房會被切掉，剩下的就跟白色男人的下場一樣。只有很少的人可以逃到這裡，可是會有其他人拿槍闖進來。我們比牛羊還要值錢，但是比黑猩猩便宜一點。」

庫瓦娜後來在接受採訪時提到那次返鄉之旅。她認為從那個時候開始，她才比較清楚自己想要做什麼。她繼續忍耐四處走秀和拍照的生活，假裝那是另外一個女孩在借用她的身體。她用賺來的錢支付進階繪畫課程的花費，她穿朋友穿過幾次就不要的舊衣服，因為沾到油彩的時候她才不會心疼，而且省錢。

庫瓦娜首度正式的個人畫展很幸運地得到媒體的報導——首先，她是個患有白化症的畫家，再來才跟她的畫作內容有關。

主題為《這是我們為你捨棄的》的一系列油畫作品描繪各種裸露的女人，包含十個不同的次主題，分別以人體模特兒的名字縮寫來命名，每個次主題有四到五張的畫作。畫作裡的女人沒有臉孔，那些線條曲折、明暗相映的身體是庫瓦娜關注的焦點。

作畫時，她先讓模特兒隨意擺出她們想要擺的姿勢。接下來，她繞著模特兒走動，從各個角度觀察她們的骨架、肌理、皮膚在日光或燈光的照射下呈現出來的色調，然後她打出第一張草稿。

從第二張畫開始，庫瓦娜會親自動手調整模特兒的身體，使她們的肌肉由於體態不自然而緊繃，關節突出，乳房和下體受到擠壓，必要時，她會用絲巾和畫筆固定住她們的腳踝或手腕，避免她們中途改變姿勢。她還會拿白色的布包住她們的臉，以免那些流露出疼痛的眼神，或喘息，或輕聲抱怨會干擾到她對受苦軀體的觀察。

最後一張畫裡面，女人的身體以令人匪疑所思的變形狀態出現，皮膚上有淤青、流血的傷痕。

模特兒們在畫室受到程度不等的肉體折磨，全都出於自願。她們有的是庫瓦娜的愛人，或只是暫時惑於她的稀有，因而甘心忍受她作畫時的緘默與殘酷。一旦畫作完成，庫瓦娜會變得比較體貼，用各種方法補償她們先前遭受到的痛苦。

蘭金夫婦在庫瓦娜還幼小的時候就發現她有畫畫的天分，他們以為她一直專注在描繪花草、昆蟲、鳥獸等等，將來可能會朝向童書插畫的方向發展，說不定還可以為教會裡家境清貧的孩子提供免費的畫畫課。庫瓦娜沒有對父母表明自己的看法——她早就厭煩畫那些合不攏嘴的笑臉、那些光明天使、那些述說希望的圖畫。庫瓦娜成年之後的畫作與生活逐漸讓蘭金夫婦感到不安。他們選擇忍耐，等候上帝把庫瓦娜帶回正道。庫瓦娜和養父母見面的時候，也識相地避談某些禁忌的話題，只講工作時發生的有趣新聞。

她知道他們想聽她保證她會過正常人的生活，她會重新畫那些美麗而純真的圖，她會嫁給一個愛上帝的男人，生下健康的後代。在飯廳燈光的照射之下，她看見養父母的皺紋變得又密又深，他們吃飯的動作變慢了，而她是家中唯一的孩子。

庫瓦娜記得在她第一次登場走秀的隔天，蘭金夫婦在報紙看見女兒的乳暈從薄紗上衣透出，他們猜想接下來會是厭食症和毒品。

「妳最近吃得好像有點少。」

「有嗎?非洲和印度不是有很多人在挨餓?跟他們比起來,我吃得很多了。」

「可是妳的照片,看起來太瘦了,而且我們不喜歡妳穿那些暴露身體的衣服,那不是好的工作,我們當初應該要更小心為妳挑選的,我們以為妳只是要穿一些棉衫和牛仔褲去拍照。」

「還好吧。我又不是在大街上脫光衣服,那是特殊的場合,就像畫室的人體模特兒一樣。」

「我們認為,真正好的畫,不需要讓人脫光衣服。」

「拜託,那是你們不懂欣賞!你們說我在上帝的眼中是美好的,那為什麼我不能光明正大把美好的部分給別人看?」

「因為我們的眼睛很久以前就墮落了,所以我們的身體最好只保留給真正會愛我們的人欣賞就好,這也是保護妳自己。」

「為什麼我們能用墮落的雙眼去欣賞大自然的美,去欣賞藝術品?難道同一雙眼睛不能享用人體的美嗎?」

「艷麗是虛假的,美容是虛浮的,唯有敬畏耶和華的婦女,必得稱讚。」

「不要每次都用聖經來逃避我的問題,回答我啊!」

那天她對養父母大吼大叫,在摔門離家之前,還揚言要為色情雜誌拍攝跨頁照片。

庫瓦娜當時不確定她究竟是為時裝設計，還是為所有展示女性裸體的藝術而辯護？或者，她要力爭在公眾面前完全坦露身體的權利？她懷疑自己不過是賭氣，因為她從來不相信台下觀眾和看報的人會覺得她的裸體很美。她認為模特兒的身體在伸展台上和在相機前面是一種被許多人羨慕、常常挨餓、會自行移動、可快速淘汰的有機體衣架，用來示範女性美的標準規格與配備。

在某次個人小型畫展結束後，庫瓦娜改用工筆畫法繪製新作品。圖的背景通常是原野或森林，動物在畫面中央，身體都缺少某些部位，例如：獵犬沒有耳朵，嘴管右側的皮膚和肌肉已經完全消失，露出白森森的骨骼，正朝著目標加速奔跑；彩色的天堂鳥失去長長的嘴喙，尾部的羽毛沾滿黑色油污；海鷗只剩下單面翅膀，站在海岸的峭壁上掙扎著想乘風起飛；毛皮發亮的黑熊失去四個腳掌，安靜站在河邊的青草地上，周圍草葉表面濺滿血，不靠近細看，還以為那只是背光所造成的陰影。

她喜歡那些陪伴她度過童年的動物，喜歡牠們磨蹭她，用齒或爪在她身上留下記號，她喜歡牠們的體味，有時候她會閉起眼睛，把家禽和哺乳動物的味道轉化成各式不同的線條與顏色，她喜歡躲在綿羊群裡，要蘭金太太從羊堆裡把她找出來，她喜歡趴在大石塊上，一邊觀察一邊計算蝸牛的移動速度，想像牠們用黏液在畫畫。她後來在書上看到其它動物也會產下白子，她因而感到安心，她喜歡想像整個地球的白化症生物正默默陪伴著她。

但是當她作畫時，想的不是動物活躍的美好狀態，相反的，她完全著迷於身軀被剝奪的景觀裡，她的油畫看似在抗議人類對動物的殘酷行徑，畫面卻呈現安祥的氣氛，動物的神情莊嚴，不加抵抗地承受一切痛苦。她仔細描繪出根根分明的毛髮和晶亮的眼球，體態栩栩如生，令人不由得懷疑庫瓦娜始終都在冷靜旁觀牠們受苦，並且致力於用繪畫來頌讚這種殘酷，將它轉化為瞬間凝結的美。

她在接受訪問時，為自己的創作動機做進一步的解釋。

「我才不是為了造反而造反。我只是從比較可怕的另外一面認識世界。『另外一面』不一定是『善』的相反。承受痛苦的經驗，或是像藝術家一樣貼近地描繪痛苦，才能真正看見我們生而為人的限制，才能進一步理解別人遭遇到的不公義。你們覺得我很邪惡，因為我畫出那些扭曲的女體和受傷的動物，可是在我的眼裡，受苦的肉體不但揭發世界的真相，也體現受苦的形而上意義——你們相信的耶穌，不就是以血淋淋、幾乎全身赤裸的形象出現在很多繪畫作品裡？不就是這個形象，安慰了很多受苦的人？」

幾年後庫瓦娜在網路上看到有人轉貼她那一次受訪的談話內容，不禁皺起眉頭。我還真有那個膽子可以講出這麼多鬼話，就算我真的想呈現女性和動物正在受苦的處境，跟耶穌釘十字架有什麼關係？那些圖有淨化靈魂的作用嗎？得了吧，聳動的主題才容易引起注意，這才是我真正的動機。

她有點吃驚卻也不是真正意外地發現買家喜愛收購這些古怪的畫作。她享受這個系列畫作帶來的成就感和金錢報酬，可是她也感覺到有什麼東西從她身上流走。每隔一段時間，她悄悄將錢轉進養父母的銀行帳戶，要不就捐助公益慈善團體。她模糊地推想自己說不定在嘗試要補償，只是沒有認真想過她的愧疚源自於何處。

她從來就不把自己限定在純藝術的創作領域裡，她接受商業插畫的委託案，像是舞台劇海報、餅乾盒上的插圖、公家機關的文宣、連鎖服飾店裡特價T恤上的圖案，只要價錢合理，她一律來者不拒，後來她還學會使用電腦繪圖軟體，於是，她坐在畫架前慢慢磨蹭的日子越來越少。直到有天下午，她手上完全沒有尚待完成的案子，她拿起畫筆，想畫點新的東西，竟發現腦袋一片空白，靜不下來，顏料沾得到處都是，她知道事情不太對勁。畫廊有時候會問她有沒有新的畫作想要辦展覽，她覺得困窘，只好隨機想些藉口推托。

那一段時間，她盯著空白畫布的時間變長了。她在空白裡徹底迷失方向。為了避免被空白吞噬，她拿起調色刀，將兔皮膠、混合顏料的石膏打底劑依序均勻平塗在畫布表面，像祭司般虔誠為祭典做準備，深恐任何一個程序錯誤，會招來無可挽救的懲罰。她為十幾張不同尺寸的畫布打好底色，但是還不知道究竟該畫什麼。她練習配色，想在慣用的色盤之外另行開發新的色彩組合。她也試驗過讓色塊以不同的形狀、比例和顏色變換組合。

原來我也會畫抽象畫，看起來還挺像樣的，只要再想幾個假裝很有深度的標題，說不定畫廊會收這批畫。

念頭才剛閃過，她就順手拿起美工刀狠狠割破在她面前的畫布。

庫瓦娜考慮過再找模特兒的工作，讓自己轉移注意力，不要只想著畫圖，不過，她很清楚，她很難在離開伸展台幾年後仍然保有原來的身價，她的特殊外型早已失去可供炒作的話題，更別提她後來的體重根本就穿不下標準的0號尺碼，而一般服裝型錄也不會找她拍攝。畫不出新作品這個困境像面蜘蛛網，她一頭撞進網中，眼睜睜看著毒蜘蛛朝她步步逼進。

就在某天下午她決定把所有的畫具都往窗外扔之前，她及時把自己趕出家門，發狂地踩著自行車，在巷道內鑽進鑽出。

她看見上班族神色匆忙，她看見攤販正從貨車卸下擺攤用的鐵架，送貨的小弟，兩手牽著幼兒的婦人，路邊撿紙箱的駝背老先生，推著輪椅沿路兜售雜貨的身障中年男子。店面的招牌在夕陽還未完全沉落之前就一個個亮起來，餐館裡尚未烹煮和裝盤的蔬果，服飾店還沒來得及拆封上架的衣服，從早播放到晚的電視牆，在透明展示櫃內閃耀的金飾、鑽石和珠寶，書店裡那一本本有話要說的書，他們全都以斑爛的色彩、形體、線條出現在庫瓦娜的視線之內。這些人為生存而辛苦工作，我在做什麼？我的作品能為這個世界帶來什麼好處？誰來評量我的價值？庫瓦娜雖然時常為自己衣食無缺的物質生活感到僥倖，卻也同時為創作不順的厄運而苦惱，她無法衷心感到滿足。

她停在朋友傑美的家門口，不確定是否要按下門鈴。她擔心的不是打擾到友人，而是到底要講什麼。

傑美正好要出門。她看到庫瓦娜時並不意外，直接走上前輕輕抱了庫瓦娜一下。

「剛好路過，想來看看妳。」庫瓦娜不好意思地說。

「怎麼不先打電話過來？我剛好要去上課！」

「臨時想到的，沒管那麼多。」

「我還有差不多一個鐘頭的時間，陪我買杯咖啡吧，我們邊走邊聊。」

「可以啊。」

傑美身兼畫家和藝術治療師兩種職業，她在畫壇沒有闖出名號，但是在藝術治療領域倒是逐漸廣為人知。

「妳來得正好，我想找個助理，有沒有興趣來幫我的忙？」

「助理？」

「喔，對不起，我忘記妳已經是大畫家了，妳一定不屑這個工作。」傑美邊講邊笑。

「幹嘛口氣這麼酸？」庫瓦娜苦笑，「我只是沒有想過你上課會需要助理，你明知道我沒有那個意思。」

「上次碰面我有跟妳提過嗎？我在社區活動中心開了一個藝術治療工作坊，今天我要上課的這個班大概有十多個學員，他們來學素描和油畫。本來有個念研究所的男生來實習，上星期他說家裡突然有事，沒時間再過來。」

「助理要做什麼？」

傑美斟酌著要從哪裡開始說明。

「這些學員跟妳在外面畫室看到的不太一樣。因為意外、疾病，他們的手腳不太靈活，畫畫的時候，會需要我們協助，可能是幫忙固定畫板，或者就是鼓勵他們，提供一點繪畫技巧的建議，我不會騙妳說整個過程很簡單，但是我認為很值得，每次我看到他們克服各種障礙，努力想要用繪畫表達自己來跟外界溝通，證明自己還有用處，真的很感動，他們改變我很多，有時候我覺得他們才是老師，我是來上課的學生。」

「聽起來很不錯。」

「妳沒興趣，對吧？」

「我不知道。坦白講，傑美，我不像你那麼有耐心，而且我最近畫得超不順的，我懷疑我到底能教別人什麼東西，我連自己都啟發不了，哪可能還去建議別人怎麼畫？我也不像妳或妳之前的助理，上過那些心理諮商的課，妳最好還是找有經驗的人。」

「我有想過再去學校找人。我也不是在勉強妳，不過這個機會滿難得的，來看看也好啊，反正妳都已經陪我走到這裡了。」

「我還沒有準備好，我真的不確定，我只是想跟妳聊……」

「不過是邀妳來參觀我們上課，就這麼扭扭捏捏？妳要我們脫衣服露屁股給妳看的時候，怎麼沒見過妳遲疑一下？」

「嘖，你這個嘴巴刻薄的女人，希望妳對學員不會那麼壞。」庫瓦娜伸出手臂，環抱住傑美的腰。

「我只會對妳壞而已，全世界只有妳能享受這個特權。」傑美抬起頭，輕輕掐了掐庫瓦娜的臉頰。

「好吧，就這一次，只是看看而已，我沒答應任何事。」

「放輕鬆啦，又不是要妳向我求婚。」

「說不定我會喔。」

「聽妳胡說八道，太陽從西邊出來的機會還比較大。」

傑美先走進教室，和學員打招呼，問候聲此起彼落。當他們看見站在門口的庫瓦娜時，交談的聲音瞬間靜下來。庫瓦娜站在門口，儘管有許多立著的畫架阻擋住她的視線，她還是很快看見那些外貌奇異的學員，他們群聚一堂，像個特別節目。她忘記自己在這些人的眼裡也是奇觀之一。傑美原先想讓這個相互驚奇的沉默再延續個幾秒，但她想到庫瓦娜說不定會因此而打退堂鼓，於是在掛好外套之後，她立刻向學員介紹庫瓦娜。

「今天我們有一位新朋友。」傑美轉身面向庫瓦娜，招手示意她走進教室。庫瓦娜故作鎮定，微笑看著一群陌生人。她覺得好像重返過去，站在負責面試模特兒的設計師面前，讓所有嚴厲的視線全部打在她的身上，她不確定身體要如何移動才會讓他們認可她、接受她。

「她的名字是庫瓦娜‧蘭金。她是專業的畫家，舉辦過兩次很受歡迎的個人畫展，今天她要跟我們在一起，請大家幫她認識我們每一個人，好嗎？」

「布朗助教不來了嗎？」有個女人舉手發問，她的下顎嚴重萎縮，快要和脖子連接在一起。

「我正要跟你們提這件事，布朗的家人突然有點狀況，他要趕回去處理，可能會有好一陣子沒辦法過來，他要我代他向你們說聲抱歉，他希望以後還有機會再跟大家見面。」

「蘭金小姐會畫畫，為什還要來這裡？拿我們當她的新題材嗎？」說話的是個男人，右手臂沒有截斷的部分還穿著膚色的壓力衣，臉部看起來還算完整，但後腦勺的頭皮毛囊超過一半以上完全受損，光禿的頭皮上到處是凹凸不平、色澤不均的疙瘩，讓他遠看起來像痲瘋病人。傑美看見庫瓦娜挑起眉毛，於是她連忙接話。

「你們有好幾個人也畫得很好啊，還在網路上賣過畫呢，難道就不能來這裡嘗試新的表現方式，來認識新朋友嗎？安，妳對湯瑪士的問題有什麼看法？」

「嗯……我覺得……說不定新老師可以教我怎麼調出好看的顏色，我今天想要畫一個花園，裡面還要有小鳥，還有松鼠，還有貓咪……」安很矮小，因此頭顱顯得特別大，她的臉上沒有眉毛，頭髮稀疏。庫瓦娜看著她，心想，天啊，這個女人大概有一百歲了吧，可是怎麼講話像小孩子一樣？

「是啊，新朋友總會帶給我們新的看法，對庫瓦娜來說，我們是一群很特別的新朋友，那我們今天就來試試看，畫一張畫，代表我們自己，讓新朋友能夠更快認識我們。來，想想看，我們可以從哪邊開始呢？」

傑美把畫板和畫架挪到庫瓦娜面前，要她先坐下，自己再從抽屜拿出一張水彩紙，用紙膠帶將畫紙的四個邊角黏在黑板上，拿出桃粉紅色的麥克筆，畫了一個形狀不完整的圓形，說：「例如，我會先從這個看起來像個漏氣輪胎的圓形開始。我希望新朋友知道我不是一個完美的人，但是你們的友情讓我像桃紅色的山茶花一樣，每次上課都會很快樂地綻放。還有其它很漂亮的顏色，我要用它們來畫更多不規則的圓形，代表我想將快樂的心情和新朋友分享，我不想畫尖尖的形狀，就是要這些線條彎曲的弧形。」

傑美才剛說完，連串咬字不清的句子從教室的角落傳出來：「我也想要，讓新朋友，認識我，如果她，願意來教我。」庫瓦娜一時之間聽不懂。她轉過頭向傑美投以詢問的眼神。

傑美說：「凱蒂，沒問題，庫瓦娜馬上就過去，妳可以慢慢告訴她妳需要什麼建議！」

「沒問題，我會很慢，很慢地，說！」

有的學員輕輕笑了幾聲。

庫瓦娜迅速瞪了傑美一眼後，就起身往聲音的出處移動。當她看見凱蒂的頭不自然地歪向左邊，臉部五官扭曲，像在扮鬼臉，手掌外翻，手臂不停抽搐，她不由得停下腳步，睜大眼睛，差點說出：「搞什麼鬼？」

「嗨，白雪公主！」凱蒂的聲音大得足以提醒庫瓦娜不要再繼續失態。

「嗨……我還能幫妳什麼嗎？不是，抱歉，我的意思是說，我還不清楚能做什麼，請妳告訴我。」

「我只是想知道，我要畫，好幾種顏色的線，要一條，一條，很清楚，不要混在一起，顏色會變醜，灰灰的，要怎麼畫？要等前面畫的乾掉，然後再畫嗎？」凱蒂舉起畫筆在畫布前面比劃，畫布上的顏料被抹得一團亂，庫瓦娜的第一個反應是為畫布感到遺憾，但是她馬上記起自己用刀片割破畫布的舉動，心裡不禁暗罵：我這個驕傲的婊子！

庫瓦娜看見凱蒂正聚精會神地盯著畫布看。無論頭部如何不受控制地扭動，凱蒂的雙眼始終沒有離開過固定在畫架上的調色盤或是畫布。庫瓦娜心想，凱蒂妳好像在等著男朋友從畫布裡浮出來，妳很確定他一定會出現？真好，我家的畫布看起來像怪物，不是我殺了它，就是它宰掉我。來吧，我們就來召喚妳的白馬王子吧。

「就像妳講的，要有耐心等待前面的顏色乾掉，然後再上一層新的，但是也有別的技法，像是……」庫瓦娜一邊解說，一邊回想起剛學油畫時，每次下課回到家，她就等不及要躲進舊穀倉裡畫圖。

那個看起來像活了上百歲的女人名字叫伊諾拉，她望向庫瓦娜，眼睛又圓又大，無辜的像隻吉娃娃。庫瓦娜起身走近她，小聲問：「安，還好嗎？」

安的兩手牢牢抓住小洋裝的蕾絲裙擺，僵坐在畫架前面，調色板上有幾坨尚未混色的顏料，三、四支畫筆立在銀色的金屬筆筒裡，塗好打底劑的畫布如同一望無際的冰原一樣，橫亙在庫瓦娜和安的中間。

「我不知道怎麼畫。」

我知道那是什麼感覺。

「剛剛聽妳說，妳想畫一座花園，我沒有記錯吧？」庫瓦娜看著安的臉發問。

安怯生生地點頭。

「妳最喜歡什麼花？記得他們的樣子嗎？」

「我最喜歡波斯菊，爸爸媽媽上個星期日帶我們去野餐，那個地方有好多波斯菊，還有綠色的草，天氣很晴朗，哥哥幫我拍了好多照片喔。」

「聽起來很棒！」

「哥哥今年夏天會高中畢業，然後他要去法國遊學一年，所以我們會很久都看不到他。」

庫瓦娜暗自算了算，發現安的實際年齡不可能超過十八歲，從安講話的語調和用詞來看，她可能只有十歲多一點，但是身體竟然等不及，直接衝向老年期。

「那我們就來畫圖送給哥哥好不好？」

「好。」

「我們先畫一條線，當成是山坡，妳覺得怎麼樣？想用什麼顏色？」

「綠色！喔不對不對，我要用天空的藍色，老師可以嗎？」

「妳看，藍色的小山坡出現了，妳要不要自己試試看？」

「那妳先不要走，好嗎？」

「可以啊，我也很想知道你的花園長什麼樣。」

有了庫瓦娜的保證，安放心拿起畫筆，畫下第一筆。隨後，安只問了庫瓦娜幾個私人問題，像是「妳幾歲了？妳總共畫過幾張畫？畫畫能不能賺錢？」，就自顧自地畫下去。

傑美站在湯瑪士旁邊，趁著空檔留心聆聽庫瓦娜和安的對話。庫瓦娜抬頭，剛好對上傑美的視線，她們交換淺淺的微笑，似乎同時也在無聲地交談。

還好嗎？

這裡跟我想的不一樣，我猜我應該還沒搞砸吧。

妳做得很好。我愛妳。

我想，我快要找到答案了，謝啦。

庫瓦娜望向其他學員，盡可能讓自己的眼神看起來漫不經心，她看著他們失去正常運作功能、不再完整的肉體。

那裡面住的是什麼？想要畫畫的意志到底有多強烈？如果他們畫出來的東西不符合專業繪畫的評定標準、缺乏辨識性，甚至沒辦法為他們帶來實際的收入，他們還有什麼理由畫下去？因為他們的創作本身就是意義所在？難道這樣就夠了嗎？我在用什麼東西去衡量他們？產能？市值？我用什麼在評價自己的工作？真的再也沒有值得我畫的主題嗎？是我的企圖心跑得太野，還是我太過害怕？

兩個鐘頭的上課時間過得比庫瓦娜預期的還要快，各種顏色的波斯菊已經綻滿安的半張畫布，那是屬於幸福兒童的筆觸和色彩，線條粗黑而篤定，家人永遠都是張開雙臂面對畫畫的人，太陽是圓的，向外放射光和熱，大樹濃綠而茂盛，大家站在山坡頂，伸手便可觸及白色的雲朵。安的臉頰漲紅，薄薄皮膚下的青藍色血管清晰可見，她張開缺牙的嘴大笑，熱切地向身旁的同學介紹她的畫。安沒有理會某些人對她無動於衷，她只知道自己剛用畫筆重現和家人度過的快樂時光。

這正是傑美想要和他們一同發現的事實：儘管我的外在形體「不正常」，但我還是有機會和「美」產生連結，我能創造「美」，我的生命不只有孤單、依賴、歧視、疼痛、藥物、負債、醜。假如我的過去真的沒有值得回味的快樂經驗，至少，我自己可以創造出一個，可能需要別人幫點忙，但這仍然是我創造出來的，而且我可以和別人分享，只要我願意，你們可以透過我的創造來認識我，也許，你們就不再那麼害怕我們特殊的外表和舉止。

下課後，傑美沒有追問庫瓦娜有何感想，她們一起在小餐館裡吃點鬆餅當作遲來的晚餐，隨興聊一些其他朋友的近況，庫瓦娜也暫時不想問明那些學員的來歷，她怕傑美利用她的好奇心誘使她答應接下助教的工作，她尚未決定這天只是一次單純的特殊體驗，或者將成為她往後長久關注的重心。

庫瓦娜首次見到那些學員時，她有強烈的衝動想要立即拿出筆和速寫本來畫他們。我以為只要我想畫，我隨時都能畫。我就好像一把對準獵物的獵槍，他們只是一個目標，一個題材，最終都得向我投降。他們有權拒絕這種凝視，對吧。平常在地鐵，在餐廳，在大賣場的時候，如果有人盯著我看，我會很不爽，雖然我常說我已經習慣了，但是那些正常人看我們的那種眼神，我們永遠不可能會真的習慣；有些王八蛋居然還拿起手機偷拍，把照片還是影片放在網路上。我在看那些學員的時候，眼神就跟那些正常人一樣，我還真的忘記我也屬於怪物那一個類別。

回到家，庫瓦娜感覺自己放鬆了，而那股想要作畫的渴望正一絲一縷地鑽回她的指尖。她坐在沙發上，拿著碳精筆，想概略勾勒出課堂上某幾個人的線條。她發現自己只是創造一些非人類的形象，這不是她要的，不過她不像之前那麼沮喪；她第一次體認到，有時候懸而未決的狀態其實還不賴，她必須讓某些東西先被篩選，給它們時間沉澱，逐漸在散沙般的思緒中顯露輪廓。

過了一個星期，庫瓦娜提前二十分鐘趕到教室。傑美看到庫瓦娜時，笑著打聲招呼。

「少裝了，妳早就算準我會再來。」

「我其實沒有百分之百確定，不過妳這樣說也沒錯。」

「妳不怕我來幾次之後就不來了？」

「那又怎麼樣？學員早就習慣有人來來去去，他們自己也一樣。」

「我還以為妳想要幫助他們培養安全感？」

「現實世界對他們多半很不友善，我希望他們可以學會正面處理不安全感，遇到被忽略和嘲笑的時候，除了生氣、難過以外，能不能用比較正面的眼光來看待殘疾的身體？要怎麼重建自信心？藝術創作只是一個很好的媒介，但它不是最後的解答。妳也很清楚，創作有時候反而會帶來焦慮和自我懷疑。」

「這可能就是我卡住的原因。」

「畫不順不代表你整個人生就完蛋了，妳只是需要多繞點遠路。」

「大概吧。」庫瓦娜心想，也許是妳沒有把畫畫當作嚴肅的事。傑美，妳的選項很多，你可以順勢轉彎，但是我不想，我覺得我天生就應該在畫畫上面闖出個名堂；不是錢和名聲的問題，至少我得說服我自己，我有能力，而且也畫得出不平凡的東西。

「妳就放輕鬆，陪我們一段時間，說不定過沒多久，妳也會想在課堂上一起畫。」

「不怕有人抓狂嗎？上次那個老兄挺有敵意的。」

「你是說湯瑪士？別怪他，他一直想證明伊朗老爸和巴西混血老媽生下來的小孩在美國也能安分過日子，至少要讓家人有新衣穿，有健康的食物可以吃，不是只吃一美元都不到的巧克力棒或漢堡。你別看他現在這個樣子，以前他可是出名的帥，可惜個子太矮了，要不然就跟妳一樣，去當模特兒走台步了。」

庫瓦娜做了個鬼臉，沒接話。

傑美繼續說：「他花了很長的時間才唸完高中程度的函授課程，在工廠找到還算穩定的工作，結果幫同事代一次大夜班就出事了，廠房的加熱系統故障，發生大火災，你沒看過那個新聞？」

庫瓦娜搖頭，「大概剛好是我在忙個展的時候吧，那一陣子我不看電視也不看報紙。」

傑美嘆口氣，「算他倒楣，他剛好就站在起火點附近，全身百分之七十以上受到二級灼傷，能活著已經算奇蹟了。可是他當然沒辦法這麼想，他只覺得以前的堅持都白費了，還說早知道的話，當初就應該跟同鄉去賣古柯鹼，就算他得在牢裡蹲，也好過現在這個樣子。好不容易有人稱讚他會畫畫，他巴不得能趕快賣畫賺錢還清醫藥費，因為他受傷，他的姊妹全部都得輟學去工作。他大概怕你把他唯一的機會搶走。」

「他真的會畫？」

「妳的意思應該是，他的畫能不能賣，對吧？」

「嘿！我是很喜歡靠賣畫賺錢沒錯，但又不代表我只用錢來當標準，我只是想知道他是不是真有那個能耐。」

「那我就一次回答妳兩個問題好了。一，他真的有兩把刷子，他的畫偏抽象，筆觸和配色很大膽，但是都恰到好處；二，他是我帶過的學員裡面賣出最多張畫作的人，他很聰明，都畫小尺寸的圖，一來他比較能掌控，你也看到了，他是用左手畫圖，手腕有很厚很硬的疤，所以不是很靈活；再來就是小張的圖因為單價低，比較好賣，不管買畫的人是想做善事，還是真的想把他的圖掛在家裡。」

「嗯，也許我也應該多畫點3F以下尺寸的畫。」

「拜託……」傑美對著庫瓦娜翻了一下白眼。

學員接二連三走進教室。

每次上課，庫瓦娜會在課堂上幫忙固定紙張、調整畫架、分發工具、提供技法上的意見，大部分時候，她靜靜觀察這些學員，觀察他們習畫的過程，聽他們討論彼此的作品，還有分享如何利用創作時的挫折感進一步去發現自己壓抑的憤怒。

在那一期的課程進行約三個多月之後，有人突然提出要求。

「我希望庫瓦娜也能跟我們一起畫畫，說不定，我可以當她的模特兒，如果她不覺得我長得太糟的話……」她尷尬地咯咯笑，「我也想要畫她，可是我畫得不好，怕把她畫醜了，這樣就不好了……」

庫瓦娜聽到時心裡一驚，因為這正是她一直想做卻不敢提出請求的事。

說話的人叫茉利，患有全身性紅斑狼瘡症，臉頰和身上有大片紅斑，她的棕色長髮稀稀疏疏垂在肩上，手指關節變形，她早年因髖關節病變而動過大手術，情況卻沒有好轉，後來她只能坐在輪椅上。

庫瓦娜說：「怎麼會？我……我當然願意，我巴不得——我的意思是，假如你們讓我加入的話，我真的很高興，當然，前提是你們不會不自在。」天啊，我真的不會掩飾，我看起來會興奮過頭嗎？

「湯瑪士，你覺得這個提議怎麼樣？雖然我們不一定要得到你的同意，可是我們都很想知道你的看法。」傑美問。

「隨便你們，我沒差。」湯瑪士沒有放下畫筆，也不看其他人。

「其他同學呢？有沒有人想說點什麼？」

沒有人講話，只有竊笑聲。

「茉利，從今天開始嗎？」

「可以呀。」

庫瓦娜從背袋拿出速寫工具，牽了一張椅子，坐在茉利的斜對角。她們緊張不自在地相視微笑。

「我講句話妳不要介意，我從來沒有看過像妳這樣的人，而且還靠得那麼近。」茉利說。

「如果我說，彼此彼此，聽起來會不會很怪？」庫瓦娜開始下筆畫速寫。

茉利低頭笑了笑：「我要擺什麼姿勢嗎？」

「不用，放輕鬆就好，妳也可以畫自己的圖，我想先畫幾張速寫，這都只是草稿。」

「妳畫完以後可以讓我看看嗎？」

「可以啊，我們還可以一起討論。告訴我妳想看到什麼。」

「請妳一定要畫出我臉上的紅斑，不要縮小，就照實畫，這塊紅斑從臉頰跨過鼻樑，他們還取了一個很好聽的名字，叫蝴蝶斑。」

庫瓦娜抬起頭，半是疑惑半是感興趣地看著茉利。

「我以前巴不得能去掉這些紅斑，它讓我看起來好醜。但是有件事很好笑，我在發病前，在學校，或是參加任何聚會，沒有人會記得我，我看起來比平凡人還要平凡，我記得小時候媽媽偶爾去學校接我下課，她沒辦法一眼在一大群小朋友裡面認出我，都要等我走近她，她才會認出我，還會有那種『原來是妳啊』的表情。她沒講，但是我感覺到了，很誇張，對吧？」

「後來呢？」

「現在，所有認識我的人都記得我，遠遠就可以喊出我的名字，願意花時間停下來隨便找話題跟我聊，雖然他們看起來不是很自然，有的人還擔心我會傳染。」

庫瓦娜笑而未答。

「我的意思不是說，為了讓別人記住我，所以我情願得病，我只能往好處想，不是嗎？至少，我認識不少新朋友，至少，死之前也不會，都一個人……」茉利語帶哽咽。

庫瓦娜拍拍茉利的手臂，茉利連忙拭去眼淚，說：「不講了，妳就畫吧。」

庫瓦娜發現臉尤其難畫。她可以很快掌握身形的比例，但是她不滿意自己畫出來的臉。

原來我以前都在逃避嗎？以為只要不畫臉，我畫的就不是人，只是一堆點、線、面組合而成的物體，我可以任意擺弄。我跟那些在我身上套上0號尺寸、不鏽鋼片做成的馬甲、二十公分的厚底高跟鞋、鳥籠和珠寶做成的三公斤重的帽子的服裝設計師一樣，我們都認為別人應該咬著牙為我們的藝術而服務，有所犧牲，畢竟我們又不是沒付錢。我根本不是理解痛苦，我是在創造痛苦。

庫瓦娜把畫好的草稿給茱利看。

「妳把我畫得好漂亮！妳真的覺得我有那麼美嗎？」

「我希望能畫出你們的內心世界。」她不敢對別人坦承自己不擅長畫寫實的人像，不過，她認為這個說法也沒有錯，而且聽起來挺順耳的。

「妳會幫這些草圖上顏色嗎？」

「應該會，我畫草稿的時候就在考慮要用什麼顏料和色調。」

「那就好，好想早點看到妳的作品。」

別催我，拜託，我真的不確定能不能繼續畫下去。

庫瓦娜希望自己擠出來的笑容能讓茱利放心。「我也想看看妳會怎麼畫我。」

「我不行啦，我還不太會畫，妳看，畫得跟小朋友一樣。」

「我們都是從畫得像小朋友開始的，除了那些數量很少很少的天才。如果妳想畫就畫吧，不要想太多。」是啊，真希望我自己也能做到。我怎麼覺得自己聽起來像個騙子？

之後的每堂課，庫瓦娜一旦確定學員不再需要她幫忙，她就會挑出兩個人做為她的人像模特兒。她一面為他們畫肖像，一面閒聊。有的人很沉默，庫瓦娜察覺到他們的身體和平時不太一樣，漂移的眼神隱含著不信任，她知道那種懷疑不見得完全只針對她。他們不相信自己值得被描繪，也很難想像自己出現在畫布上的樣子。庫瓦娜一回到家，重新翻閱在課堂上打的草稿，回想他們談話時的神情，很快就忘記那種不堪負荷的重量，上課時間一到，她又毫不猶豫地踏進教室裡。

畫定稿的時候，她決定更動學員們五官的部分細節，改變他們的穿著，一方面避免自己只顧追求外在形體的相似，二方面也避免日後肖像權利的法律爭執——日子不再像過去一樣了，如果作品很成功，在作品裡出現的人，很可能會想要分一杯羹。她只保留他們最顯眼的殘疾特徵，然後為他們另外設計特殊的造型。畫作的背景有的單單採用一種顏色，有的是自然風景，也有人造建築，像是舊公寓、醫院等等，象徵他們的實際經歷，或是形塑出她所觀察到的內在世界。

庫瓦娜參考埃及法老和波斯國王大流士的雕像，為湯瑪士設計出異國風味濃厚的造型，因為她知道他十分醉心於古老帝國的文化。湯瑪士左手搭在高瘦的獵豹的脖子上，右手臂化為翅膀，部分裸露在外的皮膚都佈滿符咒花紋，表情神聖而不可侵犯，他正紆尊降貴地站立著，好讓宮廷畫師為他繪製肖像畫。她想像自己半仰著頭來看著這個男人。她拉長他的身高，為他原本略為凹陷的胸膛加上結實的深色肌肉，背景使用如泥炭般的深赭色；她覺得這種顏色帶有燒焦味，就像火焰燒灼毛髮時散發的氣味。

庫瓦娜把凱蒂放在湖畔的柳樹下，後者靜坐在畫架前。柳樹枝條隨風搖曳，由凱蒂後方往前飄拂，就像凱蒂不斷扭動的手和五官。蓮葉蓋住大部分的湖面，好幾種顏色的蓮花或開或閉。她只畫出凱蒂的側身，凱蒂的頭歪向右邊，幾乎和頸部垂直，臉龐在強烈的日光照射之下，從耳際到下巴到頸部的線條都暈開而模糊，觀畫的人將無法辨識她的真正長相。凱蒂伸出左手，食指指向畫布，其它手指如鉤子般彎曲著。

至於茉利，庫瓦娜決定在上色的時候，讓那一片蝴蝶狀紅斑變成以紅瑪瑙、黃金、寶石打造而成的華麗面具，貼附在茉利的臉上。茉利將身穿芭蕾舞裙，優雅地單腳站立在懸空的鋼索上，背景分別會以灰藕色、淡粉紅、淺咖啡色快速刷過畫布，形成速度的錯覺。

庫瓦娜不想讓這些經過重新詮釋的肖像看起來似乎在美化、否定學員們每天面對的疼痛和無法逃避的生活困境，所以她會降低所有色彩的彩度，讓煤灰、黃赭、紅褐、墨綠色系的顏料成為調色盤最常使用的顏色，她希望自己能捕捉到孤寂而無聲的氣氛。

她考慮很久，不知道是否該捨棄習慣的油彩，改選蛋彩這種耗時耗工的媒材，因為她需要在使用暗淡色彩的同時，還能保留精確的細節，像是眼睛四周、髮絲、手指關節的紋路，而且還要讓它們發出微微的光澤。不過，蛋彩需要自己視情況現場調製，她得先將顏料粉磨細，混入蛋黃，再加上淨水調勻；她曾經另外加過少許的薄荷油，或蜂蜜，或自製的無糖全脂優格，顏料的質地也隨之產生變化。以前庫瓦娜只是帶著玩票的態度畫過三張Ａ４紙張大小的蛋彩畫，她受不了蛋彩顏料快乾而且難混色的特性，她被迫只能用小畫筆一筆筆由淺到深地薄薄疊加，不能像畫油畫般快意揮灑或厚塗。蛋彩畫的特質嚴厲地考驗她有限的耐性，她必須每隔一段時間就擱下手邊正在進行的蛋彩畫，轉而去畫速寫或油畫，直到心情比較愉快之後，她才能繼續處理未完成的蛋彩畫作。

這次不能趕，要仔細觀察，仔細想，想清楚再畫，要像他們度過每一天那樣緩慢地畫。庫瓦娜之所以願意再度進入蛋彩畫的世界，為的是要擺脫過去完全仗恃著技巧和習慣的畫法。她知道自己很有可能失敗，畫出來的東西很糟，很快失去興致，然後，她對「畫不出來」這件事的恐懼將會與日俱增，說不定會毀掉她僅剩的些微信心。

庫瓦娜站在租來的小工作室中間，環顧她黏貼在牆上將近百張的速寫草稿，心想，難不成我還不到三十歲就決定當個膽小鬼，只畫自己有把握的東西？就算這次真的畫不好，難道我就該死，再也沒有資格重新來過嗎？我才不要以後在那邊自怨自艾，跟別人說我本來有很多好題材可以畫，可惜因為我怕搞砸怕丟臉，所以什麼都沒做！這樣想的話乾脆等進棺材再畫好了！庫瓦娜妳他媽的給我畫就對了，妳要是再找理由，我就先把妳給掐死！

她繼續擔任藝術治療課程的助理，有些學員只上了一季的課程就再也沒有出席，她用水彩為速寫的草稿著上顏色，送給那些離開的學員當臨別贈禮，同時也為了滿足早先他們對她的期待。她沒有對任何人提及她真正著手進行的計劃。

兩年半之後，她用十六幅蛋彩畫、五幅油畫，再加上另外篩選出的水彩畫，舉辦她的第三次個展，展覽標題為《相對座標——二十一次完整和遺憾的紀錄》。每組作品皆以不同的疾病或意外命名，左邊放的是原始的草圖，只用水彩稍微上點顏色，右邊是完整的蛋彩畫或油畫，共有二十一組。

大部分的評論家認為庫瓦娜的筆觸不若過往那樣飽含生野的吸引力。有一篇評論寫道：「創作題材和手法的轉變，意味著庫瓦娜‧蘭金在創作時的憤怒已經轉化成內斂的注視與關懷。她正如過去的卡拉瓦喬，將妓女和乞丐化為聖母與聖徒，對受苦的下層階級充滿同情之心。她的畫作中蘊涵著宗教的先知意識，用以呼籲大眾停止歧視殘疾人，只可惜，恐怕只有少數的藝術收藏家會出於慈善的動機收購這些畫作。這一系列畫作的色彩灰暗淡而且缺少變化，人物的造型既非寫實，也無新意，比較像是取用神話中半人半獸的形象之後，再加上少許缺乏想像力的更動，企圖以形象的改變，翻轉殘疾人士在現實世界中的真實樣貌。我們很難斷定這樣的手法是否真的帶出正面的效應，只能說蘭金小姐已盡最大的努力進行嘗試。若我們純粹就藝術層面來討論，我必須很遺憾地說，她已經失去明日之星的光環，這個系列的作品不但異常普通，而且也將不會有太高的市場價值。」

朋友們為庫瓦娜抱屈，庫瓦娜說她並不怎麼在意。她在慶功宴上這麼跟朋友說。

「剛讀完的時候我超不爽的，我想把那個女人寫過的所有評論影印，剪下來，貼在木板上，然後調出像狗屎一樣的顏料，一圈又一圈擠在那些評論上面，上面還要灑上一些雜草和碎石頭，等顏料都乾了以後，我要把這張畫送到畫廊，當成是這個系列的第二十二張畫，畫的標題就是『腦部屎化症』。嘿嘿，但誰知道呢？搞不好還真讓她說對了，說不定五年後我自己再看到這些畫，會想找個洞躲起來。管他的，反正能畫完我就滿足了，我本來以為我再也畫不出來。」

展期開始後不到一個星期，這個系列的畫作全部售出，畫廊動用關係在報紙放消息，用以反擊先前的負面評論。畫廊還積極和幾個公益團體和教育機構洽談巡展的計畫。隨後，庫瓦娜宣布她個人會捐出從這個系列而得到的所有收入的三成，用來補助身心障礙者參與藝術治療課所需要的畫材、交通費用、場地費用和老師的鐘點費。

個展完全結束之後，為了慶祝庫瓦娜的新作品發表成功，庫瓦娜和蘭金夫婦一家三口打算開車前往市中心的高檔餐廳用餐。庫瓦娜口裡雖然沒說，但是她很高興終於再度畫出讓父母放心的作品，即便她之前對此堅決抗拒。

當時是冬日的晚上六點半，天色已完全暗下來，蘭金夫婦的農莊通往市區的那條公路上一向少有人跡。庫瓦娜正和父母有說有笑，談論畫展開幕之後的種種趣事，一群嗑藥又喝酒的青少年騎著重型機車，從庫瓦娜車子的後方逼近。

有個人坐在機車的後座，拿出手槍，對準庫瓦娜。

蘭金先生用力踩下油門加速，突然砰砰兩聲巨響，車子先是猛然往右打滑，接著蘭金一家人的車子衝出路面，翻了好幾圈之後，掉進麥田裡。

坐在駕駛座旁邊的庫瓦娜身上多處骨折，安全帶的扣鎖卡死，她動彈不得，只能眼睜睜看著父親在她身旁不停流血，庫瓦娜抓著父親的手臂，哭喊他的名字，想要讓他保持意識清醒，她卻只聽見父親的呻吟越變越微弱，最後雙眼圓睜，看著女兒，吐出最後一口氣息。

庫瓦娜無助地叫著：「媽咪……妳在嗎？」，卻聽不見任何回應，她不知道蘭金太太被拋出車外之後，又被翻滾落下的車體重壓，當場死亡。庫瓦娜在變形的車體內大聲哀哭，直到疼痛讓她昏厥過去。十多分鐘後，兩個下班準備去市區酒吧喝兩杯的警察開車經過，看見麥田冒出黑煙，路面上有破碎的輪胎皮和又長又深的煞車痕跡，於是他們下車查看，才發現庫瓦娜命在旦夕。

沒有人知道肇事者是誰。

事發後一個多月，庫瓦娜拄著拐杖，在教友的扶持之下，踏入教堂，參加父母的追思禮拜，並且致辭。她的頭部還纏著紗布，嘴角和手臂的瘀血未消。

「很久以前，我在一些叫做叛逆、痛苦、內疚的礦坑裡採礦，用我的筆、顏料還有畫布。礦坑裡面又黑又熱，有時候，我以為自己快要掉進煉獄的入口，可是我從來沒有真正害怕過，因為我的爸爸媽媽，你們口中的蘭金牧師和師母，他們在我身上綁了一條繩子，只要我感到害怕，覺得有崩潰的危險，他們就會穩穩地把我拉回地面，從來沒有一次失誤過。我以前很氣他們，覺得他們在限制我。現在，繩子斷了，突然斷了，你們說，他們將會安息在上帝的懷中，我想問的是，上帝也需要繩索嗎？祂有那麼多好基督徒的靈魂，我卻只有爸爸媽媽兩個人，而且，還是在我們的關係開始要變好的時候，你們的上帝，竟然用這麼殘忍的方式帶走我的爸爸媽媽。他們沒有資格好好離開嗎？不要跟我說天殺的凡事都有上帝的美意，祂的美意就是讓壞人作踐好人，然後看著他們痛苦，就像在看電影一樣！上帝，祢他媽的給我滾開，越遠越好！」

她想起十八歲那年，那個同樣患有白化症的女孩說的話：

「妳在美國，在好地方，妳有未來；我們只有今天。」

說完後，她走下講台，一邊走一邊發抖。她不去理會教堂裡嗡嗡的議論聲，她用力撥開會友伸出來的手，推開教堂大門，瞇著刺痛的雙眼，在雪地裡走了兩個多鐘頭的路回家。

****

庫瓦娜賣掉父母的小農莊，在市區邊緣租一個簡陋的房間，完全斷絕過往的人際關係，完全放棄繪畫，每天只喝一點水和黑麥麵包，變得又瘦又邋遢。她想要自殺，但是她覺得這樣太便宜那個該死的上帝，所以她像個苦行僧，苛待自己，做為對父母表達懺悔的一種方式。

要是我不畫畫，爸媽就不會為了要跟我一起慶祝，慘死在路上。我沒讓他們過好日子，所以我也不配過好日子。我不能靠藥物和酒精麻痺自己，因為我一定要清醒地面對我犯下的錯誤。

半年後，她記起她還沒拿到部分賣畫的尾款，於是勉強自己打電話跟畫廊的經紀人聯絡。

她根本不想聽對方的寒喧問候，她也不管別人是怎麼看待她後來的慘狀，她一再強調她只是要來拿支票。經紀人看得出庫瓦娜已經失去作畫的意願——至少三年內她不可能再畫出任何一張圖，於是他很快就放棄和庫瓦娜詳談的企圖。他在遞出支票的同時給了她一張名片，說這是某個買家的聯絡資料，他對庫瓦娜的作品很有興趣，想要談一些補助計劃。

「本來我們是想幫妳談定的，但是剛好妳發生意外，後來又聯絡不上妳，我們想，現在妳可能暫時不考慮和我們保持合作關係，不如這樣好了，妳直接跟對方聯絡，聽說買家很有心贊助一些特殊的藝術家，站在妳的立場想，我們認為這真的是個不錯的機會。」

庫瓦娜隨手把支票和名片塞進自己的舊布袋裡，轉身就走。她不想在他們面前哭出來。

爸、媽，我好想你們。第一次要開畫展的時候，你們擔心我會被騙，大老遠跑來說要跟畫廊的人談一談。之後你們看到我的畫，嚇壞了。最後一次要命的畫展，你們看得好開心，說我把那些人畫得好美。

然後你們就死了。

顧森

主建物西面尾端是個三層樓高的辦公塔樓，塔樓的第一層僅供迎賓使用，有出入口通往主建物的大型工作室。顧森在距離塔樓約十五公尺的地方另外蓋了一間獨立的木屋，木屋的起居室的兩面牆排滿書本，地上還有成堆未整理的大開本畫冊，另外一面牆上掛著照片和小尺寸的畫。廚房設備十分簡單，很少使用；工作室裡擺放音響設備和好幾種不同用途的電腦，臥室被醫療器材和藥品經年累月地佔據著，清潔人員每個星期會用消毒藥水將他的臥房整個擦拭一遍，枕頭套、床單和被單都要放進滾燙的肥皂水裡煮過，再用有紫外線殺菌功能的機器烘乾。他厭惡那一股不斷讓他想起病痛的乾淨味道。

如同往常一樣，顧森深夜淺睡兩、三個鐘頭之後就會驚醒。

他拿兩三個枕頭墊在背後，半坐半臥，等待呼吸不順的症狀消失。房間左邊落地窗的電動木頁窗簾還沒有完全放下，他稍稍偏過頭，看見莊園的主建物橫躺在沒有月光的夜幕之下，幾乎所有燈光都已熄滅。他忍不住望向東側角落處的玻璃屋。自從庫瓦娜不告而別之後，玻璃屋裡的所有作畫用具和展覽品都被清空，再也沒有人獲准進入。

顧森眼角的餘光瞥見玻璃屋內有白色的東西在移動。他傾身向前，想要看個仔細，玻璃屋卻再也沒有動靜，他只好慢慢往後躺回原來的位置。大概是屋頂掉下來的雪塊吧？他的頸動脈正快速而用力地跳動，宛如一條受困的蛇在他皮膚下方掙扎，讓他更加煩躁，毫無睡意。雖然醫生已經為他調整好幾次處方，他失眠和心悸的問題卻沒有任何改善。

他閉上眼，試圖回想驚醒前的片段夢境。

當時，他登上一艘中型遊艇，船身和擺設都是淡銀色的，遊艇內部有許多用毛玻璃隔出的小船艙，每個船艙裡都關著一個長得像庫瓦娜的人，他們身穿鈷藍色的寬鬆長袍，頭髮都被剃光，因此，顧森分不出他們誰是男人誰是女人。沒多久，血紅的海水從船身的縫隙滲進船艙，顧森聽見所有人同時大喊：「他們來了！要來把我剖開！」他還來不及反應，一個鮮紅的手掌突然穿進他的胸口，用力一掐，他就醒了。醒過來幾秒之後，他發現自己正張開嘴巴大口喘氣，像條發不出聲音的死魚，嘴裡又苦又鹹。

以前他醒來頂多只記得幾個模糊的影像，連要敘述給別人聽都不知該從何說起。自從上次在浮雕迴廊裡昏倒的意外發生以後，他做惡夢的頻率增加，夢境的色彩鮮艷，情節嚇人。他開始考慮要把這一陣子的夢境紀錄下來。

他頻頻想起庫瓦娜跟他說過的話，那些多變的表情，那帶有韻律感的語調。他一直抱著希望，期待她會主動跟他聯絡。他不知道為何白日的掛念到了夜晚會轉化成可怕的夢境，他原本預期的是往日時光的重現，或者在夢境中，他可以做到他一直想做卻沒有勇氣做的事。

*****

顧森出生後沒多久就因為呼吸窘迫而送進加護病房。他的母親顧駿伶原先以為只是早產的問題，沒想到醫生說她的寶寶有很嚴重的心臟疾病，不但大血管轉位，還有棘手的法洛氏四合症，以後可能需要動好幾次大手術，手術後的復原情況因人而異，他們要她做好心理準備。

就他記憶所及，十歲以前，他待在醫院的時間遠遠長過在家裡的時間。他記得那些時大時小的疼痛和電子醫療器材發出的聲音。偶爾，那些器材的鳴叫聲突然變得尖銳，於是所有人都神色緊張地衝向他。他記得醫院的味道是刺鼻且單調的藥劑味，醫院的白色無法讓人聯想到純淨愉快，反而比較接近紗布、冰涼的針頭或刀鋒、失去意識和流不完的眼淚。他漸漸習慣有人在他的身上撥撥弄弄，在他的病床旁邊走動交談。他對於自己小小的身體每天要花費那麼多的人力物力去維持感到不解。

「剛開始，我的確有閃過那個念頭，我後悔生下你，更後悔當初愛上你爸爸。」在顧森二十歲的生日派對那天晚上，他們母子倆徹夜長聊，顧駿伶終於能夠像面對多年好友，一一道出過去某些避而不談的事情。

「你聽了不要難過，這不是你的問題，我最氣的是自己。」

顧森看著媽媽，點點頭。

「我連可以怪罪的對象都沒有，要怪誰？人家早就有太太有女兒，是我自己不長眼睛，還以為你爸爸和我之間是真愛，結果他一知道我懷孕，就開始疏遠我，那時候我的博士論文快要完成，接下來就等審核和口試。我剛懷你的頭幾個月，天天哭，不敢跟任何人講，因為你爸爸是我的指導教授，這件事如果傳出去，他可能會失去教職，我拿不到學位，以後要找工作也會受影響。那個時候我剛在一個美術館找到兼職的工作，才剛開始上班沒多久，我很怕肚子大了以後他們會找理由解雇我，就算我想告他們，我也沒有錢和心情。

我想了又想，真的很悲哀耶，我在美國唸書唸了快十年，居然沒交過什麼好朋友。沒錯，你爸爸是有給我錢，算是付醫藥費和營養費，有時候心裡真的很氣的時候，我就想像我是他們家的代理孕母，所以他對我沒有感情也是正常的。我只去做過兩次產檢，他從來沒有陪過我，不過他知道你是男孩子的時候，叫人送來一張很貴的嬰兒床和幾套衣服。

醫生跟我講你可能活不久，就算開完刀能活著，以後也要花很多心力和錢去維生，我以為我快垮掉了，想打電話給你外公，可是當初我為了要出國唸藝術史和藝術批評，跟他吵了一大架，後來差不多算斷絕來往了。」

顧森記得外公顧紹官約略地跟他提過這件事。

「你媽媽很倔，很好強，我知道她一定會想辦法把學位唸完，但是有時候太過堅強，一定會突然垮在某一個點上面，可能是很小的事，也可能是大到超過她可以想像的事情。我不是瞧不起你媽媽才不讓她出國唸書，我是捨不得，我只剩下她一個家人了，你外婆生她的時候難產，沒多久就走掉了，我一個男人，好不容易把她帶大，這麼漂亮，這麼聰明，怎麼可能放心讓她離家那麼遠？」

「外公，你以前有告訴過媽媽你的想法嗎？」

「那個時候，我講不出口，拉不下臉，她是女兒，應該要貼心一點才對，怎麼可以弄得好像是我在求她不要拋棄我？結果，你看看，她說我要阻擋她，不讓她有成就。留在臺灣，就沒地方發展嗎？」

「也許媽媽唸的那個科系，在國外比較有發展。」

顧紹官沒有馬上回話，他轉頭望向窗外，看著鄰居笨拙地用新買的推草機在除草。

「我不是沒有想過。也許以後等你當爸爸，你就會知道那是什麼感覺。」

當顧駿伶在電話對著父親顧紹官痛哭，說出事情的來龍去脈之後，顧紹官隔天就委託人盡快賣掉自己名下的老房子，他也賣掉部分有價證券，把三分之二的現金存款兌換成美金，幾個星期後，帶著行李，飛往那個讓女兒心碎的異國城市。

顧駿伶說：「還好你外公願意接我電話。他大概早就料到我一定會在國外惹出麻煩。也幸好有你，才讓媽媽和外公有機會可以和好。當然啦，你也知道，一開始很不順利，你那個沒良心的爸爸知道你有病，只來醫院看過你一次，後來就完全不肯接我電話，要到我威脅他說要做親緣鑑定，上法庭公開你們的親屬關係，他才說他會幫忙付醫藥費。」

她停頓了一會兒，又接著說。

「森森，你知道嗎？以前我被外公照顧的時候，一點都不覺得他有什麼了不起，等我看到他是怎麼照顧你的時候，我才想起來你外公有多疼我。你外公英文不通，要照顧我又要幫你辦好開刀的手續，為了居留權的事，他還得拉下老臉去跟他多年沒聯絡的姊姊低聲下氣。外公那時候已經六十五歲了，退休以後，本來應該待在臺灣享福，他很久以前就說過要在台東買地自己蓋房子，結果你看，錢都花在我們母子兩個人身上，還得在外國受氣，學習怎麼開車、買東西、上銀行辦事；幫你拍痰、急救、打針。」

顧森知道媽媽說的沒錯，他後來之所以比較願意忍受病痛和治療的交互折騰，就是因為有外公在身邊的緣故。

「外公不是在跟你抱怨喔，可是你要知道，有時候負責照顧的人，會比病人還辛苦，外公這樣說你聽得懂嗎？」顧紹官在病床旁邊跟五歲的顧森說。

「可是你們可以離開病房，我連邋鞦韆都不行。」

「我們的心裡面很難受啊，每次你送急救或是動手術，媽媽在醫院都要哭好久，你知道嗎？我也不知道要怎麼安慰她。說外公不累，那是騙人的。」

顧紹官有時會用半開玩笑的語氣談及他們父女倆照料顧森的辛酸歷史。

「你吸奶的時候真激動，剛開始好像怕人家不給你吃一樣，拚命吸、拚命咬，才吸個幾口，也不知道吃得夠不夠，你就喘起來，急得想把你媽媽推開，然後就大哭，哭到全身發紫，好像快要不能呼吸，有時候還會抽筋，我們嚇到都快暈倒了。把你接回家的時候，我們就開始神經緊繃，每三分鐘就去看你有沒有呼吸，檢查你的心跳，看你的嘴唇和指甲有沒有發黑；怕你太冷或太熱，怕你因為尿布濕了就想哭。等你大一點，會發脾氣丟東西的時候，我們還不敢罵，怕你不高興，哭起來沒完沒了，我們又要跑急診。還好你四、五歲以後就比較懂事了，要不然，我們全家都要送醫院了。」

顧駿伶聽了也忍不住補述：「我們還在想要不要乾脆把房子租人，然後外公和我在醫院的停車場搭帳篷，這樣省事多了。」

醫生擔心反覆的呼吸系統感染和心臟病會影響顧森的腦部發育，造成發育遲緩。後來顧紹官決定不去理會醫生對顧森的智力判定，他去書店買幾本幼兒看的故事書，還買了一具他在圖書館看到過的小型紫外線殺菌機。顧紹官出門前先把書本消毒之後，再用乾淨塑膠夾袋把書收好，帶到醫院，無論顧森有沒有特別的反應，他就是把書拿到他面前，一面翻一面唸給他聽。

他認為如果他們完全跟隨顧森的疼痛和情緒在過生活，這種日子遲早會把他和女兒逼瘋；但是孩子還小，身體又承受那麼多的疼痛，要跟他講道理是不可能的，所以，他打算改變教育的方法。當顧森在鬧脾氣的時候，如果他們在家，顧紹官會打開床頭音響，放一些有助情緒平穩的音樂，顧森似乎偏好巴哈和薩提的作品，接著顧紹官就會講故事。一開始顧森根本不理會。

顧紹官跟女兒說：「妳能做的也就是這樣了，氧氣罩準備好，該吃該打的藥也準備在手邊，你再怎麼急，他也不會突然乖下來，日子還很長，要想辦法，你自己也要做好心理準備，如果森森真的留不住了……對他也好。」

「爸，你在說什麼？你要我眼睜睜看著他哭到沒氣，然後……」顧駿伶每次想到顧森可能因為各種狀況而驟然離世，她的淚水就完全止不住。顧紹官任由她哭泣，任她把怒氣發洩在他的身上。

顧森直到三歲才有辦法講出完整的句子，走路時步伐不穩，踩沒幾步就雙腿發軟，跌坐在地上，插鼻胃管餵食讓顧森的喉嚨隨時都在腫痛，講話時聲音沙啞，像個有菸癮的老頭子。

五歲以後，顧森待在家裡的時間已經逐漸拉長，顧紹官決定要讓孫子去附近的小公園走走，讓他知道不是只有醫生護士和兩個愁眉苦臉的家人圍繞在他身邊。他們幫顧森戴上氧氣管，再罩上口罩、全身用衣物圍巾裹得密密的，提袋除了裝著一般幼兒外出需要的用品之外，還有點滴瓶、小瓶氧氣筒和藥丸。顧森專心看著別的小朋友跑來跑去，有的小朋友也好奇地想靠近他，或問身邊的大人，那個小朋友怎麼了？大人的表情看起來比較有警戒心，隨口問他們顧森的年齡，有的還怕他有傳染病。

每次帶顧森出門，顧駿伶心裡都很不好受，她覺得隨時都有人對她施加無言的公審。她回瞪每一個多看他們兩眼的路人。顧紹官無論是走路或坐在公園的凳子上，背脊都挺得直直的，如果有人對著顧森微笑，他就主動打招呼。有一次，顧紹官實在受不了女兒充滿敵意的態度，於是他開口抱怨。

「妳不要擺那種臉，別人要說什麼要想什麼是他家的事，你剛來美國唸書的時候，沒遇過人家歧視妳嗎？哼，我來這邊五年，受的氣已經超過前幾十年在台灣受的氣。」

「爸，你不要跟我講這些大道理，我是生他的人，別人只會批評母親，不會批評外公，而且我又沒結婚，你知道我被講得多難聽嗎？那些鄰居看起來好意問候我們的狀況，其實根本只想要聽八卦！」

「那妳當初怎麼不想清楚一點？有人逼妳去愛一個有婦之夫嗎？全天下就妳最慘？那顧森不就更該找妳算帳？」

「他沒有嗎？你前天去超市買東西的時候，他在家裡大哭大鬧，說都是我害他那麼痛，我願意嗎？為什麼外面一堆人搞外遇，當人家情婦，日子一樣過得很好，我就這麼倒楣？我不能埋怨嗎？為什麼只有我受處罰，別人都沒事？我還沒去跟顧森他爸爸大吵大鬧，或是開槍報復咧！他根本就不管我們母子的死活！如果他負責一點，我現在也不用一個人承受這些爛事情！」

「妳是說妳還算是一個明理的情婦囉？那別人的老婆沒有跟你大吵大鬧，開槍報復妳，妳是不是也要跟人家說一聲謝謝？那我呢？我只會白吃白喝，什麼都沒做？只有妳那個男人最重要？」

當時，無論兩個大人再怎麼想，也想不到這個病弱的孩子，這個他們眼中情緒陰晴不定、智力可能受損、不肯多說話、神情冷淡的孩子，心中也有自己的想法。

顧森從醫護人員、家人、同房病童的對話當中，逐漸對自己未來的生活形成模糊的概念：他隨時會死，他沒辦法跟別的小朋友一起上學，他會是家人沉重的負擔，他只有兩個家人；一個年老了，一個很傷心。

他記得外公唸給他聽的那個故事。天使原本都有一對漂亮的白色翅膀，但是他們在加護病房的這一群小朋友，就跟書裡面講的一樣，都是忘記帶翅膀就衝下凡間的天使，結果不但不能飛，還因為不習慣凡間的空氣和食物，變得全身又重又酸痛，呼吸困難。但是顧森不認為自己是天使，天使們太漂亮了，而且那個說法好像在暗示病童犯了一個調皮的錯誤，才會讓自己困在沒有翅膀的世界。

他比較喜歡電視節目「動物星球頻道」裡的那些動物，尤其是鳥類，牠們有翅膀，但是幼鳥在初次真正飛行之前還不懂得正確運用翅膀，也不信任自己骨子裡有飛翔的力量，牠們必須先面對自己的恐懼。要學習、要勇敢，不能一直靠鳥爸爸、鳥媽媽。

六歲那年，當他知道自己不能上幼稚園跟別人一起讀書玩耍，他哭了，但是不像以前那樣不要命似的扯著嗓門哭嚎，他小聲嗚嗚哭著，說他好想跟其他小朋友一樣；他也想在太陽下面跑，跟別人一起唱歌、吃點心，連顧紹官聽了都忍不住跟著掉眼淚。

歷經六場大手術以及無數次的回診與檢查之後，顧森的健康狀況總算稍微有改善。顧紹官每天都要顧森戴著口罩和他一起出門散步。漸漸的，他們散步的時間越來越長，速度也逐漸加快。

某天深夜，顧森突然從睡夢中醒過來，看見顧駿伶坐在他的床邊，直直盯著他，眼神和平常不一樣。他聽見她說：「我們乾脆全家人一起走掉好不好？這樣你就不會再受苦了。」

顧森不敢回話，他覺得媽媽看起來有點可怕。他用力閉上眼睛，以為這不過是場惡夢。媽媽沒再說話，而他也沉沉睡去。

趁著二十歲慶生派對過後的母子長談，顧森提到小時候那次半夜的印象。

顧駿伶感到有些難堪，她端起酒杯，灌了一大口紅酒。

「你沒記錯，是真的有那件事。大概是在你九歲的時候吧。你快要滿四歲的時候，外公叫我不要再跟你爸爸拿錢，也不要再聯絡了。外公還說，他就算把養老金全部花完，也要想辦法照顧你到最後一刻。所以我們後來搬到離市立醫院更遠的郊區，反正我後來也換了工作，在一間藝廊當顧問，跟以前的同學一起寫書，偶爾幫報紙雜誌寫稿。你外公很厲害喔，他不知道用什麼方法，找到一群退休的美國老先生老太太，跟他一起學書法，每個人收一百五十元美金，每個月上四堂課，最後還有刺青師來上課。」

「我記得有一陣子外公好像常常出門，回來都會帶好吃的小點心，他說是人家做的手工餅乾，要送我們的。外公還提到有個老爺爺跟他說，哪些醫生在開刀前會喝酒或嗑藥，幸好我們的醫生沒在他的黑名單裡面。」

「不會吧？那個老爺爺怎麼知道？」

「他說他的女兒是外科醫生。」

「你到底還聽過什麼事啊？」

「妳也知道，老人家都有很多稀奇古怪的故事。」

「你外公就沒有。」

「說不定他只是沒跟妳講。」

「大概吧。」

「妳還是沒講到為什麼那個晚上你要講那句話。」

「喔，對，抱歉，我不是故意跳開的，年紀真的大了，講著講著就忘記講到哪裡。後來我就聽你外公的話，沒有再跟你爸爸連絡。直到你九歲多的時候，藝廊的老闆說他想出版一本專刊，內容鎖定在美國二十世紀初一些比較不受注意的藝術家，因為老闆收藏不少那個時期的冷門畫，他想把題材炒起來，然後把畫賣掉，所以他要找我和別人合寫，但是他沒先問過我的意見。有一天，你爸爸就突然出現在我面前，我們兩個都嚇一大跳。他變得比較老了，白頭髮很多，但他還是像以前一樣，儀表打理得很整潔，身上還是有同樣的香皂味，他用的香皂一塊要二十元美金呢。我發現他還是有辦法把我迷倒，他根本不用多說什麼，只要多看個我幾秒，我就暈頭轉向了。我忘記當時我說了什麼，只記得我緊張得要命。」

「後來呢，你們是不是約會了？」

「果然是我的兒子。」顧駿伶把瓶裡剩下的紅酒倒進杯中，一飲而盡。

「我瞞著你外公，騙他說藝廊臨時叫我去加州跟買家接洽，我晚上趕不回去，其實那天晚上我和你爸爸在一起。我很愧疚，但是也很快樂。自從生下你之後，就再也沒有約會過，原先是因為很忙很累，後來是根本沒有機會。可是你爸爸，他主動開口邀我，我以為自己在他眼中還是有魅力的，我以為他一直在想著我咧，你媽就是這麼蠢。」

顧森只是微微笑。

「我真是笨到極點。我們，嗯，結束之後——你知道的，就是做了那件事之後，我問他跟太太小孩相處得好不好；他說他後來離婚了。我問他為什麼會離婚，他遲疑很久，說，前妻發現我有外遇。我馬上問他，她怎麼發現的？是因為你的帳戶轉一大筆錢給我嗎？他搖搖頭，一副完全不想再談的表情。我當然不可能就這樣罷休，我跟他說，這幾年我辛苦把孩子帶大，你連問一聲都沒有，我至少有權利知道後來是怎麼一回事吧。」

「媽，你是不是心裡還抱著一絲希望，以為最後妳和爸爸能在一起？」

顧駿伶起初不作聲，後來還是點了點頭。

「我都準備好要原諒他了。結果你知道他說什麼嗎？他說，不是妳。我問他，什麼意思？他就從床上坐起來，準備穿他的襯衫，我急得連床單都沒抓，就這樣光溜溜地跑到他面前，拉住他的手臂，要他把事情講清楚。他跟我說，是別的女人，也是我現在的太太。森森，你能想像當時我的感受嗎？好像是第一次下地獄一樣，沒有人逼我，是我自己跳下去的，是我讓這個王八蛋羞辱我，對我為所欲為。半夜我回到家，先去你的房間看你，你睡覺的樣子真像他；我就想，這一切到底有什麼意義？」

「嗯。後來呢？」

「我本來想去廚房，看是要鬆開瓦斯接頭，還是把一整瓶鎮定劑和你的心臟病的藥磨成粉，倒在水壺裡，還有倒在我們隔天早上會熱來吃的菜裡面；結果你外公早就醒來，在熬香菇瘦肉粥要給我當宵夜，我抱著你外公大哭，他好像知道發生什麼事，可是他什麼話都沒說，只是一直輕輕拍我的背。從那一天開始，我就真的認命了，我認的不是人家說的那種前世宿命，不是我前世做壞事才會認識你爸，生了一個得重病的兒子。你和外公都是我的榜樣，讓我看到自己錯得多離譜，讓我有機會看到什麼是愛。還好我有生下你，要不然我就少了一個最親近的好朋友了。」顧駿伶說完後，將頭倚在兒子的肩頭。

「森森，你一點都不像那個男人，你最像外公。」

「我很想外公，真希望他可以活到一百歲。」

「我也希望啊，他走之前還開玩笑說他老早就想走了，是因為怕你身邊沒有好榜樣，他才勉為其難硬撐到七十六歲。」

顧森知道他活著的每一天都是意外得到的。血液含氧量不足讓他看起來氣色慘淡；為了預防呼吸道過敏或感冒，他幾乎得整天戴著口罩。以他孱弱而矮小的身體、不穩定的出席率、在家自學的經歷、亞洲移民的身分，他在學校不可能會有所謂的哥兒們；不被欺負就已是萬幸。他唸七年級的時候，暗自下了決定，他要將全部的體力和時間放在課業上，而且要照顧好身體。他的數學成績比文史科目還要好，對他來說，數字和符號既簡練又清楚，不像文學和歷史那般龐雜。

顧紹官認為顧森的數理頭腦完全遺傳他。他不但親自教授顧森數學，也讓顧森在旁邊看他是如何透過電腦和網路買賣金融商品。他在圖書館借了幾本理財投資的入門書籍給顧森讀，要顧森讀了之後以口頭報告的方式提出自己的心得，他再針對顧森有疑問的地方仔細回答。

而顧駿伶為了讓進入青春期的顧森有足夠的社交生活，她開始去附近的教堂參加聚會；就是在那個時候，顧家人認識心臟外科的專科醫師淺田先生。

淺田醫師的太太和外遇對象見面，可能打算要談分手，結果對方一路跟蹤她，在靠海的公路上衝撞她的車，最後兩人同時落海身亡。淺田醫師用超時工作和酒精痲痺自己，直到有次他在手術前喝醉酒，差點將男童的陰莖切除，醫院才發現事態嚴重，決議卸除他的主任職銜，並且要他強制休假一年，直到他能完全戒除酒癮。他在昂貴的私人戒酒中心待了半年，還參加晚上跟教堂借用場地的匿名戒酒互助團體。假期結束後，他決定放棄申請復職，自己另外找地點開設小型的兒科診所，遇到狀況複雜的小兒病患，他會將他們轉介到以前服務的州立醫院。他還沒準備好去相信自己可以重回手術檯。

教會的牧師夫妻成立一個弱勢家庭課後陪讀班，他們會開車把孩子接送到教會，讓他們和教會附屬中途之家的寄養兒童一起吃晚餐，再由志工帶著孩子們複習功課。只要狀況尚可，顧森每個週末下午會去幫忙陪伴年幼的孩子畫畫圖，唸些故事給他們聽。他講話的速度慢，聲音輕柔，又常常戴著口罩，孩子們對他格外感興趣。他成為別人用來鼓勵小朋友的特殊案例：「顧森哥哥以前有好幾次都差點死掉喔，可是他沒有放棄，努力學習，現在還可以幫助別人。」

他很想跟他們說，不是這麼一回事。人生不會這麼簡單的。

顧森參加教堂的聚會以後，依舊覺得跟人群聊天的話題非常有限；首先，他對聖經信仰始終興趣缺缺，當一群人引用聖經經文相互辯論的時候，他只能保持沉默。當青少年主日學的同學在想辦法跟老爸借車、打工買新衣服、交女友、偷開派對時，他總是穿著那幾套衣服。講的是：「畢卡索在藍色時期創作的作品可能是受到好朋友卡洛斯自殺的影響……」、「避日蛛的巨顎是牠最顯著的特徵，但是牠並不像有人說那樣的含有致命劇毒……」、「雅典人梭倫離開雅典出遊十年，他跟克洛伊索斯國王說，神往往不過是叫許多人看到幸福的一個影子，隨後便把他們推上了毀滅的道路……」——這類叫人覺得自己見識不足，而且不知該如何回應的話題。

約莫是顧森十六歲的時候，他請求顧紹官借他一小筆錢買股票，下單的標的由顧森自己選擇，股票賣掉後他不但會償還本金，還會將資本利得的十分之一給外公做為借款的利息。

顧紹官心想，說不定時候到了。他不確定這個孫子日後是否能順利取得高等學位，找到好的工作；就算找到了，他的身體到底挺不挺得住，這也是他們擔心的地方。如果他能在家裡工作賺取收入，對他可能會是好事。顧森不像他媽媽一樣會畫又會寫，但是他在數字方面很靈光，有耐性，而且專心。所以，他們祖孫兩人談話的內容漸漸偏向討論投資心得，顧森對短期投機性質高的期貨和選擇權交易也開始感興趣。

四年後，顧紹官在睡夢中過世，就在顧森滿二十歲的幾個月前。他的遺囑載明房地產留給女兒顧駿伶，股票、債券、現金和黃金則留給顧森；但是顧森要在年滿二十二歲之後才可以處理那些有價證券，至於現金和黃金的部分，每年可動用的額度是總額的十分之一。

顧駿伶不知道父親是怎麼辦到的。明明森森的醫藥費開支那麼龐大，爸你到底是怎麼存錢的？自從生下顧森之後，顧駿伶很少為自己添購新的衣鞋飾品，她只想把自己賺的每一分錢省下來，讓他們一家三口至少能過安穩的生活。她以為父親把賣掉臺灣房子的錢拿去買他們現在住的老舊平房之後，積蓄就所剩無幾了。她從來就沒有搞清楚為何祖孫倆老愛盯著螢幕上的股市走勢曲線，她還以為他們只是在過乾癮，想像自己若是有能力參與金錢遊戲時會做什麼決定。

顧森知道這份遺囑意味著外公信任他有妥善處理金錢的能力。

他們母子決定住在原來的地方。他們花一點錢整修屋頂和外牆，把顧紹官的房間打掉，讓客廳更寬敞，另外再做一整面書架和收納櫃，買張簡單的書桌，做為顧駿伶的辦公區。過去她在家工作時，都是在飯廳和客廳之間拉出一張可摺式的長條形木板，在那裡看書打字，文件和書本四處堆放。顧森除了買台新電腦和印表機之外，就沒有再多花錢，生活一切照舊。在取得高中學歷證明後，他決定不上大學，在家裡專心看盤。

他會冒險，但是有限度，他盡量避免讓賺錢的快感或賠錢的挫敗持續太久，以免影響往後執行交易的判斷。他賺錢的動機並不是要成為有錢人，他想的是：這是外公留下來的錢；這是我未來的醫藥費；這是我們母子未來要換房子的錢；這是媽媽的養老金。

他的生活簡單而自律。清晨先到公園跟一個從中國移民過來的老先生學打太極拳；沖澡，吃早餐，看兩個小時的報紙。股市交易的時段就是他的工作時間，收盤後，他會寫一份當日的交易報告，還有對未來趨勢的預測。中飯過後，他會慢慢喝完一小壺幫助排水和補氣的藥草茶——這是顧紹官生前每天會煮給他喝的——邊喝邊讀財經雜誌，或是上網找資料，為晚上的跨國交易做準備。傍晚左右，他會沿著社區外圍的馬路散步一個小時，順道瀏覽房屋出售的廣告。回到家後，沖個澡，為自己和下班的母親準備晚餐。

顧森三十歲的時候，顧駿伶得到癌症，從發病到過世，不過半年的時間。

*****

太陽再過一個小時後就要沉下山。顧森坐在蓮花池旁邊的椅子上，那是一張由整塊黑曜岩石切割打磨而成的單人椅，椅面觸感光滑，其它部分則保留原始的粗曠紋理。在連續數小時吸收太陽光之後，椅子的溫度接近人體體溫，坐起來格外舒服。春天即將接近尾聲。椅面上還留著一點前晚落下的雨水。他望向中央花園，然後是更遠的浮雕迴廊。其他人遠遠的交談聲被風打散，他聽不清楚他們在講些什麼，但是他並非真有那麼在乎。他的思緒正逆著時間之流往前回溯。

他想到庫瓦娜剛搬進蓮思莊園的半年內，鮮少開口講話。顧森讀過她的訪談，看過她的照片，以為她是那種勇於衝撞體制、以女性主義者自居的畫家。照片中她直視鏡頭微笑，豐厚的嘴唇塗著紅莓色的唇蜜，銀白色長髮垂在胸前。

那時妳常常坐在這張黑色的椅子上發呆，我以為妳從來沒有發現我在注意妳。後來妳跟我說：「有時候我會想，那個一直盯著我看的老男人到底還要看多久？他沒看過白子嗎？」

「妳沒有懷疑過我就是莊園的主人？」

妳笑著搖搖頭，「我還以為你會一身亞曼尼西裝，腳穿愛馬仕的訂製皮鞋，叼根雪茄，還有秘書、記者跟在旁邊。」

「為什麼妳會這樣想？」

「因為他們說你非常、非常、非常有錢。我只看過肥皂劇裡的有錢人，喔，在畫廊也看過幾個，但是因為他們不是買我的畫，所以我沒怎麼注意他們。」庫瓦娜笑著說。

「看到我這個樣子，又老又病，會覺得失望嗎？」

「說不上來。反正也不是很重要。」

莊園裡只有妳才會無視我的地位，跟我這樣講話。

在庫瓦娜出車禍的一年多後，顧森才接到她的電話。她的聲音聽起來瘖啞無精神，像質問犯人般問顧森想做什麼，有什麼計劃。

那時他剛動完大手術，還在修養復原當中，而且莊園第二期翻修改建的工程也趕著要收尾，於是他早就將聯絡藝術家的相關業務全部轉給莊園經理去處理，所以，當接到庫瓦娜的電話時一下子反應不過來，支支吾吾，庫瓦娜還以為他是個騙子。

顧森不知道經理用什麼方法說服庫瓦娜；總之，庫瓦娜成為第一位進駐蓮思莊園的藝術家。

顧森發現庫瓦娜習慣在大清早或接近傍晚的時候外出寫生。他先是假裝在她附近散步，有時停下腳步，坐在草地上，在筆記本上寫東西，庫瓦娜偶爾才會看他一眼。後來，顧森終於鼓起勇氣，上前自我介紹，問庫瓦娜是否介意他在旁邊看她畫畫。庫瓦娜聳聳肩。

幾次過後，庫瓦娜會多帶一張帆布製的輕便摺疊椅放在身邊。顧森暗自感謝她的體貼。

起初他們的對話不過是零零散散講些天氣變化、莊園的起居飲食、住在山腰的酪農最近從山下帶回什麼新聞等瑣事。

好不容易他想出新的話題：「妳以前常去博物館嗎？」

庫瓦娜意興闌珊地哼一聲。

「我小時候因為心臟還有呼吸系統有問題，所以不太能去密閉的公共場合，媽媽外公他們為了要讓我體驗去博物館是什麼感覺，他們跟鄰居借了長型的大帳篷，搭在後面的小院子裡。有一天吃完晚餐，他們說要帶我去一個地方冒險，我就戴著口罩，閉上眼睛，讓他們抱著我躺進帳篷。我張開眼睛，看見帳篷貼滿很多名畫和古文物的複製明信片，媽媽從古埃及的陵墓壁畫開始介紹，花了四五個晚上才講完埃及的美術歷史；之後是亞述、波斯帝國的雕像。我媽就好像那個說了一千零一夜故事的莎赫札德。有時候媽媽工作太累了，不想講話，外公就會陪我靠在窗邊，用他從跳蚤市場買到的天文望遠鏡觀察月亮和星星。望遠鏡的塑膠外殼都裂掉了，可是裡面的鏡片還很不錯，只是表面有些白色的黴點，我們不敢拆開來清理，只能把兩端最外面的鏡片擦乾淨。」出於顧森自己都還沒有理出頭緒的原由，他對庫瓦娜談到他的童年，尤其是對母親顧駿伶的記憶。他不免擔心這些話是否讓她感到無趣。

「你講到媽媽的時候，眼神都變了。」庫瓦娜說。

「是嗎？」

「至少你算是個聽話的兒子吧。不像我。」庫瓦娜想起那一次致命的車禍。

「我讓我媽吃了很多苦。幸好我們有外公幫忙。」

「那很好啊。」顧森看見庫瓦娜笑得很苦澀。

他不知道為什麼，談話氣氛突然變得沉寂。有時候他很厭惡自己缺乏基本社交能力的弱點。

「你們住的地方沒有光害嗎？我小時候住在農莊，如果天氣很好，晚上整個天空都是星星，看著它們遠遠的、遠遠的在宇宙裡閃閃發光，我很快就會睡著了。」庫瓦娜說。

顧森想起顧駿伶有次提到她十九歲時的旅遊經驗。

「學校放暑假，我就跟著大學團契的學長學姊去臺東的利稻村當志工，帶原住民的小孩子讀聖經故事，唱詩歌、跳舞。講了你不要笑，我會去不是因為像他們講的，要把上帝的愛傳給其他人，那時候我大概不怎麼愛上帝，我愛的是學長，為了要增加跟他相處的機會，我才會報名參加，而且還沒有事先跟你外公提，到了臺東火車站我才打電話給他。

我從小都住在臺北，讀書也是，加上外公管我管得嚴，我都沒什麼機會離家太遠，還以為台灣所有的山不過就像陽明山，每條河都像淡水河一樣髒髒臭臭的，課本上面提到的玉山、南橫公路、嘉南平原，對我來說都很遙遠，照片看起來也差不多。森森，你知道嗎？我搭火車一路往下，看著車窗外的農田、藍色的海岸線、長滿綠樹的山坡，我叫不出那些地方的名字，可是我心裡好激動，我第一次發現原來自己住的島嶼這麼美，我想的不是：啊，學長就坐在我附近；我想的是自己對這片土地太冷感了。

利稻村真的好美，那年夏天剛開始，只有一個輕颱過境，所以聯外道路都還能通行。天空非常乾淨，風很涼，一塊一塊稻田就靜靜躺在山跟山的中間，雞啊鴨啊路上走來走去。

我們住在一間民宿，老闆和老闆娘都很熱情，他們煮的是很簡單的家常菜，可是菜的味道很甜，雞腿肉的口感也和我們在平地吃的不一樣。白天我們就帶著原住民小朋友玩和上課，他們的體力真好，山坡路在他們的腳下好像跟平地一樣，又唱又跳一整天，他們都不會累，晚上還可以在房子外面的小路上玩，我們這十多個大學生，還有兩三位教會的牧師娘都快累翻了。

我們幾個感情比較好的，六點半吃完晚飯之後，會去村子附近散步，因為天還沒有那麼快暗下來。大部分的房子裡都只剩下老人和小孩，有些年紀很輕的女孩子還背著小寶寶，我不確定那是不是她們生下來的，還是那是她們的弟弟妹妹。有的角落很安靜，偶爾有電視播報新聞的聲音傳出來，我們聽到摔酒瓶的聲音和哭聲，只好趕快靜靜走開。九點多洗完澡以後，我們坐在院子裡聊天。我知道也有其他女生暗戀那個學長，看到他和她們聊天，我的心情很複雜。我靠在牆上，看著夜空，每顆星星的大小和亮度都不一樣，但是它們都很美，好像有一張用鑽石做成的網子，罩在地球的外圍。我慢慢平靜下來，想著自己到底是誰，想要成為什麼樣的人？除了這個學長之外，我的眼睛還看到什麼？我突然覺得天與地之間，除了我之外，再也沒有別的人，我必須要在一無所知的狀況下走完全程，我做的每一個決定，都有可能對我的人生造成不可逆轉的影響。講到這裡，如果我能記住十九歲那幾個晚上想的事情，說不定我就不會白痴到愛上你爸爸。」顧森還記得媽媽當時回憶這一段經歷的神情。

「對啊，只有在偏遠的地方才看得到滿天星星，可惜蓮思莊園這邊常起霧。」顧森說。

庫瓦娜覺得顧森答非所問，但是她不想追問。星空之下，誰沒有美好的回憶呢？

*****

某天清晨，庫瓦娜在蓮花噴泉池旁邊畫素描，她越畫越用力，結果炭精筆啪一聲驟然斷成好幾段。

「需要新的筆嗎？」顧森從她的背後慢慢走近。

「媽的你該不會每天都盯著我畫圖吧！」庫瓦娜急忙轉頭看著顧森，皺起眉頭。

「抱歉……」顧森對庫瓦娜突如其來的怒火感到吃驚，同時也因為自己的冒失而臉紅。「我沒有這個意思，我以為妳不介意。」顧森打算離開。

「喂，別走！」庫瓦娜嘆口氣，接著說：「對不起，我的錯，我畫得不順，所以……」她又氣又無奈，揮手示意要顧森看看畫架上的草稿。

「哪裡不對嗎？」顧森看看畫，然後再看著庫瓦娜。

「全部都不對！我畫的蓮花好像是從地獄長出來的！你有看過線條這麼粗硬的花瓣嗎？這麼多花擠在一張畫布上，我不知道要怎麼取捨，我根本就在模仿別人已經畫過的東西！」

「嗯……換個立場想，別人都畫柔軟的蓮花，要不就畫得模模糊糊的，用色點取代具體的輪廓線，妳這個版本應該還沒有人畫過。」

「你是認真的嗎？拜託現在不要開我玩笑，我已經沒有信心了！」

「我哪裡看起來像在開玩笑？」顧森定定看著庫瓦娜。

庫瓦娜後退幾步，雙手扠腰，瞇起雙眼，仔細觀察草稿的構圖，說：「說不定有些花瓣不需要上顏色。就算要上色，也不要用傳統的淡粉紅、粉紫色。」

顧森點頭。

「我很久沒用顏料了，我真的能畫完嗎……」庫瓦娜走回畫架前，一邊啃著手指甲一邊喃喃自語。

顧森心裡開始估算。半年多過去了，她畫了不少草稿，可是我們還沒看到她交出一張完成的彩圖。另外兩個畫家他們已經陸續交出總共六張油畫，有三幅畫廊願意幫忙寄賣，另外三幅目前還在討論是不是要先借展。如果按照席薇亞評估成本效益的方法來衡量庫瓦娜的產值，席薇亞一定會說她「低於預期」，真的只有這種計算的方法嗎？我能為她做什麼？她需要口頭鼓勵嗎？這我不擅長……

就在顧森猶疑不定的時候，庫瓦娜說：「放心，合約說一年要交十二張圖對吧？我會交出來的，不用擔心我最後亂畫，我還有自尊，雖然剩下不多。」

「我相信妳。」他其實並非真的那麼有把握。

「你在安慰我？還是你一直都那麼容易相信人？」

「到時候我們就知道了。」

庫瓦娜望著顧森，彷彿正在用她多疑的視線掃瞄他的虹膜，以便測謊。她對他淺淺一笑，沒再多說話。她坐下，拿起斷掉的炭精筆繼續打稿。

顧森靜靜走開，卻也沒有走得太遠。他走進還沒完工的玻璃屋，站在角落，看著庫瓦娜的背影。當時她穿著一襲低胸挖領的連身印花長洋裝，裙角有個地方被勾破；她在洋裝外面套了件背部沾有顏料的淺灰色針織衫，夕陽的橘紅色染上她的白色臉頰，晚風揚起她的頭髮和洋裝裙擺。他希望自己也能作畫，讓油彩顏料為他留住那一個時刻，陪他一同抗拒未來那難以逃避的記憶衰敗。

兩個星期後，庫瓦娜提交兩張畫給席薇亞。一張是〈蓮花安魂曲〉，翻拍照片才剛電郵給幾個獨立經紀人和畫廊採購，經理席薇亞．克萊爾就收到許多想要出價競標的回信；另一張是〈在花園散步的顧森〉。顧森不理會席薇亞的反對意見，堅決要把那張肖像畫轉為自己的私人收藏品。

顧森看見庫瓦娜坐在橡樹下，戴著遮陽帽和太陽眼鏡，似乎正在觀賞太陽的謝幕儀式。

庫瓦娜揚起嘴角，舉手對顧森打招呼。顧森想到那張畫，突然感到不好意思，他雖然也跟著舉起手回應，但還不確定是否要走到她身邊，於是他刻意放慢腳步。

「顧先生，看到我的畫了嗎？」庫瓦娜大聲問。

顧森笑著點點頭。他心想，她心情大概不錯吧？於是他決定往前走，坐在她身邊。

「喜歡嗎？」

「非常喜歡，謝謝妳，我已經把它轉為我的收藏品了。」

「該不會是因為賣不出去吧？」

「妳在開玩笑嗎？妳的第一張畫已經有很多人在出價了。」

「幸好我不是賠錢貨。」

「為什麼要這麼說？我以為妳是很有自信的畫家。」

「我搞砸了很多事，我很清楚，不過我很慶幸我還能畫畫。話又說回來，如果我不會畫畫，也許我爸媽就不會死得那麼冤枉。」

「怎麼說？呃……想談談嗎？」

「沒什麼好講的。我們約好要慶祝我的第三次個展順利，結果路上遇到一群狗娘養的瘋子，我們的車胎被子彈射中，車子翻了好幾圈，爸媽都死了，只剩下我活著。」

「抱歉。」

「又不是你的錯。」

「我好像問到一些不該問的事。」

「你就算不問，事情還是發生了。」

「請原諒我接下來要講的話，可能不太中聽，但絕對沒有惡意。我認為，就算妳不會畫畫，妳怎麼能確定父母不會因為其它原因離開妳？我不是說他們一定會像現在一樣，讓妳帶著那麼多遺憾，只是，誰知道呢？」

「聽起來你好像是過來人，有類似的經驗。」

顧森想，妳還真帶刺啊。「我母親是癌症過世的。我不確定有任何評量表，可以讓我們用來評比你父母和我母親到底誰走得比較痛苦。」

「對不起。有時候我的嘴巴真的很賤。」

「沒關係。我希望妳不要總是把自己講得那麼難聽。」

「我只是很坦白。」

「那跟坦白沒關係，就算妳有優點，妳也不會承認的。」

庫瓦娜雖然一肚子火，不知道該說什麼來反駁顧森，卻又因為隱藏的心事被了解而瞬間感到解脫。她不想講話，講了好像就等於當面向他承認他是正確的。顧森也沒說話。他沒想到和她的對話最後會變成針鋒相對，他擔心她又要發脾氣，但他同時也認為自己沒錯，那些話不過是出於善意的提醒。

莊園的藝術家補助計劃進行到第二年的時候，玻璃屋接近完工，顧森忙著監督。他開始感覺呼吸困難，尤其是睡覺的時候，常常因為一口氣上不來而驚醒。因為喘，他沒有食欲，整天都覺得腹部漲滿，排尿量也減少許多，他不得不暫時停止例行的巡視和散步，盡量待在床上休息。讀書或看電腦螢幕對他而言變成一種吃力的嗜好，他的眼睛乾澀，腦袋昏沉，情緒起伏不定。

蓮思莊園的玻璃屋興建工程雖然逐一順利完成，他卻若有所失。沒有人會像外公和媽媽那樣真正為我高興，以我為榮。想到這裡，他有點訝異自己居然把席薇亞排除在外。

就在他為故障的肉體而氣憤之際，他聽到落地窗那邊傳來清脆的鈴聲。他以為是保全系統發出的警示聲，但他想起早上起床的時候已經解除木屋外圍的保全防護設定。他按下電動窗簾的遙控器按鍵，窗簾緩緩升起，他看見庫瓦娜正靠坐在木屋臥室的落地窗前，望著遠方，手上搖動銅製的牛鈴，有時候她搖的力道過大，牛鈴打在強化玻璃上，鈴聲混合著碰撞的悶響。

顧森下床，打開落地窗門，庫瓦娜嚇了一大跳。

「你還活著！」

顧森聽到這句話，火氣頓時往上衝。

「妳好像很失望。」

「我還以為上帝真的不肯理我了。」

「妳在說什麼？」

「好多天沒看到你，我很擔心。」

「妳可以請經理幫妳安排我們會談的時間。」

「她說你現在不見客。」

「既然如此，你現在為什麼在這裡？」

「我很擔心。」

「妳看到我病懨懨的，放心了吧？」

庫瓦娜搖搖頭，然後用手撐住身體，慢慢站起來。

顧森用力咳了幾下。緩過氣之後，說：「妳走吧。」

「我不能進去坐一坐嗎？」

「我這裡像醫院病房一樣。」他的聲音啞掉了。

「我不介意。」

「我現在不方便會客。」

「那你什麼時候方便？」

顧森又氣又想笑，可是他的身體和心情依舊沉重得不願意流露任何一絲笑意，他說：

「妳問我，我要問誰？」

「你們有錢人都是這樣定見面時間的嗎？」

顧森瞪著庫瓦娜，她沒有閃避。

「你們藝術家，都是這樣不顧別人的死活嗎？」顧森才剛說完就後悔了。他看見庫瓦娜雙眼圓睜，一副不可置信、深感受創的表情，他當下就想道歉，可是庫瓦娜的動作更快，她轉身拔腿就跑。顧森覺得胸口緊縮，完全無法出聲，他扶住窗邊，蹲下，像小時候一樣，心裡默念著外公教的口訣，強迫自己放慢吸氣吐氣的速度。

妳現在到底在哪裡？是不是我又說錯什麼，妳氣得不想再見到我，像那天一樣？我後來仔細回想我們那時的對話，我才了解，妳只是很害怕，害怕我會像妳父母一樣突然離開，妳以為上帝要不停懲罰妳，要妳親眼目睹祂把妳身邊的人一個個帶走。妳想要來確定我真的沒事。說不定，當時妳就會要我發誓，不能比妳先走，就像妳後來要我說的。我承認很多時候我都是後知後覺的，我的注意力都集中在我自己、想完成的事，我沒有多餘的時間去留意別人。我們都是被別人留意，同時也被忽略的一群，不是嗎？我是一個這麼無趣的男人，人世間好玩的活動我有百分之九十九以上都碰不得。妳說，妳喜歡女人也喜歡男人，但是妳認為女人的身體才是造物主技藝精湛的作品，妳說妳深入探索過好幾個女人，我不敢告訴妳，我的經驗少得可憐。你剛來的時候是幾歲？三十歲？我四十七歲，看起來像六十幾歲陽痿的老男人。妳讓我自慚形穢，讓我渴望，因為我知道，就算我給你再多的金錢和禮物，不但買不到你的肉體，也買不到妳的熱情和尊敬，除非你決定主動給予。

我們那次是怎麼和好的？

****

庫瓦娜在中央花園的角落遠遠觀看玻璃屋的啟用儀式。顧森當天沒有出席，而是由席薇亞代為出面接受採訪。庫瓦娜看著席薇亞的側臉，一頭發亮的紅髮盤成法國髻，新剪的復古式瀏海讓她看起來不再那麼世故；她心想，四年前我也許會愛上她，好奇怪，我現在對這種漂亮的洋娃娃好像一點興趣都沒有，如果她脫光衣服躺在我床上呢？嗯，還是沒感覺。我對誰都沒感覺了。這是好事嗎？也許吧，至少我不會有牽掛，也就不會傷心。變成修女就是這種感覺嗎？沒有感覺的感覺？以為感覺都將獻給上帝的感覺？假如我把所有的感覺都獻給藝術呢？有必要嗎？我做得到嗎？

等儀式結束，記者和訪客一一離開之後，庫瓦娜跟守衛商量，讓她進去參觀十分鐘。她看見一樓展覽區的柱狀櫸木展示檯上陳列著小型的精工雕塑品，整棟房子除了二樓圖書區兼咖啡館的柚木書架和桌面以外，其它部分無論是牆面、樑柱結構、隔板、收納空間，全都用泛著藍光色調的強化玻璃構成。她站在三樓突出建築物牆面的小畫室，望著灰色的山峰起起伏伏，深深吸口氣；低頭一看，尚未完全退去的霧氣貼著她腳下的玻璃地板表面滑行，她似乎正跟著它們一起漂移，她知道應該要趕緊移開目光，否則她會因為暈眩而跌倒，只是她捨不得終止這種如同在空中飛行俯瞰人間的奇異經驗。她愛上了玻璃屋。而當時正站在臥室窗邊，掙扎著要自己停止注視玻璃屋裡那個女人的顧森，卻做了一個與意志相反的決定——他在一張紙寫上：「獻給神殿裡的女神。」，然後將紙片連同玻璃屋的備用鑰匙和解開保全鎖的門禁晶片卡放進信封裡。

晚餐過後，顧森輕敲庫瓦娜的房門。

庫瓦娜唰地一下把門用力往內拉。

她穿著如同用一席白色舊床單簡單縫製而成的連身裙，豹紋圖案的棉質圍巾在腰部纏上打個結，後腦勺的髮髻上插著一根畫筆。

「是你啊。有事嗎？」

「如果妳可以先不要講話，我就送你一件禮物。」

庫瓦娜雙手抱胸，倚在門框上，像貓頭鷹般瞅著顧森。

顧森把信封拿出來，遞給庫瓦娜。

「收下就好，要講什麼等明天見面再講。」

庫瓦娜沒有動作。

「不會害妳，真的。」

庫瓦娜伸出左手，不甘願地接過信封，眼睛仍然盯住顧森。

他點點頭，說：「那就晚安了。」

她沒吭聲，他只好離開。走了幾步，他聽到門板在他身後被用力關上。他懷疑自己將要犯下難堪的錯誤。

「顧先生！」幾天過後，接近晚餐開飯的時間，顧森在浮雕走廊的入口附近散步時，聽見庫瓦娜正叫他。他的心猛然一跳，幾乎要跳出喉頭。

「你的心臟今天好嗎？」

顧森心想，哪有人這樣問候的？

庫瓦娜沒讓他來得及回話，就接著說：「如果今天心臟過得還不錯，如果你可以忍住先不要講話，我就帶你去一個地方。」

「我不能離開莊園太遠，妳知道的，免得我突然不舒服，我最好待在醫護人員三分鐘內趕得到的地方。」

「你不是有戴著監控腕錶嗎？守衛室的雷達應該會知道你在哪裡吧？而且我還帶了這些東西。」庫瓦娜把手上的布製提袋打開給顧森看，裡面有水果、雜糧麵包、起司塊、藍莓醬、水壺、隨身氧氣瓶、強心藥劑和注射筒。

「我的老天！妳是從哪裡拿到這些藥？」

「我請朋友寄過來的。」

顧森的臉表明他根本不相信。

「強心劑和針筒是從醫護室借來的。」庫瓦娜想要草草一語帶過。

「借？」

「我只是來不及跟醫生說而已。」

「拜託！庫瓦娜，醫護室如果沒人的話，應該是要上鎖的，我不相信妳能開那個電子鎖，除非有人忘記了，更別提有人在的時候，你根本拿不到藥，妳到底是怎麼『借』到的？」

「早知道你會這麼兇，我就應該把東西退還給你，省得還要張羅這些事！」

「庫瓦娜，我們先把事情分清楚，我非常在意醫護室的藥品管制，這不是開玩笑的。」

「我前兩天生理期來，肚子很痛，去跟護士拿止痛藥，剛好看到她在整理你要用的藥劑，可能是要送到你房間的，我趁她幫我配藥的時候，摸走這些東西，就這三件，我保證。」

「護士難道沒有發現你把藥帶走了？」

「喔，講到她啊，如果我是你的話，我就會小心一點。那個小護士她滿腦子想的就是要去好萊塢當明星，我故意跟她聊最近的演藝圈八卦，講我以前在舊金山看過哪些名人，她多開心啊，最後她一定會以為是自己搞錯了。」

顧森絕望地閉上眼。「妳以後不要再這樣了好不好？萬一你看錯標籤，拿錯藥，會出人命的。」

「嗯。」

沉默伴隨夜色沉降到他們之間。誰都不想放棄，卻都在等待對方先釋出善意。

「為了我的性命安全著想，我先問一下，妳要帶我去哪裡？」

「我的秘密基地，在後山森林的一個山洞裡，不會很遠，走十五分鐘就到了，而且只有一小段斜坡，我藏得很好，還沒有其他人知道。」

顧森笑了出來。

「妳平常都在探險嗎？」

「一直畫圖很無聊。」

「我記得這邊有衛星電視節目、網路，也有圖書室、交誼廳、小咖啡館、中央花園、浮雕走廊，很遺憾它們都沒能取悅妳。」

「因為我沒那麼好打發。」庫瓦娜下巴抬高，裝出不可一世的樣子。

「那就請探險家為我們帶路吧。」

庫瓦娜帶著顧森往主建物後方花園前進，他們算得上是摸黑著走動，只有微薄的暮色為他們引路，涼廊和花園的照明燈要過二十分鐘之後才會亮起。顧森覺得心臟跳得比先前更快，可是他不敢告訴她。

她知道他肯定會開口提問，所以她連忙說：「你跟著我就對了。不會害你，真的。」

「妳故意用我講過的話來取笑我嗎？」

「我個人比較喜歡『禮尚往來』這個說法。」

「我還以為是『以牙還牙，以眼還眼』。」

「噓，先不要講話。」

庫瓦娜要顧森跟她一起躲在半圓形魚池附近的樹叢裡，因為圍牆上的監視器正好慢慢轉向他們原先站立的位置。

庫瓦娜趁著監視器還沒轉回來的時候，急忙把手伸進魚池裡，似乎在找東西。顧森聽到水池發出聲音，像是水流從高位流向低處的嘩嘩聲，但他不確定是否是魚群聚集時發出來的濺水聲。接著，庫瓦娜的手指往上摸向浮雕外牆的某張怪物臉孔，朝兩顆眼珠用力一按，一陣石塊相互磨擦的細微嘎嘎聲傳出來。他們躲在暗處，等待所有的聲音都靜下來。顧森訝異地發現樹叢後方靠近莊園外圍牆的地面，有個入口出現。庫瓦娜湊近顧森的耳畔，壓低嗓門說：「等一下我們會走一小段階梯，路在地底下，我會緊緊拉著你，不要怕。」

現在不會怕了，只要妳不放開手。顧森在心裡說。

到了地道的入口，庫瓦娜改用右手牽顧森的右手，左手緊緊環住他的腰，小聲說：「要下樓梯囉，我們一步一步慢慢來。」他發現她的身高比他高出約二十公分，她帶路的方式就好像他是她的老小孩。

他們跨了三個階梯之後，她鬆開他的手，用手掌往旁邊牆壁上突起的磚塊用力一推，他聽到相同的磨擦聲音再度發出。

庫瓦娜從他的腰際收回她的左手，然後從提袋裡拿出手電筒。顧森的眼睛因為突來的強光而瞇起來，但是他感覺到她的手又再度牽住他。

「妳怎麼知道這裡有機關？」顧森想找個話題轉移注意力。他覺得臉燙到快要燒起來了。

「你不知道嗎？」

顧森連忙搖頭。

「可見你的豪宅仲介收了昂貴的佣金，但是沒有告訴你全部的事情。你應該要找時間來好好認識一下你的資產，要不然它會很難過的。」

他不曉得她譏諷的是仲介不誠實，還是他對莊園不夠瞭解，他只好說：「我懷疑世界上有幾個人知道這個地道。」

「你應該清楚這個莊園以前被軍方徵收過吧？」

「知道。」

「他們會徵收這個地方不是沒有原因的，地勢高，有秘密地道通往好幾個山嶺據點，有幾個月裡他們在這邊也處決過人。」

「妳怎麼會知道這些事？」

「我的曾祖父很久以前就住在山下的小鎮，他把這些事講給祖父聽，祖父轉述給我爸，我爸告訴我。」

「曾祖父過去是……黑奴嗎？」

「我以為我的個人資料已經寫得很清楚，我被白人宣教士夫婦領養，從非洲帶回來，我個人和法律都認定他們是我的父母，所以我的曾祖父是白人，他是牧師，我不清楚他有沒有蓄奴。」

顧森嘆口氣，說：「抱歉。」

「快到了，等一下接近山洞口，空氣會好一點。」

他點點頭。

「幸好當初你沒有拆掉魚池，要不然這裡可能早就被人發現了。」

「牆面那片浮雕算得上是國寶。我本來要把那些樹叢全部鏟掉，比較安全，但是又捨不得。」

「所以我說『幸好』。」

他們經過好幾個三岔口，她卻沒有絲毫遲疑，如候鳥一樣順從地跟隨隱形的指引力前進。

到了一個岔口，庫瓦娜停下腳步，意味深長地笑看著顧森。他不禁心蕩神馳，像個十六歲的青少年在學校走道巧遇暗戀的女生一樣。

「我想蒙住你的眼睛。」

「有……這個必要嗎？」

「這是一個驚喜。」

「妳要知道，我快五十歲了，身體不好，沒辦法承受太大的驚嚇。」

「沒那麼可怕的。」

「好吧，都已經來到這裡了……」

當她的雙手覆上他的眼皮，他彷彿正往後倒向溫暖的海洋。

她引導他往前走，然後停住腳步，要他慢慢往下坐，說：「這是一張很大很平的石塊，我在上面鋪了麥梗和軟墊。感覺到涼風吹進來了嗎？」

他只能點頭，心裡七上八下。

「張開眼睛吧。」

他們正位於一個狹長的洞穴裡，晚風將散落在各處的燭光吹得搖搖晃晃，顧森看見洞穴的岩壁上到處都有圖畫，那些用礦物粉末畫出的黑色、赭色、黃色、棕色的線條與色塊，手掌的漸層拓印，以噴灑、留白、渲染、均塗方式畫出的動物和人物的形體……他想起母親以前為他講解舊石器時代洞窟藝術的經過，不過他知道出現在眼前的圖像並非古老遺跡，因為造型具有現代的風格。

他們肩並肩躺臥在石塊上。

「這些都是妳畫的嗎？」

庫瓦娜緊張地笑了兩聲：「是啊。」

「經驗不足的考古學家看到這片岩壁，會樂到翻跟斗，以為自己發現某種古代文明存在的證據。」

「需要我為您做介紹嗎？」

「當然！」

「我先從您左手邊的圖畫開始解說。那群手拿長矛的人正圍著一個剛生產完的婦女，旁邊是她的新生兒，那個嬰兒的頭上長了一對角，屁股還有猴子尾巴。

看到他們頭上的閃電了嗎?他們認為自己正在為上帝進行淨化的儀式，他們要把這個長相怪異的邪惡嬰兒抓去燒了獻祭。

結果有個女神和他的先生，在雲端看到這件事，於是他們伸手把嬰兒撈到天上他們住的地方，然後嬰兒的角和尾巴就消失了，變成一個看起來很正常的人類小女孩。

這對神仙夫妻教小女孩打獵、游泳、養各種動物、種田，還有學習天上使用的文字，你看，就是這幾行像毛毛蟲和樹枝的字。

小女孩長大了，長成高大的少女，常常跟著其他女神去河邊洗澡，在森林裡唱歌跳舞，結果有一次她在草地上睡著了，同伴忘記帶她回天上。她害怕地哭了起來，有個男人，他是人類，胸口有個大洞，他看見這個女孩子，就問她怎麼了，女孩子對他尖叫，露出像狼一樣的牙齒，還伸出爪子，於是他灑開手上的漁網，把女孩子抓回家，因為他很孤單。您從這五個手掌的指頭數目，加上旁邊這四根斷指，就可以知道事情發生時她大概幾歲。

那個男人的名字叫密澤瑞。剛開始他們不能溝通，因為他們聽不懂對方說的話。女孩子很傷心，她很想念天上的父母，想念同伴。

後來，女孩子開始畫畫。她越畫越好，慢慢有很多人類來找她，請她幫忙畫一些訊息，好讓他們可以送給家人朋友。有些人類很喜歡她，常常送她魚、蔬菜，還有漂亮的布。人類會用織布機，這個女孩子不會。

女孩子漸漸會笑了，因為她的畫促進人類之間的瞭解。如果不是密澤瑞，她可能永遠不會畫畫，只會在天上每天玩耍。

她也漸漸了解密澤瑞。她畫了一張圖，就是您頭上偏右邊的這張圖，要送給他。

後來密澤瑞死了。

女孩伸手從天上抽了一些雲絮、抓幾把星星，折一段太陽光，從月亮身上刮下一點會發亮的粉末，放在密澤瑞的身上。

她拒絕回到天堂，因為她要在人間繼續畫畫。

導覽完畢。」

顧森沒辦法說話，因為他的喉嚨突然緊縮，開始呼吸急促。他偏過頭，用力吐氣，不想讓庫瓦娜看見他的狼狽樣。那時他才發現地道的另外一邊，也就是她說的山洞口，似乎緊挨著山壁。夜晚的山風逐漸變強，吹熄了幾盞燭火，在洞穴裡製造出令人背脊發涼的嗚咽聲，但是顧森覺得這個地方甚至比木屋更安全，他不想離開。

「什麼時候畫的？」

「大部分是剛來蓮思莊園的前半年畫的，後來陸陸續續有再畫一些。」

「那個代表悲慘還有苦難的密澤瑞……是我嗎？」

「你正在受苦，不是嗎？」

顧森盡可能不露痕跡地抹了抹臉，然後咳個幾聲，清清喉嚨。

「妳在這裡是不是待得很辛苦？」

「頭幾個月是，但不是莊園或任何人的問題，我忘不了那場意外，而且是我自己答應過來的，沒有人強迫我。」

「後來呢？」

「我看到你為我們做的事。如果是承受痛苦的經驗讓我們有機會互相認識，我也想要……做點對別人有幫助的事，我不想變成負擔。我在畫這些壁畫的時候，想的就是這些事，等到這裡畫得差不多了，我也慢慢敢在畫布上畫圖。」

「我真的很希望妳能畫下去。」

庫瓦娜沒有馬上接話。

過了許久，她才開口，說：「顧先生，答應我一件事好嗎？」

「嗯？」

「請你……一定不要比我先走。」

燭火幾乎熄滅殆盡。黑暗中，顧森咬著牙，握緊拳頭，想辦法讓自己不要哭出聲音。

我真的受夠還要跟這顆爛心臟再耗下去！接下來會是什麼？腎臟嗎？誰是下一個？肝？脾？肺？我會突然窒息然後死掉嗎？我會意識清醒地看著自己的手腳抽搐，看著他們電擊我的胸腔，在我又老又軟的手臂上辛苦找血管插進針頭嗎？半夜那些幻覺還要糾纏我多久？我好累，好孤單，除了外公和媽媽，我真正愛過誰？我被誰愛過？我看不出還有值得奮戰的理由。如果沒有錢，沒有蓮思莊園，我還會留下什麼？我會下地獄嗎？

庫瓦娜，妳能了解我的心情嗎？我很矛盾，怕死，又活得不耐煩，可是妳讓事情開始變得不太一樣。

「我會盡量努力。這種事，也不是我說了就算。」

「我知道，我只是在請求你，做你能做到的部分。」

「那妳呢？想繼續待在蓮思莊園嗎？」

「除非你要我走。」

怎麼會呢？顧森的手掌心壓住雙眼，止不住的淚水如洪流般沖過他的臉。

她接著說：「你放心，我不會愛上你的。你有席薇亞，我有我自己的寄託。」

＊＊＊＊

庫瓦娜進駐莊園的第二年開始就逐漸發展出規律的作畫流程，通常都能按照進度繳交作品，而她的畫作最後賣出的價格也讓大家都滿意。她和少數幾個同在莊園的藝術家來往密切，向他們學習雕塑和複合媒材的運用，積極參與兩三次非盈利性質的特展。她和廚房的服務員交情特別好，他們和顧森聊到庫瓦娜：「她窩在這裡當藝術家有點可惜，應該去當明星，變成什麼聯合國親善大使，要不然去演喜劇電影也好，染個頭髮，畫畫眉，刷上睫毛膏，誰看得出來她是白子？」

顧森像個心滿意足的園丁，看著園中生意盎然，花團錦簇，然而，盛宴最歡快的時刻，也正是他最害怕的時刻，他怕自己再也看不到來年的春天。他知道自己越來越接近冥河的入口，而他什麼都抓不住；尤其是庫瓦娜，他抓不住她，除非他有幸得以闖進夜裡那些狂野的夢境裡，他才能夠竭盡全力地觸摸她、佔有她，看見她那對杏仁形狀的眼睛因為他而迷濛。

顧森暈倒的兩三個星期之前，他察覺到庫瓦娜變得異常焦慮，她似乎常常盯著他看，可是當他回望她的時候，她又急著移開目光，要不就是欲言又止；她不再像之前那樣喜歡跟人群談笑，眼眶經常泛紅，獨自待在房間的時間越來越長。顧森幾次要找她談，她卻總是規避問題，要他別煩她，說她正遇到創作瓶頸。

席薇亞跟顧森說在他被送下山急救的隔天，庫瓦娜就離開了。她留下所有未完成的畫作，只帶走私人物品。「聽說她前陣子常常接到一個男人打來的電話，可能跟感情糾紛有關。」

當他終於獲准出院，回到莊園時，他沮喪得無以復加，每次聽到別人提到庫瓦娜的名字，就好像有長釘刺進心窩。他覺得自己變成一具會呼吸的腐屍，看不見顏色，聞不到香氣，無法聆聽，失去觸覺。

他問過守衛室，大門完全沒有庫瓦娜的出入資料，監視器沒有她的活動影像，也沒有人真的看見她離開。

唯一可能的線索就只剩下那個地下通道。

顧森想派人進去找，每個岔路都要搜索一遍。可是，萬一她真的躲在那裡，我會不會毀掉她的秘密基地，毀掉我們的承諾？如果她只是躲起來，原因又是什麼？她難道不相信我嗎？她不知道我是不得已才離開莊園嗎？我在醫院啊！該死的心臟，該死的這些管子！

妳到底去哪裡了？

席薇亞．克萊爾

顧森和席薇亞正坐在塔樓二樓的辦公室裡。他耐心翻看賈克昂．諾耶的歷年作品目錄，良久沒有開口。她則忙著回覆信件。

「妳從哪裡知道賈克昂這個畫家？」顧森問。

「我收到他的經紀人寄來的畫訊和目錄。」

「簽合約前妳有親自跟他談過嗎？」

「我請一個很有經驗的藝廊經理幫我談。」

「唔……妳認為這樣妥當嗎？」

席薇亞聽出他話裡隱含的責備和質疑，她把辦公椅從桌前滑開，找到一個可以仔細端詳顧森表情的角度。

「為什麼這樣問？」

「他的畫是不錯，可是妳不覺得比較偏向軟調的商業插畫嗎？」

「其實我們不用刻意區別純藝術和商業藝術。賈克昂的那本明信片書賣得很好，而且他會畫又會寫，莊園現在就需要多一點不同的藝術家進駐。」

「他的風格也不是我想講的重點。我們說好的，我們雖然只收肢體先天失常或後天受到損傷的藝術家，但是他們的健康狀況要大致穩定、生活可以自理、沒有精神疾病、沒有成癮問題，因為我們沒有足夠的資源照顧他們，這裡不是療養院，只是比較特別的藝術村。」

「是啊，所以？」

「賈克昂有問題。我講直接一點，他不是酒鬼就是毒蟲，光用看的就知道。」

席薇亞不自在地一笑，「這個……光用看的，準嗎？聽說他早年的生活不好過，也許只是因為營養不良之類的。」

「機師說賈克昂在直昇機上一直乾嘔，口齒不清亂講話，還一直要解開安全帶往下跳，說他是老鷹，他會飛。接待他的夏恩告訴我，他走路顛顛倒倒，身上的衣服都被汗浸濕了，不停抱怨這裡的天氣像北極一樣，說他快冷死了，然後就突然倒在地上抽搐，臉色發黑，還拉了一地，他們趕快把他送進醫護室，淺田醫生幫他做檢查，懷疑他是酒精戒斷症狀發作，也可能跟藥物有關，他的肺、肝、腎臟的狀況都很糟，醫生應該也跟妳提過吧？萬一他休克昏迷的時候，我們急救失敗，他不就得死在這裡？妳要怎麼應付警察和記者？」

「就算他真的有問題，大概也沒有我們想得那麼嚴重，他現在不就好好的？我們這裡頂多是用餐的時間喝點葡萄酒，如果能讓他順便戒除壞習慣，也算是贊助他，你何必要直接否定他呢？」

他們兩人每隔一陣子就會因為討論莊園未來的經營方向而產生歧見。

顧森從母親與學術界、藝術市場兩邊打交道的經驗得知，許多傑出的藝術家缺乏接受公眾注視的機會；一般的說法是這些人缺乏好時運，但實際的問題癥結比「時運」這個不可控制的因素複雜得多。資源往往只集中在少數成名的藝術家，若是背後沒有經紀人製造題材、拓展宣傳範圍，新人出頭的機會還是少得可憐，即便是那些被選中要全力栽培的新人也絕非是能力最好的，而身心障礙藝術家的境況最為艱辛。

他在網路上看見針對身心障礙藝術家的作品所設計的定購機制，他認為那些網頁過於簡樸，絲毫沒有吸引力；組織零散，缺乏統整，時常因為財務困境、找不到志工維護等問題而讓網站處於長久沒有更新的狀態。不過，他認為這些計劃之所以半生不熟的主要原因還是在於：一旦這些作品被放在藝術品市場的放大鏡下檢視，往往只有極少數的作品才算得上有交易的價值，它們鮮少得到主流市場或評論家的青睞，價格也無法拉抬——身心障礙藝術家的原畫在網頁上標示的價格簡直就像名畫複製拼圖一樣低廉。他買過兩幅腦性麻痺患者畫的油畫，光是從英國寄到美國的海運運費就已超過畫作本身的價格。

為了紀念母親，他本來想在臺灣的臺東山區買塊地成立藝術村，但是他對那裡的生活環境不熟悉，身體狀況也不容許他在美國和臺灣兩地奔波監工。於是，他決定在南、北卡羅萊那州的交界找房子，再視需要加以改建。

起初，成立藝術村只是一個模糊的夢想。顧森考慮要透過類似募款、企業合作等方式降低自己財務的風險。他請母親的朋友幫忙牽線撮合，只不過，原本感興趣的合作對象一聽到顧森的藝術村只接受身障藝術家進駐，整個計劃馬上被評為「只出不入」的慈善救濟，而顧森又不肯妥協，所有人最後都抽手了。顧森一度懷疑自己只是出於莫名衝動而做出這個大膽的決定，說不定，事情發展到最後，他很有可能得賠上自己全部的養老金。

如果我就決定在那裡終老呢？如果我建立一套初步的篩選流程，而不是來者不拒呢？他們希望能靠自己獨立生活，我不如就集中資源，將最有可能達到這個目標的身障藝術家接過來，幫助他們在一段時間以內專心創作，不需要去煩惱生計瑣事，這樣會不會比較可行？

那個時候他四十一歲，生命中唯一需要關注的對象就是他自己，他對於安定以確保生存的日子感到煩膩。夜半躺在床上睡不著覺的時候，他總是會想：難道就只有這樣嗎？我就只是賺錢讓自己盡可能舒服地活下去，假如有天我倒在路上死了，這些錢這些房子要留給誰？除了捐錢以外，我就沒有能力再去做點別的好事嗎？他憶起外公鼓勵他在教會幫忙教小朋友寫作業的經過，還有母親當志工時與他分享的趣談——她和淺田醫生後來投入幾個災區心理重建和生命創傷治療的計劃。他終於受不了這些空想和自我質疑成天在腦中出沒，最後決定為自己死白的人生賭上一把。

就在顧森全心為打造蓮思莊園和藝術家招募計劃而忙碌，感覺整個人重新活過來的時候，他的健康狀況卻再度亮起討厭的警示燈。他時常覺得體力快要耗竭殆盡，臉色蒼白，心跳極不規律。淺田杉浦建議他要專心靜養時，他對醫生發了一頓前所未有的脾氣。

「靜養？我已經靜養四十年了，還要靜養多久？什麼事都不能做，我就只能這樣？」

「你媽媽過去這麼辛苦，就是希望你能平安活下去，而且你也不是什麼都不能做啊，只是要你先把手邊的事情放著，休息一陣子。」

「不要把媽媽扯進來。我已經沒有親人了，懂嗎？我就是要把這件事做好，就算是我死前最後一個願望吧，不要再提醒我，不要再警告我，這些話我已經聽到快吐了，我連女人都沒有，懂我在講什麼嗎？為了活下去，我只有藥、床、電腦、電視、書、清淡的食物，蟑螂都吃得比我好，還可以生一窩……」在把怒氣完全宣洩出來之前他就已經上氣不接下氣，於是他變得更憤怒，最後索性吸口氣，用力吼叫，渾然不知臉上正淌著淚。

淺田杉浦默默面對顧森的怒氣。你又何嘗了解我多麼愛你的母親？我跟她求婚求了多少次，她就是不答應。她過世了，我像第二次當了鰥夫，只不過這次我沒喝酒，因為她交待我要照顧你。森森，我不敢這樣當面叫你，只能在心裡模仿她的聲音喊你的小名。我們認識多久了？我們第一次見面那年，是在你十四歲的時候嗎？是不是因為後來我沒有娶你媽媽，所以你從來不把我當成家人？還是你在怪我沒能治好媽媽？就算我不是腫瘤專科醫生，你也不諒解我嗎？你就哭吧，好好哭一次，說不定你能幫我把沒有哭夠的眼淚一起哭出來。

顧森心情漸漸平靜下來，他尷尬地向淺田醫生道歉。有那麼一刻，他覺得自己像是個做錯事的孩子祈求父親的寬恕。「淺田叔叔，謝謝你一直照顧我們，就像我們的家人一樣，對不起，我剛剛說的是氣話。」顧森其實也在為久遠以前的某件事道歉。

顧駿伶曾經故作輕鬆地問兒子：「你覺得淺田醫生怎麼樣？我乾脆就嫁給他好了，醫生耶，說不定以後你的醫藥費可以算便宜一點，順便多一個家人。」那時他心情正惡劣，因為他回家時看見自己暗戀的鄰居女孩緊緊擁著籃球校隊隊長，後者的大手掌正揉搓著她的臀部，回到家沒多久，又聽見媽媽想跟別的男人在一起，感覺就像以前某個粗心的胖護士扯到他的鼻胃管之後，又失去重心，手肘壓在他的睪丸上。他對顧駿伶破口大罵：「如果妳嫁給他，我就去跳樓！」說完後，他狠狠摔上房門，獨自窩在房間裡，連晚餐都不肯吃。沒多久他就忘記這件事，因為母親新收的一個研究生佔據了他的注意力。但是顧駿伶沒忘，她牢牢記住，直到她在病床上意識迷離，將要嚥下最後一口氣之前，她才說出自己的遺憾：「森森，媽媽沒有欠你什麼了……杉浦……對不起……」

淺田杉浦聽到顧森的道歉，只能回以苦澀的微笑。

顧森沉吟了一下，決定說出心裡那個難以啟齒的請求。

「我已經想好了，等莊園的事告個段落，我不會再把自己弄得那麼累，我想要住在那裡，那裡的空氣和視野都很好，就是比較冷一點，我安排一個地方當作醫護室，為我自己和身體不方便的藝術家做準備，我還在煩惱要去哪裡找願意住在山上的好醫生，既然你都退休了，如果可以的話，請你考慮一下，說不定你願意去那邊住住看，酬勞的部分我們可以再談。」

「好，我會想想看。不要嫌叔叔囉嗦，自己身體顧好，才有餘力照顧別人。」

「我知道。」

他們看著對方，客氣地握握手，淺田醫生突然在顧森哭過的臉上，看見顧駿伶對著他微笑。

*****

站在席薇亞的角度，她認為顧森過於天真，甚至不切實際。

她知道顧森的健康狀況很不穩定，可動用的資金也不若剛開始充裕，就算他還有不動產做後盾，在不景氣的時局裡，恐怕他也得向被低估的出價妥協，但是他還想撐著等待景氣復甦。至於藝術品市場，尤其明顯受到經濟局勢的影響。席薇亞力勸顧森要為日後做長遠打算，不能單憑他的投資收入和過往積蓄來支撐藝術村的營運，他們必須設法從藝術作品自身得到的報酬打平開銷，而且累積一定比例的盈餘；否則，遲早有一天，莊園的願景將會變成難以為繼的財務黑洞。

席薇亞希望能藉著媒體宣傳幫助莊園多方吸引有潛力的藝術家，還有更多具有購買力的買家。在她的計劃中，蓮思莊園的發展將不止如此。

她建議過顧森：「純藝術的市場太有限了，大家口袋沒錢的時候，藝術品的消費是最先被捨棄的，如果我們能同時往不同的方向發展，像是拓展成藝術授權中心，不要只代理身障藝術家的作品，而且也不要只是賣原作，我們還可以把圖像授權給禮品公司、廣告公司、服飾品牌、傢飾設計公司等等，不只可以替我們增加收入，還能增加作品的曝光頻率，打開藝術家的知名度。還有，像是ＶＩＰ度假村也可以考慮，你花那麼多錢和心力把這裡弄得像天堂一樣，不和其他人一起分享，好像有點可惜，我們可以設計一些行程，結合自然觀光和藝術欣賞，到時候跟旅行社接洽以後我們再來討論細節。還有，你先不要覺得不可能嘛，我認為出版界和影劇界也可以考慮進來；你想想，這些身障藝術家，他們一定有很多感動人的故事，我們可以找人幫他們寫傳記之類的……」

顧森知道在席薇亞接手之後，莊園的營收的確有起色，她把事情都打點得很好。有時他不免感慨自己的腦袋似乎跟著其它不中用的器官一起退化。為什麼跟人群有關的事情我就這麼不拿手？要我接受記者採訪？直接把我扔進棺材應該會更簡單。

即使顧森清楚席薇亞的表現可圈可點，他還是認為她近來犯了個嚴重的失誤。

「妳漂亮的腦袋有沒有想過事情會有多麻煩？還是妳一看到賈克昂的作品，心裡的計算機就開始敲，這個人會為我們賺進多少錢，然後別的事就不管了？」

席薇亞猜想，顧森並非真的想要追究下去。

她沒有回答顧森的問話。她站起身，像隻發情的母貓般走到他身邊，手掌輕輕撫蹭過他的背部。

「你最近好嚴肅喔。」她說。

「會嗎？我們在討論公事啊。」席薇亞的一綹髮絲搔到他的鼻子，他忍不住笑了出來。

「你現在只會跟我談公事，我們很久沒有單獨在一起了。」

「我身體不舒服，妳又那麼多事要忙。」

「一起吃個飯，這個要求不算過份吧？又不是要你來我房間。」

顧森的眉頭皺了一下。他伸出手輕推她的背部，暗示她別坐在他的腿上，改坐在他身旁。

她沒好氣地起身，故意慢條斯理多走個幾步繞到長沙發椅的後面，然後重重地跌坐在椅子的另外一端，靠在寬厚的沙發扶手，手撐著下巴，轉頭望向窗外。

他知道她為什麼突然生氣。他已經很久沒碰她了。訂婚兩年半，他們只做過兩三次，席薇亞的熱情、性感，還有熟練，讓他有壓迫感，就跟以往嚴重病發的感覺十分相近。她認為自己正在全心付出，顧森卻看到她的給予裡面是一望無際的空洞，他無論如何都填不滿那個空洞。他原本以為自己會很期待擁有穩定的性生活，誰知道這竟然成為他避之惟恐不及的事，僅次於進手術房以及和記者碰面。之後，他就以心臟不舒服為理由婉拒和她親熱，最多只有同床共枕，在入睡前短暫地互相親吻和撫觸。近幾個月，連共眠他都興趣缺缺，只說他很容易驚醒，想要獨自在木屋裡安靜做點事。他不解的是，席薇亞挑逗他的時候，他明明就有生理反應，偶爾他看到赤裸女體的圖片或床戲也會長時間勃起，為何和她享受魚水之歡卻是障礙重重？

「不要這樣。」顧森說。

「你不是要我走開，我只是順著你的意思，這樣也不行？」

「我知道這樣對妳不公平……」

她沒有搭腔。

「妳有沒有考慮過……解除婚約？」

席薇亞萬分詫異地回頭瞪著顧森，他看似專心想用手指撫平褲管上一道細微的褶痕。

「我從來沒有想過要放棄這段關係。我沒有逼你的意思，只是很想念你，有點擔心我們的距離會越拉越遠。」她的淚珠一顆顆從眼底翻滾而下。

＊＊＊＊＊

一個很久沒有出現的身影忽然浮現在他腦中。

媽媽帶的那個研究生叫什麼名字？過了多少年了？她的樣子我記不清楚了，只記得她大我五歲，皮膚好白，紅棕色的長頭髮像秋天的楓葉一樣，她好像都把頭髮紮成辮子，盤成髮髻，她的綠色眼珠看起來像古墓裡陪葬用的玉飾，他們說那對眼睛有點邪氣，可是我覺得她長得很特別。她跟我說的第一句話是什麼？好像是：「你還好嗎？看起來好蒼白。」

媽媽說：「我兒子的心臟不好。」

可憐的媽媽，為了我，不知道她要把這句話重覆說過多少次以後，才能開始習慣，不再生氣，不再需要用力抿著嘴好忍住眼淚？

後來我們到底說過多少次話？

她好像問我唸幾年級，我回答她說，我已經十七歲了。她看起來好像有點驚訝。你喜不喜歡藝術，像你媽媽一樣？愛死了。蠢到家的回答，我本來想要聽起來酷一點，可是她笑了，一整排整齊的小小的牙齒，沒有一顆犯規，都在她的嘴裡乖乖地排隊——她的嘴。每次她來的時候，我的心臟就在房間裡跑馬拉松，她的手臂長了細細的汗毛，是淡金色的嗎？我站在廚房，聽不到他們講話的聲音，可是我卻聽見她搔手臂時指甲刮過汗毛的沙沙聲，她的皮膚都是雀斑，至少是我看得到的部分，那些看不到的地方呢？她的腿又直又細，像身高正往上抽的小男生一樣，裙子遮住一半的大腿；天啊，那時候我打手槍打到快沒命了。會不會是因為當年那個女孩子，我才會在將近三十年後對席薇亞一見鍾情？她們就像古典油畫裡面的仕女，看起來遙不可及，為的是要叫人難以抗拒，要你使出全身解數取悅她們。

恍惚之間，他聽見席薇亞吸鼻子啜泣的聲音，才意識到自己又躲進回憶的迷宮裡閒晃。我真是個薄情的人。我居然說得出口。

顧森張開手臂，傾身湊近席薇亞，說：「過來，抱一下。對不起，當我沒說好嗎？我怕耽誤妳，妳的條件這麼好，我不能讓你快樂，又把妳留在身邊，這樣很自私。我知道妳沒有給我壓力，但是我一想到妳嫁給我沒多久，可能就要當寡婦了，這樣對妳太殘忍了……」

就在他安撫席薇亞，叨唸著因罪惡感而生的綿綿情話之際，他想起他們初次相遇的餐會。

他記得席薇亞看起來有點緊張，故作鎮定，像那種細緻易碎的陶瓷娃娃，會引人興起某種黑暗的想法，想要把她打破，看看裡面是空心的還是實心。他知道她不是空有美貌的草包，絕對不是。顧森也想要讓席薇亞注意到他，欣賞他，所以他就像求偶的雄鳥般，用藝術和財富作為鮮艷的羽毛和膨大飽滿的胸膛，掩飾自己的疾病。我們是靠著美、銅臭和秘密互相結合的一對。我現在必須繼續愛妳是因為我欠妳一條命。如果妳從來沒有幫過我，也許我會一直迷戀妳，我會毫不猶豫地一次次把妳剝開。

顧森察覺到鼠蹊部傳來一陣陣的電流。噢，拜託不要這個時候，現在不是時候。他往下看，看到席薇亞的手像隻滑溜的魚在他的胯下潛行，他想開口阻止她，卻發現自己正解開她的上衣，還讓她趴在自己身上。他看不見席薇亞的臉，只看見那個女研究生，還有另一個女人，她的名字才剛從他的眼前閃過，他就不敢再想下去。

儘管顧森不止一次承諾他會給席薇亞適當的金錢補償，但是席薇亞害怕在她正式成為顧太太之前事情會有所變化。

****

蓮思莊園的工作人員要為藝術家們舉行一次夏季慶生會，他們選定湖邊那塊青草地做為宴會的地點。

那天是初夏的某個週六，天邊鋪著外形如同羊毛般捲曲的積雲，些許潮濕的微風穿梭在篷架間，拂過高腳杯和乳白色飾金邊的餐盤，鑽進人們的衣服裡，與他們身上的細微汗珠相遇，不露痕跡地再將汗水帶走。

席薇亞還一併邀請幾家藝廊經理和企業藝文基金會的負責人。席薇亞坐在顧森的右邊，和他們一邊啜飲著香檳，一邊談話。

「這個地方如果蓋個高爾夫球場，一定很棒。」一個基金會經理特助說。撇開他頭頂那塊禿頭不看，他簡直就像時尚雜誌跨頁廣告裡的男模特兒。

「您可以常來蓮思莊園坐坐，就當這裡是您的度假別墅一樣。」席薇亞如此回應。連她都發現自己的聲音聽起來比平常更圓潤悅耳。

「如果有妳這個美人相伴，我非常願意經常拜訪這裡。」

「只怕我招待不周。」

「一定有很多人搶著過來，只要你們這邊開放，像是給名人舉行派對、拍電影、商業會議，以後會有很多發展機會的……」

就是這種場合，讓顧森不得不倚賴席薇亞。他盡力固定住臉上的假笑，裝出感興趣的模樣，適時點頭、講幾句連自己都不相信的場面話，偶爾那種噁心的感覺從胃部往上湧的時候，他會趁喝水的空檔讓靈魂喘息幾秒。

*****

路威繁想遠離宴客區，他把輪椅推到在草地上零散設置的大遮陽傘下，瞄了一眼坐在桌子對面的庫瓦娜，說：「我們像不像動物園裡的猴子？讓這些有錢人來餵我們吃點花生米、香蕉，吱吱吱！我跟妳保證，等一下席薇亞一定會要我們當場畫張圖給他們看，然後他們就會說，看！坐輪椅的猴子會畫畫！我下次要帶別人來看，最好是能拍下來，喔耶！」

庫瓦娜聽到後，饒有興味地轉頭看著他。她戴著深咖啡色的墨鏡。

路威繁對她一笑，她發現即便他的話裡有自嘲的意味，但他笑得很有自信，一臉小男孩般的調皮神態。

「妳有沒有聽過有家動物園的大象會畫畫的事？還是猴子？我忘了，反正就是有上電視，啊，說不定是某個人家養的小狗，畫賣得超好！」

庫瓦娜搖搖頭，遲疑了一會兒，才說：「但是我記得你，在兩個多月前的歡迎會，對吧？後來好像沒什麼機會遇到你。我是庫瓦娜。」

「我是路威繁，這是中文名字，不好唸，叫我路，或是威爾森也可以。」

「嗨，路！」

「聽說妳前年就來了，這裡合約不是都只打一年？妳怎麼辦到的？」

庫瓦娜轉過頭去，望向湖面，心想：又來了，每個人都想知道為什麼我可以在這裡待那麼久。這次我要給什麼理由？因為他媽的我無依無靠只想住在這裡專心畫畫不行嗎？算了，何必生氣呢？換做是我，也會好奇吧。

「你要答應我不告訴別人，我才說。」庫瓦娜看著他，仍然沒有摘下墨鏡。

路威繁揚起眉毛，旋即又皺眉頭，似笑非笑地應了句：「嗯哼？」

「我和蓮思莊園的老闆上床。」

路威繁爆出笑聲：「喔，不會吧，我操！妳在開玩笑對不對？那個喘兩口氣要花一分鐘才能喘完的老頭？」

庫瓦娜鄭重地點點頭，還把墨鏡稍微往下拉，讓路威繁看見她誠摯的眼神。

「感覺怎麼樣？」路威繁瞇起眼睛，賊賊笑著看她。

庫瓦娜聳聳肩，嘴角往下一撇，說：「還能怎麼樣？為了生活，為了付房租、水電費、要買麵包，還有那些貴得要死的畫布，我只能眼睛一閉，褲子一脫，告訴自己，等個五到十分鐘就差不多可以結束了。」

路威繁邊聽邊笑著搖頭：「我才不相信妳，但是我喜歡，越誇張越好，我服了妳！」他對著她伸出手，她笑著回握。

「說真的，妳覺得這裡怎麼樣？可以讓我們成功嗎？」

「要看你一開始抱著什麼期望。」

「就他們說的啊，一邊度假一邊創作，作品賣掉後五五分帳，加上其他異業合作的授權金，他們抽成是抽滿重的啦，但是看在這裡有吃有住的份上，好像也沒那麼差。」

「所以，也要我們自己先有作品，才能看看有沒有搞頭，你說是吧？」

「是這樣沒錯。會來這裡的，大概都是有才華但撐不下去的，要不然何必？這裡連鳥要飛來下蛋都嫌遠，樹都開始覺得悶了。」

庫瓦娜哈哈笑了出來。她本來想問他，你是不是說話都這麼誇張？後來仔細再想，她認為自己最好先客氣一點。

「路，我看過你房門口的裝飾，真的很漂亮，像皇宮一樣，那些銀和寶石都是真的嗎？」

「要是真的我就發囉！都是便宜的人工寶石，還有一些顏料、塑土、黏著劑，當然還有我個人的獨家配方。」

「所以，你是做……裝飾設計嗎？如果我的問題聽起來很不專業，別生氣，我只懂得畫畫，別種藝術我完全是門外漢。」

他擺擺手，「沒關係，連我老媽她們都搞不清楚我在做什麼，我做的事比較雜，我會為珠寶公司做設計，他們內部是有專職的設計師沒錯，可是偶爾也會為了配合節日或流行，請外面的設計師一起開發新款式，我也幫服飾公司設計金屬飾品，之前我自己有間小工作室，你不知道有錢人喔，他們什麼東西都想要來點專屬的花樣，以後我有機會可以告訴你我做了哪些好事，妳就算投胎一百次可能都沒聽過我遇到的那些事。可是髖關節壞死開刀以後，我就沒辦法久坐在輪椅上工作，所以只好先收起來，只接老顧客的少量訂單；但說實在，那會餓死人的，我住紐約耶，那裡連老鼠都要付房租，更別提有時候參加聚會，總不能就同樣那幾套衣服在那邊輪流穿吧?家裡老媽還有那些沒嫁的老姑娘也得給她們一點錢當生活費，工作的時候要是沒有美食美酒怎麼行?要不然做那麼辛苦幹嘛?又不是第三世界的女工。」講到女工，他還翻了翻白眼。

庫瓦娜在聽路威繁講話的同時，她終於決定摘下墨鏡，仔細觀賞他講話。這人真有趣，我沒見過人的臉可以同時有那麼多表情，還有那些手勢，像放煙火一樣，這裡閃一下，那裡砰一下。

「我不是瞧不起女工喔，我是說，不要像她們那樣，為了一口飯，做到連命都快沒有了。」

庫瓦娜馬上點頭表示同意，眼神示意她還想再繼續聽下去。

「所以啦，當席薇亞打電話給我，說，有個很好的地方，可以讓我休養身體，又能專心開發商品，材料費用有人會先幫我墊著，我只管一年做出十二件中型的珠寶或配飾，不能和市面上已經有的類似，先交設計稿，通過之後，做個樣本出來，找到買主了，我再動手實作。開發客戶的部分，我不用煩惱，我可以給她以前的顧客名單，也可以完全放手讓她去幫我開發。聽她這麼一講，我覺得沒有吃到虧，剛好，講出來妳也別笑，我付不出房租了，我賺的每一分錢全部都給紐約人榨乾了，我跟妳說，吸血鬼要是搬來紐約住，他們就不吸血了，他們吸的是美金和高檔的古柯鹼，沒騙妳。」

「哇，我大概在紐約待的時間還不夠久，不知道還有這些事。」庫瓦娜的口氣中帶著惋惜。她記得自己就像個鄉下女孩一樣，進城的最主要目的就是賺錢寄回家或自己存下來，她不太理會其他女孩子，她們也不曾主動邀她參加活動。她後來專職當畫家後就搬到舊金山，對於紐約再也沒有想望。

「妳待過紐約！」

庫瓦娜很難同時從他上揚的語氣和戲劇化的表情判斷那是問句，抑或是由於過度驚訝而衝出口的評論。

「是啊。」她想避開當過模特兒的經歷，她甚至已經想好怎麼說謊。

「他們也是在紐約找到妳的嗎？」

「不是，我在舊金山開過畫展。」

「所以妳是畫畫的。」

「對，主要是畫油畫。」

「嗯，我有個好朋友也是專門畫油畫的。」

「真的？說不定有聽過。」

「很久以前的事了，很久了。」他突然靜了下來。

就在她猶豫著要接什麼話的時候，路威繁先她一步開口。

「這一期的女性藝術家好像只有妳和另外一個女孩子。」

「對，聽說她下個月就要回去了，好像是不習慣，家裡的人也捨不得，說她太年輕，不適合過這種與世隔絕的生活，誰知道？」

「她以為這裡是夏令營啊？要烤肉的時候火生不起來，就打手機通知爸媽外帶一份菲力牛排，七分熟，洋芋泥要雙份，最好順便把整個家都搬到營地，這樣她就可以在自己的房間露營了。」

「你太狠了吧！」庫瓦娜雖然這麼說，但她還是忍不住放聲大笑。

路威繁調整輪椅的角度，然後盯著庫瓦娜上下左右打量。「妳應該要多笑的。」

庫瓦娜被他瞧得有些不好意思，轉過頭去。

「我好像看過妳，在雜誌上嗎？妳是不是……」就在路威繁還想多問之際，席薇亞突然出現在他們面前，打斷他們的談話。

「兩位不好意思，可能要稍微打擾你們一下，我非常需要庫瓦娜幫我個忙，現在方便嗎？」

「好啊，什麼事？」庫瓦娜有點吃驚，她從來沒有聽過席薇亞用這種客氣過頭的語氣和她說話。

「我們有個貴賓聽說妳的作品非常傑出，他希望能有這個榮幸，請妳現場為他畫一張畫。」席薇亞熱切地看著庫瓦娜，提出請求。

庫瓦娜不敢相信耳朵聽到的事情，她問：「現在？這裡？」

「是啊，應該沒問題吧？」席薇亞的眼神帶著詢問，但是庫瓦娜看到的不止是詢問。

庫瓦娜和路威繁迅速交換眼神。真的被你說中了。路想要假裝沒事，卻又忍不住偷偷對著庫瓦娜用力眨一下眼。妳看吧，早就跟妳說了！

庫瓦娜看見顧森遠遠地望向她這邊，一臉倦容。

她心想，我假設你的表情帶有一點點難堪和愧疚，若是這樣，我願意。

「好，沒問題，貴賓想要什麼樣的畫？」

路威繁對著她豎起大姆指。

庫瓦娜坐在遮陽傘下，瞇著眼，在調色盤上調出她要的水彩顏色。她覺得日光很刺眼，害她開始偏頭痛，可是她不能戴墨鏡畫。她看著那個坐在三公尺外、名字叫柯爾．蓋爾的肥胖貴賓，他坐在椅子上，滿頭白髮，下巴揚得高高的，擺出殖民地總督的姿勢，假裝手上拿的女用陽傘是象牙和黃金打造的手杖，畫了幾筆之後，她不免煩躁起來。席薇亞坐在她身邊，不時和客人隔空對話，這也是她心煩的原因之一。

十多分鐘過後，庫瓦娜終於對她提出抗議。

「經理，我平常不太會介意有人在旁邊看我畫圖，但是在我耳邊大喊又是另一回事，如果方便的話，請妳坐過去，用適當的音量跟貴賓聊天，可以嗎？」

席薇亞先是睜大眼睛看著庫瓦娜，隨後立即補上微笑，說：「真是抱歉，我跟蓋爾先生聊得太盡興，忘記這會打擾到妳。」她講完後，轉頭對柯爾．蓋爾做一個俏皮的鬼臉，後者對她搖搖食指，笑得像百貨公司聘請的聖誕老人一樣。

庫瓦娜默默而惡毒地幫他們兩個人配上對白。

「糟糕，畫畫的大姊姊生氣了！」

「妳這個淘氣的小女孩，齁齁齁，看我等一下怎麼把手伸進妳的裙子裡。」

當天晚上，席薇亞穿著酒紅色的絲綢睡袍，用托盤捧著水果拼盤，兩罐檸檬口味的氣泡水，幾片杏仁核桃餅乾，來按庫瓦娜的門鈴。

「嗨！睡了嗎？」席薇亞問，臉上帶著試探的笑容。

庫瓦娜倚在門板上，注視著席薇亞，略帶挖苦地笑答：「我好像應該說，還沒睡，對吧？」

「我為今天的事向妳道歉。剛好也想找妳聊聊，我應該要先跟妳約時間的，可是那樣又好像太正式了，我的意思是說，我的道歉是正式的，但是聊天是非正式的，不是經理對藝術家的那一種談話。」

「進來吧。」庫瓦娜的頭朝房內輕輕點了點。

「妳把房間收拾得很整齊。」席薇亞將帶來的東西往矮桌一放，環顧四周，往隔開工作區和臥房的布幔那裡多看兩眼。

「我自己得睡在這裡。」

「妳沒看過那種很恐怖的藝術家宿舍吧?跟垃圾堆一樣。」

「每個人的工作習慣不一樣。找個地方坐吧。」

她們面面相覷，一時之間不知該由誰開口，要從何講起。

席薇亞決定先開口。「庫瓦娜，不知道妳怎麼想，不過，按照以前的經驗，我知道，同性通常對我沒有好感。」

庫瓦娜挑了挑眉，沒有回話。

「我不太確定原因是什麼，可能是我表現得太積極，想打入男性的社交圈，又加上；妳也知道，我長得並不太難看。」

沉默。

「我不是為了要勾引他們，我只是想在這一行爭取到合理的位置，我不相信女人的能力會比他們差，妳不會否認吧?既然他們天生就有愛好美色的弱點，為什麼要放過機會?只是調調情，我覺得這是很難免的。」

「偶爾心情不好的時候，還可以當做生活調劑?」

席薇亞不確定庫瓦娜是不是在諷刺她。她決定暫時把那句話解讀為共有經驗的分享。

「妳也很瞭解嘛。」

庫瓦娜笑而不答。

「妳是這裡待最久的藝術家，雖然我和顧森在籌畫階段就在一起了，但是我們一直把妳看做是同時期的創業夥伴，也是莊園最重要的藝術家，所以，有些事情我就跟妳坦白說好了。」

「嗯。」庫瓦娜心想，妳最好考慮清楚再講，萬一妳又要打我們的主意，我不會像白天這麼好說話了。

「莊園今年的營運狀況比去年好多了，第三期我們找了創作風格更多樣的藝術家來，第一季的時候客戶反應還不錯，我覺得我們現在這個新的經營方向應該很有發展，但是光靠顧森一個人還不夠，我們需要更多的贊助商或合作案，這就是我今天邀請那些人來參加生日野餐會的原因。很多人一聽到我們的藝術家這麼特別，通常反應都會變得很保守，那是因為他們不瞭解，沒有看到實際的情形，我必須安排一個讓他們放心的——嗯，怎麼說才好，一個好的示範，讓他們知道蓮思莊園的藝術家都是最棒的，絕對不是那些領救濟金的新手，我才想到要請妳幫忙。謝謝妳，客戶很滿意那張水彩肖像，他說妳畫出他那種與世無爭、氣度大方的感覺，比雜誌上的照片好多了，他覺得那些照片讓他看起來好像快中風的老古董。所以，不要生我的氣好嗎？」

「為什麼妳會認為我在生妳的氣？」

「直覺吧。妳沒有嗎？」

「剛開始很驚訝。後來我想到以前在美術館也看過藝術家面對群眾做畫，事情好像也沒那麼嚴重，我只是擔心自己會搞砸。」

「妳表現得很好，真的，我們都很謝謝妳。」

庫瓦娜心想，我才不稀罕妳的誇獎。當初我會答應妳來蓮思莊園，是因為我一定要離開原來的地方，離開那種用自我折磨來贖罪的生活；我想重新開始，就在我受重創的這個點開始，從畫畫開始。

「我還是希望以後能盡量避免這種即興表演，有時候我工作的狀況不太好，我需要時間慢慢處理。」

「我懂了，真的很抱歉，也請妳站在我們的立場想想，如果這樣會讓妳好過一點的話。」

庫瓦娜伸手拿起一片蘋果放進嘴裡，「好甜。」

「餅乾是我親手做的喔！」

「真的？那我一定要嘗嘗看。」

「庫瓦娜，平常除了畫畫以外，妳還喜歡做什麼活動？」

「以前會騎自行車到處晃，找朋友閒聊，逛跳蚤市場，現在只能散步了。」

「妳在這裡發現什麼散步的好地點嗎？」

「只要走得到的，都是吧。那妳呢？別跟我說莊園的工作就是妳最喜歡的活動。」

席薇亞綻露笑容，「可惜這邊沒有溫泉，或是美容院，我以前工作累的時候，會找時間讓人按摩、作臉，修修指甲，整個人就會覺得神清氣爽，要不然就是去逛街，看看店面櫥窗裡有什麼新鮮的東西。」

庫瓦娜暗想，哈！精雕細琢，對吧？這些可都是妳攻佔男性領域的武器。念頭才剛閃現，庫瓦娜馬上感到懊悔。幹，我一定非得這麼惡毒嗎？我在嫉妒吧？看看她，連睡前都這麼艷光照人，頭髮挽得整整齊齊，臉上沒有一點皺紋或斑點，胸口又細又白，細腰長腿，大眼睛像寶石一樣會發亮，連我都忍不住多看幾眼，更別提那些男人。我沒有一項比得過她。

「像妳這種出身富豪人家，一定都知道怎麼好好保養自己吧？」庫瓦娜說完後，伸出自己粗糙脫皮的手，她看到斑點、突出的血管、指甲邊緣如荊棘般的肉刺。

席薇亞心想，富豪人家？真諷刺。但是她沒有否認，只是點頭微笑，似乎在為自己出身優渥而感到些許歉意。

歷經短暫而不自在的靜默之後，席薇亞站起來，說：「已經很晚了，不好意思再打擾妳，這些吃的東西我就留在這邊，晚一點妳要是想繼續工作，可以當宵夜。」

「也好，謝謝。」

「改天再聊，晚安。」

「晚安。門順便帶上就行了。」

路威繁

春天的綿密細雨打亂路威繁的外出計劃，他原本要拄拐杖去浮雕迴廊的末段參觀，為最後一項作品找尋靈感。

路威繁討厭雨天，雨下得越大，他的情緒就越糟，身上每個關節就像生鏽無法鎖緊的水龍頭，疼痛開始跟著屋外的雨點在他體內一起滴瀝滴瀝。他的床畔空無一人，只有暗紅色的緊急按鈕在牆上提醒著他，除非你真的快掛了，要不然，沒人會來陪你。他想起去年的夏日雷雨經常搞得他萬分沮喪，幸好庫瓦娜陪著他。他如往常一樣，等待電子門鈴啾啾啾地叫，等庫瓦娜提一個籐編的籃子，站在門外輕快地對他喊：「哈囉！」

「哈囉！」庫瓦娜說。

「嗨。」他有氣無力隨口應話。

「心情不好？」

他撇撇嘴，沒有回答。

「我帶了吃的喝的，還有很讚的片子，怎麼樣？要在你房間鬼混，還是去『神殿』喝咖啡？但是雨下得很大，你想出去嗎？」庫瓦娜放下東西，走到路威繁的床邊，從嵌在牆內的櫥櫃拿出一條薄毯子，將它對折，輕輕蓋在他的腿上，然後左右檢查，看看薄毯是否妥善覆蓋住。

「謝啦。」

「又在痛了嗎？」

「不痛才有鬼。」

庫瓦娜看見桌上放著咬了兩口的三明治，杯子裡的果菜汁已經凝結成墨綠色的果凍，有盤義大利麵不時散出海鮮的腥味，她打開門，把這些食物連同杯盤全都放進門邊的回收木箱裡。

路威繁看著她在房間走來走去到處整理，想到過去自己用同樣的目光看著那個幫他打理生活起居的愛人。

「如果我像以前有錢的話，我一定會雇妳當我的女佣。」他說。

「真的？你打算一個月付我多少錢？」

「供吃住，月休五天，週薪三十元美金。」

「這麼低？我還不如去領救濟金！」

「如果妳陪我睡覺的話，週薪就變成五百美金。」

「你是說，我打開大腿比照顧你一整天、打掃這打掃那還賺得多？」

「妳只要待在我身邊講講話，等我睡著妳就可以閃人。」

「你當我三歲小孩？會相信這種蓋棉被純聊天的屁話？」

「如果你是男的，我就承認我在唬爛。」

「哼！男人……」庫瓦娜原本正彎腰撿拾地上的衣褲，一個念頭倏地閃過，她轉過身，定睛看著路威繁，臉上掛著笑，問：「他叫什麼名字？」

路威繁微微一驚，飛快地來回考慮到底要說真話還是半真半假瞎扯下去；同樣的，他也突然想到某個假設，想到庫瓦娜第一次個展的作品，於是他反問：「那她呢？那個幸運女孩的名字是？」

他們心照不宣地微笑看著對方。

自從那次夏季生日野餐宴會之後，路威繁和庫瓦娜便時常相約用餐或外出寫生。通常是他不停講話，她笑著聽，偶爾他心情惡劣，她自然地轉變成那個提供娛樂素材的人。一旦碰到兩人意見不合的時候，平和的閒聊會瞬間燃燒成為劇烈爭吵，剛開始旁人會出面幫忙勸和，最後卻變成他們兩人一起找別人的碴。

有一次，他們兩人因為攻擊對方時尚藝術的觀點，在玻璃屋的三樓起了爭執。他們吵個不停，互相威脅，她說她要把他大卸八塊後，拿喀什米爾羊毛沾他的血，做成高價圍巾在百貨公司賣；另一個說要從廚房拿菜刀把對方的頭剁掉，還要在她的身上刻滿凱蒂貓的圖案，然後套上最新款的路易威登比基尼泳裝，釘在浮雕迴廊的入口展示。後來，兩人的尖叫聲驚動服務員和守衛，他們衝上樓去，看見路威繁抱著頭哀嚎著要人救他的命，說：「那個婊子居然真的動手！」庫瓦娜趴在地上，上半身還微微抽動，發出嗚咽聲。就在他們試圖弄清楚兩人受傷的輕重，結果發現他們滿臉淚水，又哭又笑。

「我愛你，寶貝，希望你的頭沒有被我打爆，我已經很自制了。」

「我也愛妳。妳的眼睛瞎了嗎？很抱歉我不夠用力，沒把妳的頭髮全部扯掉。」

幾次之後，莊園裡的人終於習慣他們兩人的相處方式。當他們在公共區域又吵架時，他們會直接被轟出去。

「路，你毀了我，這兩年來，我一直是個規規矩矩的好女孩，現在，你看看我，像個瘋婆娘一樣。」

「原來妳偽裝兩年啦？臭鼬就算抹再多香奈兒五號，聞起來還是一隻臭鼬。」

「再臭也沒有你的嘴巴臭！有沒有人跟你說過？如果你是啞巴的話，這個世界會變得更好！」

「誰會蠢到說出這種話？妳嗎？喔，天啊，真是為妳感到遺憾。妳還是乖乖學畫畫就好。」

「嗯，我想想，要用幾號的畫筆才戳得進你這顆豬頭？老師好像忘了教我這件事。」

「哼，妳已經會拿畫筆了嗎？先找到奶嘴再講吧！」

「到時候你可別跟我搶！」

「喂，女人，正經一點，他們說晚上十一點會有流星雨，要不要去中央花園看看？」路威繁一邊畫設計草圖，一邊跟庫瓦娜閒聊，她也正在為他畫肖像速寫。

「你有興趣？」

他搖搖頭，「流星讓人感傷。」

「你知道嗎？小時候我爸跟我說，流星就是上帝在太空中對著地球打水漂，那些碎片磨擦大氣層，產生光和熱的痕跡，就像石頭擊中水面會激起水花，形成一圈圈漣漪。」

「妳真的信這一套？」

「至少這個說法比課本教的有意思。」

「我是說，妳相信有上帝嗎？」

庫瓦娜突然覺得胸口挨了一記悶拳。她不知道該怎麼回答。

「幹嘛不說話？」

「有時候我相信，有時候我覺得聖經裡面都是狗屎，一群猶太男人寫的胡說八道，他們創造出一個對他們有利的神，可是他們自己一下子信上帝一下子又背叛上帝，根本就在找自己麻煩。」

「什麼時候妳會相信？」

「小時候吧。」

「後來為什麼又不信了？」

「欸，你真的很煩，我信不信上帝干你什麼事？」

「因為我在想，如果你信上帝，我們就出門看流星雨；如果你不信，我們就待在房間看。」

「得了吧，兩件沒關聯的事你也要扯在一起！改天你可別說地軸偏移會影響到你的排便習慣。」

「妳怎麼知道的？這是我準備要拿諾貝爾獎的最新理論耶！妳偷看我的電腦嗎？我就知道妳這隻母牛不安好心！」

「閉嘴。嘿，肩膀壓低一點，你扭來扭去我要怎麼畫？」

「妳不是要跟我說妳女朋友的事？」

「你還沒講你男朋友的事。」

「現在是我先問的。」

「不想講就拉倒，反正我又不像某人，不講話好像會死一樣。」

「為了公平，我講一點，然後換妳講一點。」

「嗯哼。」

「喂，我要換姿勢了，累死我了，妳改天再畫啦！」

庫瓦娜嘆口氣。「我也不過才畫了十分鐘，你就喊累？」

「妳有沒有同情心啊？」

「好，對不起，你累了，除了嘴巴以外，所以請你行行好，開始說你男朋友的事，可以吧？」

「他叫史東。他在加拿大的伊紐維克長大的，那裡冷到剛放出來的屎會在幾秒內凍得跟石頭一樣。他十四歲的時候，搬來我家附近，隔兩條小街而已，大概是三年以後吧，他們搬去跟美國的親戚一起住，然後我們就失去聯絡，一直到我去紐約討生活，才在朋友的聚會裡跟他碰到面。」

「你們在一起很久嗎？」

「夠久了。換妳。」

「我……一直沒有固定的，這樣講好像我很亂，其實沒有，真正發生關係的也只有三四個，其他都只是調調情而已，那時候我的心不在這上面，我有很多朋友，忙很多事情，光是畫畫就佔掉我大部分的時間，有固定的關係反而麻煩，如果硬要我說一個名字的話，應該會是——傑美。」

「她辣嗎？」

「她跟辣一點關係都沒有，圓圓矮矮的，是那種藝術家兼環保先鋒兼社運人士，不化妝、吃素食，只買通過公平貿易認證的咖啡豆和棉製衣服，不穿皮製的鞋子，除了自己創作之外，還幫身心障礙者開一些藝術治療的課程。」

「酷，她一定覺得移民到地球生活很辛苦吧？」

「那還用說？她最想做的事情就是呼叫母星基地，要他們派飛船來綁架所有的地球男人，然後把他們全部閹掉，我常常勸她不要衝動。」

「我僅代表全地球男性向妳致上最高的敬意。」

「心領了，你這個專門岔題的白痴。換你。」

「妳幫我把籐椅移到窗邊好不好？我們說不定可以順便看看流星，對了，那個毛毯也順便拿來，我怎麼覺得有點冷？妳要不要跟廚房講一下請他們幫忙弄點吃的？我還要熱咖啡，要很多糖，不要牛奶。」

庫瓦娜瞠目看著路威繁，說：「嘿！我不是來這邊聽你使喚的！」

「我已經預備好要打開心門，告訴妳我一生的經歷，結果妳這樣指控我？」他故意裝出一臉困惑的樣子。

「你這個王八蛋，你自己打電話跟廚房點東西，我來搬籐椅。真希望他們會在你的宵夜裡吐口水。」

「傑美知道妳的心地這麼壞嗎？」

她朝他伸出中指。

「我可以先跟妳講別的事嗎？」

「隨便，你高興就好。」

「妳先把燈都關掉。」

「是，女王陛下。」

「我是認真的。」

「我也是。」

「妳聽起來好像在賭氣。」

「你的廢話真多。」

「妳破壞我講故事的心情了。」

「你再不講，老娘我就馬上回房間睡覺。」

「我正要說了，而且我會很正經，保證妳從來沒有看過。」

庫瓦娜輕蔑地從鼻孔噴氣。

「很久很久以前，大概是一八七〇年左右，有個住在中國廣東省的男人，他要幫父親到港口收貨，結果一個不小心，就跟其他可憐的同胞一樣，讓人抓到港口邊的小艇，最後挨不住酷刑，只好畫押簽約當華工。他們就像以前的非洲黑人，被扔進奴隸船，運到美洲，然後送到市場上拍賣，最後被帶去挖礦、修鐵路。那個男人一次又一次被轉賣，朝向美洲的北邊移動。

有一次，他病得快死了，還好遇見在加拿大做生意的舅舅，撿回一條命。他舅舅姓路，在溫哥華開了一家洗衣店和中藥店，需要信得過的人手，所以這個男人最後就跟在舅舅身邊做事，還娶了他的獨生女，生了七個女兒，只有四個活下來，每一個都長得很醜，除了老么以外，她長得算中規中矩。

一八八六年某一個夏天晚上，這個男人送貨到舊埠的華工居住區，遇到反華的白人攻擊，在木屋裡被活活燒死。後來，他的舅舅帶著女兒和四個孫女搬到北邊一個靠海的小鎮，他們開了間餐館兼雜貨店。

路家四個孫女一直沒有結婚，因為那裡中國人很少，就算有，也沒人想娶她們。路先生擔心這樣下去會斷了自己的命脈，所以他決定領養某個窮華工的兒子，等他滿十六歲之後，就要讓他娶路家女孩，入贅成為路家的孫女婿。男孩在成親的前一天晚上逃走了。路先生又氣又難過，把特地為婚禮準備的酒都喝完。十個月後，他最小的孫女生下一個少掉右手臂的女嬰。雖然這個新聞在當地慢慢變成醜聞，但是他們需要路先生的雜貨店。一年以後，路先生的么孫女又生了第二個曾孫女，她是路家女人裡面最好看的一個，也是智力最低的，她又聾又啞，只會看著人傻笑。我本來有一張照片，但是後來搞丟了。

路先生過世以後，傻女孩就由一屋子女人照顧。女人把雜貨店賣掉，很節省地過日子，不和其他人來往。

傻女孩後來常常被白種人拐去空屋裡，最後難產死掉了。她總共生了四個倒楣的小孩，分別被不同的家庭收養，其中一個後來染上傳染病，六歲的時候就死了。

這活著的三個小孩，一個後來死在捕鯨船上，一個聽說去當妓女，剩下的那個，就是我的爺爺，他十八歲的時候，跟一個同樣也是混血兒的女孩子結婚，然後就有了我爸爸。為了要養家，他跟著伐木隊到更北的地方去，剛開始還會定時寄錢給奶奶，過沒幾年，聽人說他中邪了，被送回家來，最後死在監獄裡。那時候還沒有療養院，就算有，我奶奶也沒錢。

我爸二十歲的時候搞大我媽的肚子，我生下來還不到兩年，老爸就不見了。我媽聽到有人看見我爸加入幫派，在美加兩國的邊界為非作歹，又有人說他被搶劫銀行的同夥黑吃黑幹掉了；反正，對我來說，他就是不見了。

我是讓外婆、媽媽，還有媽媽的兩個姐姐輪流帶大的。奶奶和媽媽的關係很差，奶奶認為是我媽媽一直喊沒錢，爸爸才會想到要去偷去搶。媽媽恨爸爸當初騙她說他是有錢的華人世家的後代，以為他會帶她離開那個又冷又窮的地方，結婚後才發現他欠一屁股賭債，害她變成家裡最丟臉的人。奶奶對我很好，可惜她太早走了。兩個阿姨，一個沒嫁，一個嫁給──死後會下地獄被割雞巴的──他不是人。反正他們對我從來就沒什麼好臉色。

我的下半身關節從青春期過後就不正常，後來有的地方開始變形，不是脫臼就是折斷。每個醫生說的病名都不太一樣，有的說我只能再活五年，有的說我很可能下半輩子得躺在床上，他們是誰啊？搞不好他們連自己老婆偷人、小孩吸毒都不知道，還一副天殺的打包票的嘴臉說我沒希望了。我動了幾次手術矯正，沒什麼屁用，還欠醫院不少錢，後來我才慢慢還完。原本我還能走，後來變成要拄拐杖，三十歲開始就只能坐輪椅。如果沒有史東，我真的早就掛了！」

說完後，他用力吐出一口氣，接著又說：「該死的流星到底在哪裡？」

庫瓦娜看著淚流滿面、五官全都擠成一團的路威縶，她伸手撫過他深棕色的長髮，像撫摸著一隻正在作惡夢的長毛狗。她可以像平常一樣，取笑他，說他講的話十句裡面只有半句是認真的，說他哭起來臉像癩蛤蟆，說他之所以看不到流星，是因為他忘記張開眼睛；但是她沒有。在庫瓦娜的眼中，他不再是那個兩顆眼珠不一樣顏色、長相特別、行動不便、談吐行事都過於戲劇化的男人。

兩個人手拉著手，不發一語，看著窗外的夜空。

「你看，流星。」

「妳可不要他媽的叫我許願。」

「誰規定要許願的？」

「換妳講了。」

庫瓦娜告訴他一個非洲棄嬰變成白人宣教士夫妻養女的故事，她說非洲的落日既壯觀又危險，彷彿會吸走所有物體表面的光亮，使得萬物只留下黑色的影子。她為他形容美國鄉下的農莊生活，家裡的穀倉如何成為臨時的小教堂，她在穀倉後面一個小小的隔間畫畫，嗅著松節油混著動物糞便、半潮濕的麥桿和飼料的氣味。她談到走秀前試裝的時候，她想像有許多芭比娃娃跟她一起排排站，娃娃的頭被拔下來，插在她的身體上，她們是少女也是蕩婦，是名媛也是人妖。她記得定型噴霧落在她臉上的感覺，她讓一群人刷她的頭髮，為她除毛，抹上仿曬粉霜，調整她的乳房位置，叫她嘟嘴，把屁股撅高。她描述她的畫、她的養父母，她身為白子的感受，以及她和女人的關係。

「我以前認為我只愛女人，後來才發現，那根本不是愛，我只挑臉蛋漂亮、身材豐滿的，我要的是她們的身體。和傑美在一起是意外，她有一種能夠讓我平靜下來的力量，但是在一起沒多久，我就受不了她那些高調的論點，她說我任性、愛搞怪、不懂得反省，我說她以為自己是甘地還是德蕾莎修女。後來我跟別的女人上床，被她逮個正著，我是故意的，然後就分手了。有一段時間我沒有任何固定的情人，也沒有炮友，我只在意畫畫，喜歡靠自己的作品賺錢的感覺。我沒有完全排斥男人，但是讓我有興趣的男人實在沒幾個，這些人又對我沒興趣；所以，事情就是這樣。我爸媽為我煩得半死，他們看不懂我的畫，也不認同我的生活，我很感謝他們好好把我帶大，可是我不想照著他們的標準走。過了幾年，就在我們的關係開始改善沒多久，他們發生車禍，過世了。我也有錯。我後來過得很慘。然後就來這裡了。」

「妳知道嗎？我以前以為有白化症的人，他們都跟吸血鬼一樣白天要待在家裡躲太陽，平常拿著超級放大鏡看書看報紙，而且不太會講話。」

「這是哪門子爛想法？」

「沒辦法，我一生只看過兩個白子，一個戴厚厚的眼鏡，眼睛好像沒辦法固定看同一個地方，戴口罩又穿長袖，夏天喔，我沒聽他們出過聲音。」

「你還不到四十歲，動不動就要說『一生』這兩個字，真莫名奇妙。」

「我的身體越來越僵硬了，手指也沒有以前靈活，妳不懂。」

「你以為我會無病無痛活到老嗎？」

「不會嗎？」

「我的視力退化得很快，現在畫畫一定要戴眼鏡，我常常覺得身體很重，偏頭痛、失眠，我的皮膚變得更敏感。」

「我們的對話聽起來好像是從養老院裡傳出來的。」

「對啊，還一直在講以前的事，好像未來再也沒有什麼可以指望的。」

「他媽的真慘，幹。」

「你真的滿嘴髒話，你吃大便長大的嗎？」

「吃得比妳多一點點。」

「去你的。」

「妳不是第一個抱怨我嘴巴不乾不淨的人，史東也很受不了。」

「他一定很想拿刷馬桶的刷子和鹽酸幫你洗嘴。」

「他才不像妳那麼黑心。」

「你說你們在紐約重逢，那是怎麼回事？」

「我十七歲就下定決心離開家裡那個鬼屋，我外婆和沒嫁的那個老處女，兩個女人比鬼還可怕，我媽只有在沒男人可以搞的時候才會待在家裡。其實我應該要更早離開的，但是我得先存點錢。小時候我到處打零工，賺到的錢就藏起來，十四歲以後，我在一個修鐘錶的師傅那裡當學徒，他說我的手很巧，可以找機會學點需要精細手工的工作。我那時想，可不是嗎？我姨丈愛死我的小手了。」

「路……不要這樣。」庫瓦娜聽到最後那句話，溫柔地捏了捏路威繁的手。

「唉，妳不用難過，我說過，他遲早會下地獄的。總之，我帶著我那可憐兮兮的存錢筒，沿路搭便車或睡車站，有幾次為了填肚子，還會提供一些……嗯，特別的服務；終於到了美國。我那時候告訴自己，不管用任何手段，我都一定要在這裡活下來，我寧願死在美國他媽的垃圾筒裡，也絕對不回老家。我做過很多不好的事，但是沒有壞到真的會害死人。有一天，朋友說家裡有個小聚會，需要一點樂子，好啊，我就帶著樂子過去，我自己就是樂子；然後呢，像一道閃電打進房子裡一樣，我看到史東，他的臉幾乎沒變，但是長高了，他就靜靜坐在角落，看起來就知道他很緊張，巴不得有人借他一對翅膀，讓他可以趕快離開那個地方。他們那群人還沒等到我就先快樂起來，我才懶得理他們，我直直走向史東，問他，嘿，你還記得我嗎？」

「他記得嗎？」

「真希望那時妳他媽的也在場，看他那對水汪汪的眼睛像星星一樣亮起來。他叫出我的英文全名威爾森·路，他記得我家的地址，記得我們最後一次見面講的話、穿的衣服。我問他想不想離開，他馬上說好，我們就去附近的餐館坐著聊。真是該死的剛好，他那時正和兩個蕾絲邊住在一起，搞雜誌的那個女人跟做服裝設計的分手了，過幾天就要搬走，他們想找新室友，就問我有沒有興趣，我當然說有興趣，反正我也沒什麼東西，帶著一個包包，人就住進去了。」

「你說他也畫油畫？」

「嗯，但是賺不到什麼錢，所以他還在餐館當服務生。」

「他畫得怎麼樣？」

「不是我誇張，他畫得超棒，可是真他媽的灰暗，像替死人畫的。畫的東西盡是一些廢墟、枯掉的植物、老人，像黑白照片再上一點點淡淡的顏色，我還問過他，是不是沒錢買顏料，我願意出錢幫他買，他氣得好幾天不跟我講話。」

「哎呀，誰叫你拐個彎取笑他。」

「沒辦法，我受不了，我就是要有顏色，妳想嘛，非洲印度那些窮人，只要是還有辦法找到衣服穿的，誰會穿黑衣服白衣服？再怎麼窮，身上也是五顏六色的，只有紐約這種有錢人太多的地方，才會愛穿黑灰白，什麼極簡？無聊死了，妳也是，明明就那麼白了，還老是穿白衣服，妳哪根筋不對勁啊？」

「我哪有？而且我的耳環和皮帶有顏色啊！」

「才一點點。」

「你不要又扯到我身上來。剛剛我們在講的是史東的作品。除了灰暗，還有呢？」

「他被畫廊拒絕幾次以後，就對自己失去信心了，要他放棄，他偏偏又愛畫，停不下來，畫出來沒人買，心裡又嘔得要死，整個人就這樣死氣沉沉的，我看了真不舒服。後來做服裝設計的室友，她叫夏洛蒂，拿他的圖印在自己設計的衣服上面，結果那款白色不規則長版上衣賣到嚇嚇叫，我就跟你說，紐約人的審美觀就跟月球人一樣，然後他們兩個開始合作，自創品牌，放在網路上賣，後來還找到好幾個精品店的寄賣點。我呢，我也開始覺得老是做些講不出口的事情，很累的，剛好史東有認識的朋友在教人做銀飾，我就想，也好，說不定學出個名堂，還可以搭夏洛蒂開店的順風車。」

「後來史東比較有自信了嗎？」

「剛開始有。不過我後來發現，他沒自信跟作品賣不賣錢沒關係，他就算賺得跟畢卡索一樣多，他還是會抱怨自己畫的東西像垃圾，要不就是全世界都沒有足夠的鑑賞力可以看出他的天分。」

「為什麼會這樣？」

「我不知道。他從來沒有提過他的家人，也不太講我們相遇之前的事，就好像有人把他腦袋裡那幾年的紀錄全部刪掉一樣。我沒打算追問到底，妳也知道，有些事情最好能全部忘掉，當做沒發生過。」

「可能只是暫時壓抑。」

「那又怎樣？常常講就會好過嗎？如果不是他媽的流星雨，我也不會在這裡講這些鳥事。」

「我很真心在聽你講。」

「我寧願告訴妳別的事；輕鬆的、有趣的，多好！」

「由不得我們。」

「人生爛斃了。像一大鍋屎一樣。」路威繁乾笑幾聲。

「是啊。」庫瓦娜說完後，他們兩人陷入沉默。

「史東的故事講完了嗎？」

「妳還想聽？」

「當然，現在才半夜三點，我打算醒著看日出，講吧。」

「那妳得加錢，我的夜渡資是每兩個小時算一節。」

「算你媽個頭，賞你兩拳怎麼樣？」

「我真想看你在爸媽面前講髒話的樣子。」路威繁賊賊地笑了起來。

「我是看人說話的。跟你這個豬頭講人話，你聽得懂嗎？」

「妳才是不識貨的母牛！想當初我花一個月做的鑲寶石皮手套就賺到平常人一年的薪水，全天下有哪個豬頭像我這麼厲害？」

「當然是願意出錢買你東西的那個豬頭！」

「妳呢？妳算哪根蔥？妳都是拿畫去換漢堡嗎？換得到幾個？兩個？特價的時候可能換比較多吧？」

「你就是想這麼惡毒嗎？如果我是史東，每天跟你這個自大狂住在一起，我不沮喪才怪！」

「放你媽的屁！你一個女人懂什麼？」

「噢，現在又跟我的性別有關了是嗎？應付你們這種男人，我只要用百分之一的智力就能知道你們在想什麼！」

「妳連根屌都沒有，會知道才怪！」

「對不起喲，我差點忘了，你的腦袋就長在老二上面，難怪我常常覺得你講的話屁都不值一個！」

「妳給我滾出去！」

庫瓦娜注視著氣到發抖的路威繁，她以為自己會想出更惡劣的話反唇相譏，但是她忽然想要大笑，她想到他們兩個就像為了玩具車吵架的小男生一樣，你推我一把，我再推回去，最後扭打成一團。不過就是台玩具車嘛！不過就是面子嘛！我們用這些髒字互罵下去，到底有什麼意義？看誰比較囂張嗎？看誰的毒腺比較致命？如果我只剩下半年可以活，我會把時間都花在跟他鬥嘴嗎？如果剩下一年呢？三年？五年？答案會不一樣嗎？

「路！我向你道歉！我們不要再這樣講話好嗎？我想要好好跟你做朋友，不是一天到晚鬥嘴。」

「現在請妳出去，我要靜一下。」路威繁撇開頭。

「好，我知道了。」庫瓦娜沒有料到他們原本知心的談話會鬧到這麼僵。她這才發現，真正的友誼不會好好等在某個地方自然成形，它需要被拷打、被人性粗礪的那一面給仔細磨蚪；它會逼你跪下膝頭，讓你的心如同連續被搧了好幾個巴掌。一瞬間，她想起自己過去對朋友予取予求、頤指氣使的態度：為什麼我現在才想到？

她走出路威繁的房間，輕手輕腳地關上門。

＊＊＊＊＊

「跟你比起來，我好像是太陽旁邊的小夜燈，有誰會看到我？你會講笑話，會表演，會賺錢，會找樂子，我只是一個沒前途的小畫家，沒有人會對我有興趣。我在別人眼中什麼都不是，我的作品全部加起來拿去賣掉的錢，可能還買不起你做的一個墜子。」路威繁想到史東過去不止一次發出類似的抱怨。

「別這樣嘛，市場出價的標準不同，不代表你的作品就不重要。你最棒了，全北美洲的男人都羨慕我羨慕得要死。」路威繁試圖安慰史東的同時，還不忘記調侃他。「你的畫負責淨化心靈，我做的手工皮鞭能淨化下體，下體當然比心靈能賣更多錢啊！」

「我不是在跟你爭論心靈肉體的分別，你為什麼總是聽不懂？」

「寶貝，如果你要跟我玩猜謎遊戲，那你得再等幾個小時，我他媽的還沒完全酒醒。」

「我想也是，你早上回來的時候，在客廳吐得一團亂。」

「對不起啦，丹尼要去法國，我們玩到太瘋，一不小心就喝多了。對了，他還說我做的那幾個新玩意兒全都賣出去了，那些變態凱子愛的要死，只想趕快帶回家試，就算我們在帳單後面多加兩個零，他們也不會在意。等錢進來了，看你想去哪裡，想買什麼，告訴我。你昨天晚上也應該來的，丹尼他們都有問到你。」

「我看還是算了，我只會破壞你們的狂歡派對。昨天你上了幾個人？還是被一群人上？」

「你幹嘛這樣？我已經說過好幾遍，我最多就是喝酒，哈點草，我的身體哪裡能讓我這樣搞？」

「原來我的愛人這麼有自制力，我應該為你畫一張聖人祈禱圖，貼在冰箱上。」

「你他媽又是哪裡吃錯藥了？晚上還不到就想找人吵架？」

「路，我們在一起多久了？」

「三百年吧？」

「今天是我的第一次個展開幕茶會，你答應過我，你會到，而且人是清醒的。」

「喔幹！對不起，寶貝，我真的不是故意，對不起對不起……我真的該死！親愛的，回來好嗎？別這樣，你不要走……我叫你他媽的給我回來！」

路威繁知道庫瓦娜講得沒錯，他只看到金錢、酒精、狂歡，認為自己可以照顧史東，卻沒有發現事實上是史東在照顧他。史東就像乖巧認命的妻子，獨自等候伴侶在深夜平安歸來，忍受他全身酒臭和煙味，為他清理身體，在他生病的時候細心看護。

史東說自己快被掏空的時候，我回答他什麼？

「到底還有哪裡不順你的心？沒錯，你是沒有靠畫圖大紅大紫，可是你也沒餓到肚皮，不是跟夏洛蒂合作得很好嗎？我對你也很慷慨啊，拜託你不要再抱怨了，聽了好煩。晚上我們去哪裡吃飯？」

「我沒胃口。」

「你一直睡，連塊屎都沒吃，怎麼會沒有胃口？」

「你可以不要再用髒字了嗎？聽起來很刺耳，很沒水準。」

「你出身好人家，聽不慣髒話？」

「我不想跟你講。」

「隨便你，老子我要出門了！」

我的眼睛真的長在屁眼上，居然沒看見你瘦得跟難民一樣；沒看見你每天都要吞鎮定劑才能睡；沒看見一向最愛乾淨的你，卻連續好幾天不換衣服不洗澡，只聽那些像在喪禮才會放的音樂。我怎麼會沒發現畫架上那些沒完成的畫？你從來都不用紅色的，你也不會在畫布上亂塗，我還神經錯亂到稱讚你，說那些可怕的畫一定會被當代博物館買走，放在入口讓人觀賞。

然後我們又吵了好幾百次。

我說你割腕是為了他媽的引起別人注意，你只想依賴，只想裝可憐。

你只是一直掉眼淚，說我根本不了解一文不值的感覺是什麼。

我罵你是沒吃過苦的闊少爺，你說我比撒旦還惡毒。

你躺在床上不肯吃藥，我硬把你的嘴撬開，像獸醫幫動物灌藥一樣，把一堆藥丸扔進你喉頭，再摀住你的嘴，逼你吞下，然後我就出門了；只想離你越遠越好。

後來，我還以為你想通了，他媽的藥發揮作用了；你會笑，會吃飯，會跟我親熱，也不再嘮嘮叨叨，又重新開始畫畫。

丹尼他是怎麼講的？他好像說：「史東愛你愛得像使徒愛耶穌基督一樣，只差他是個同志而已。」

「你說的是出賣耶穌，後來上吊自殺的猶大嗎？還是三次不認主的彼得？還是疑心病最重的多馬？」

「你太不知足了，路。」

你現在聽得到我心裡對你講的話嗎？

你還在我的身邊徘徊嗎？

你吞了很多顆不同的藥丸，在浴缸裡睡著了，浴缸裡的水已經被染成血紅色的。你怎麼劃得下去？你怎麼會瘋到在牆上用流出來的血寫那些句子？

路就是道路真理生命，若不藉著路，沒人能到父那裡去。我的路，我的神，你為什麼離棄我！

我不想做你的神，因為我連自己都救不了自己。史東寶貝，你找錯對象了，我敢跟你保證，全世界沒有任何一個人類可以讓你覺得自己有價值。

我只能把你送進療養院，因為我救不了你。

****

流星之夜的隔天傍晚，路威繁看到庫瓦娜坐在蓮花噴泉池旁邊的椅子，他遲疑幾秒，還是決定主動上前打招呼。

「嗨。」

「嗨。還好吧？」

「沒事，妳呢？」

「坐著發呆。我最近很容易分心，沒辦法靜下來畫畫。」

「我好像幫不上忙……」路威繁不安地搔搔頭。

「我只是講出我的狀況，沒有別的意思，你不用替我擔心。」庫瓦娜拍拍路威繁的膝蓋。

「昨天的事……我要向妳道歉，妳說的沒錯，史東跟我在一起的時候，真他媽的不好受。他後來進療養院了。」

「嗯。」庫瓦娜點點頭，想了想，問：「你吃過晚餐了嗎？」

「還沒，妳呢？」

「等一下要去交誼廳吃。」

路威繁看著庫瓦娜，發現她的眼球正快速而小幅度地震動，好像無法克制，不停搜尋可以讓她視線集中的焦點。

「呃，如果不會太麻煩妳的話，我想請妳幫我一個忙，幫我打包兩片全麥吐司，還要一杯檸檬水，如果有雞肉沙拉的話，也帶點過來，我今天剛收到朋友寄來的魚子醬和紅酒，但是妳也知道我現在不太能吃，所以……」路威繁還沒來得及把話講完，庫瓦娜就接著說：

「我等一下就過去，昨天的速寫還沒畫完呢。」

「沒問題，今天我一定全力配合。」

「話可別說得太早。」她淺淺一笑。

路威繁坐在工作桌前，庫瓦娜順手拉了一張木椅，找好角度，就開始畫起速寫。

「我可以講話嗎？」

「當然。放輕鬆，你可以看著窗外，也可以看我這邊。」

「心裡還是怪怪的，對吧？」

「你是說昨天我們吵架的事嗎？」

「對呀。」

「多少吧。話說回來，吵出來也好，我們都不是那種明明不痛快又憋著不講的人。我昨天回去房間的時候，一直在想，我們兩個在短短的時間就混太熟了，可是又還沒搞清楚對方有哪些地方不能踩。」

「小娜，我想操他媽的乾脆把事情講出來讓妳明白，但真的要講又覺得很難受。唉喲，我又講髒話了，不好意思。」

「沒關係，狗要改掉吃屎的習慣也是需要時間的。」

「謝啦。看來妳經驗豐富。」

「那還用你說？」

「幫我起個頭吧。」

「如果直接從史東想離開你，對你會不會太猛了？」

「會。管它去死。妳不要打岔，讓我一次講完，可以吧？」

「可以。」

「那真是不得已的選擇，我沒辦法照顧他，我那時候已經站不太穩了，他又不止一次做蠢事，就是割腕吞藥那些事，差點讓他辦到了，再來一次我就乾脆跟他一起走，夏洛蒂幫我們安排，讓史東住進療養院。夏洛蒂就像史東的姊姊一樣，我其實想過，她比我更愛史東，可是史東眼裡只有我。

剛開始他的狀況還是很不好，每次我去看他，他就是一副活死人的樣子，你根本搞不清楚他到底記不記得你，好像全世界都跟他沒有關連，可能是藥的副作用；天曉得，說不定他是要報復我，他氣我把他送進那個地方。反正不管，我們的關係爛到不能再爛，如果你要問我愛不愛他，我不知道，我真他媽不知道，早些時候可能有，經過那幾次折磨，我就不確定了，愧疚吧，我猜，我真的是一團亂，直到他看到我拄著拐杖去看他，他才有反應，以前那個有情有義的史東終於從外太空飄回總部。

史東要我幫他帶畫具，我問醫生，他說簡單的創作對他有幫助，但是要我別給他一些可以用來傷害自己的工具，像調色刀之類的，你知道我跟醫生講什麼嗎？我說，史東假如真的想再做一次，就算松節油也可以拿來用，他說他會請看護注意。好吧，為了讓史東早點變正常，什麼方法我都願意試。

要說我自私也行，我知道自己的身體開始不對勁了，我可不要請那些從波多黎各啦墨西哥啦跑來的便宜看顧，這不是歧視，這是信任的問題，我不要陌生人在我家走來走去，還要摸我身體，誰知道他們會不會為了貪我的錢在菜裡下藥。妳不要給我那種眼神，這種鳥事真的發生過，難保我不會是那個倒楣鬼。我只要史東，我只願意讓他碰我，我以前跟他說我沒和人亂來是真的，他都不相信，他以為只有他自己才懂什麼叫忠誠，他太小看我了。我看過人可以下賤到什麼地步，真的，就像幾十年沒沖過水的小便斗一樣，腿張得開開的，隨便讓什麼人把任何鬼東西射進去、塞進去，有的人等到隔天清醒看到自己下面流了整屋子的血，全身到處都是莫名奇妙的傷口，才發現麻煩大了。他們慘得就跟實驗動物一樣，這都是他們自找的，怪誰？我跟妳說過，我大老遠離家跑到美國，只想出人頭地，如果要自作踐的話，我待在加拿大就可以了。

史東重新畫畫以後，他真的改變了。他在那裡不用看我臉色，而且還有比他更瘋更悲慘的人，他的腦袋好像清醒一點，他說醫生幫他換了新藥。但是感覺還是不對，他好像不需要我了，我去看他，好像我是車禍撞傷人的肇事者，帶著鮮花水果去探望那個陌生的倒楣鬼，我們都假裝很客氣，因為我怕他獅子大開口，跟我要天價的賠償，他怕我跟保險公司說其實他是故意躺在馬路上等人壓死他。有時候看著史東和夏洛蒂有說有笑，我心裡超幹的。

後來我的髖關節壞掉了，去開刀，在醫院躺了快一個月，出來已經在坐輪椅，名符其實就是個殘障人士，再也不能騙自己，他們跟我說以後情況會好轉，我不需要一整天都坐在輪椅上，鬼才會信。我的腳軟得像水母，有時候我都感覺不到自己還有腿，妳懂嗎？我得賣掉我那間沒有電梯的好房子，搬到一樓去，什麼事情都得自己弄，以前那些狐群狗黨不知道嗑藥嗑到哪邊去，聽說有個腸子爆掉，還有直接爽到掛點，夏洛蒂說要幫我找看護，我死都不願意。

她拿了一疊信給我，說是史東在我住院期間寫的。信裡寫他在裡邊的生活情形，還寫詩，我跟他在一起那麼久，從來就不曉得他會寫詩。他說他越畫越順，有個藝廊老闆願意代理他的作品，只抽他一成服務費。他一直稱讚那個女的對他多好，會鼓勵他，幫他找參考資料，想了很多有趣的點子。他給她取一個代號，叫『鐘形瓶』，說這是一個謎題，如果我真有我自己說的那麼聰明，我就會知道她的名字。到後來，他的信有百分之九十九點九九都在講那個女的事，煩死了，看了就氣；她要是那麼好，你就跟她在一起吧，反正我已經是個殘廢。我只回過他一兩封信，要我寫文章不如給我一槍，我也沒再去看他，我還沒準備好讓他看到我的樣子，他當然會抱怨，以為我找到新的情人。

但是有些地方很詭異，我說不上來，我懷疑那個叫『鐘形瓶』的女人是史東幻想出來的，因為我從來沒有聽夏洛蒂談過。夏洛蒂後來跟一個老頭子結婚，不敢給史東知道，她一個月會去看他兩次，她說史東看起來有時候很平靜，有時候很煩躁，抱怨療養院的人好像在他的食物裡下毒，而且還要關他一輩子。史東問夏洛蒂，你們什麼時候要來接我出去？夏洛蒂跟醫生談過，醫生說史東還是有自我傷害的傾向，他有一次不停拿頭去撞畫板，說他調不出來適合的紅色，所以要用自己的血當顏料，還一定要是額頭上的血，才能代表他的靈魂和智慧。我可以想像那是什麼情形。他有一段時間也沒再寫信給我，要不然就只寫個兩三行，字跡很潦草，我根本讀不懂。

我問夏洛蒂，史東是不是在療養院裡認識什麼經紀人之類的，她說裡面有開藝術治療的課程，當成什麼支持性的心理復健，還在院內開過小型畫展，但是她沒看到史東的作品，一張都沒有。妳知道嗎？史東在信裡明明就說他畫了二十多幅新圖，『鐘形瓶』還替他賣掉好幾幅畫，沒賣掉的聽說在美國各地的療養院巡迴展覽，說是要給其他精神病友和家屬參觀。但是妳想，一個畫家好歹會在自己住的地方留個一兩張畫吧。

我越想越不對，夏洛蒂也覺得怪怪的，她說史東開始對她疑神疑鬼，懷疑她跟我有一腿，說她會偷走他的畫。

後來醫生幫我注射一堆東西，我現在也忘了那是什麼，有一陣子我的腿比較有力量，而且妳也知道，我沒辦法像以前那樣常常出去找樂子，腦子反而清楚多了。我真的很後悔以前對史東做過的事，如果可以的話，我想盡快接他出來，兩個人重新開始，好好過日子。為了跟他見面的那一天，我特別準備兩根我自己做的腋下枴杖，超級正點，路上有人看到都還想跟我買。我不想讓他看到我坐輪椅，已經不是面子問題，我怕他看見了又要開始窮擔心。

早上我們正要從家裡出發，夏洛蒂就接到療養院的電話，說……他們說……史東過世了。他們起初以為史東平常偷藏藥，然後一次全部吞進去，結果驗屍官發現史東的手臂有新的靜脈注射傷口，身體裡有一種麻醉藥劑的含量超高，但是療養院堅持他們從來不用那種藥，還說可能是家屬訪客偷偷挾帶進去，才讓他自殺成功！該死的誰可以告訴我他到底從哪裡拿到藥！到底是哪個殺千刀的對他下手！剛好就他病房附近的監視器被哪個神經病全部敲壞，療養院還在見鬼的招標，沒有人知道半夜到底發生什麼事，史東活著進去結果躺著出來，死的不明不白，操他媽的我怎麼能接受？我們本來應該要在一起的……我對他太壞了，才會害他變成那樣……死掉的人應該是我，他那麼有才華那麼貼心，只是我這個瞎了狗眼的……」

路威繁話還沒說完，就再也無法抑制地嚎啕大哭。庫瓦娜抱著他一起哭，什麼話都沒說。

＊＊＊＊＊

路威繁覺得顧森出院之後臉色比以前還要慘白。顧森時常呆坐在房間內，望向窗外。他知道庫瓦娜離開的事對顧森打擊很大。說真的，我不相信妳會像席薇亞講的「不告而別」，妳不可能一聲不吭就離開我們，妳才捨不得呢，那條母狗滿嘴謊話。

路威繁反覆考慮著要找顧森談一談的可能性，他想在三月中合約到期離開蓮思莊園之前，找機會把他和庫瓦娜發現的事情告訴顧森。眼看時間只剩下兩個多星期，路威繁仍然無法做出決定。

他沒想到顧森比他快一步。

顧森右手撐著鋁合金製的四爪拐杖出現在路威繁的工作室門外。顧森客氣地詢問路威繁，是否能進去坐一坐。

顧森挑了靠窗的椅子坐下。他的老態讓路威繁害怕，路威繁希望自己最多活到五十歲就能跟世界平靜地道別。

「請你原諒我有話直說，因為我的時間不多了。」顧森儘管說話有氣無力，但浮腫眼皮下的瞳仁炯炯有神，望著路威繁。

「我懂。」

「我知道庫瓦娜在蓮思莊園裡最好的朋友就是你，我常常看見你們一起大笑。年輕真好。」

「她是個好女人，不過脾氣不太好就是了。」

顧森聽了慘慘地笑了笑，點點頭，路威繁卻覺得眼睛有些發酸。

「她突然離開……有跟你提過嗎？」

「沒有。我到現在還是不信她會做這種事。她跟我說過這裡幾乎算是她的家，除非發生很可怕的事，要不然她怎麼會離家出走？就算有，她也會先跟我講。」

「可是，我們真的到處都聯絡不到她，連她以前的朋友都在找她。」

「坦白講，我覺得事情不太對勁。」

「怎麼說？」

路威繁還沒拿定主意是否要信任顧森。你是個生意人，跟席薇亞的關係又那麼近，你跟這件事真的沒有牽連？你看起來是很傷心沒錯，但天曉得你是真的擔心她，還是怕死而已。

他瞅著顧森，沒講話。

「我可以叫你路嗎？」

路威繁點頭。

「我不知道該怎麼跟你講，可是，請你相信我，我不是因為怕有人在我這裡失蹤，警察會找上門，最後影響到蓮思莊園的名譽，我是以個人的身分，想和你談一談，我真的很擔心她，」顧森吸了口氣，「她不在，我覺得就好像……樹林裡沒有鳥叫聲，河流裡沒有魚在游，不管我走到哪裡，就感覺缺少了什麼，一種很空洞的感覺，你了解嗎？」

「嗯，我知道你的意思。」

「我也不相信她會突然離開。保全系統完全沒有她離開莊園的紀錄。不曉得你知不知道，她常常會從莊園的一個秘密通道跑去別的地方閒逛？」

「這我曉得，我聽她講過，可是我行動不方便，又怕死，所以還沒去過。」

「我也只去過一次。」

「怎麼樣？真的有她說的那麼好嗎？」

「比她形容的還要好。如果不是有她帶路，我根本就不知道會有這個通道，可是我只去了其中一個點，她說還有別的岔路。」

「你覺得，她會從那裡離開莊園嗎？」

「也許。問題又繞回來了，有什麼事逼得她要瞞著我們偷偷離開？我一直以為，這個地方對她來說是獨一無二的，我，我們，是她的朋友，她應該知道我的想法，她不可能不知道……」

「她很信任你，也很關心你。你突然昏倒的那天，她想跟著你上直昇機，但是他們不讓她去，她在我這裡哭整個晚上，說她想跟上帝商量一下，她以後會乖乖不罵髒話，會好好創作，說不定上帝會把她的壽命借幾年給你。」路威繁本來還想說：「她就像愛她的父親那樣愛你。」可是他決定把話硬吞回去。

顧森聽到路威繁說的話之後，眼淚汩汩流下，又因為喘不過氣，用力咳了好一陣子。

「對不起……我不是……」

「不用說對不起，我也很想她。」路威繁死命忍住淚水，他不願意和顧森分享思念庫瓦娜的心酸。

「如果我還年輕，如果我的身體沒問題，我真的會跟她求婚。你聽了不要認為我是不知羞恥的老頭；跟她在一起，我會忘記我有病在身，我想的只有該怎麼幫她，讓她安心創作，只要她開心，要我做什麼都行。她本來一直都很堅強的，不知道為什麼，在她離開前一個多月吧，她好像變得很不開心，看起來很哀傷，好像有話要跟我說；我問她，她又否認，我真的不懂，是我做錯什麼嗎？還是我應該早點解除婚約，大膽一點，明白告訴她？」顧森一股腦向路威繁說出隱藏許久的想法，他認為庫瓦娜信任的朋友，應該也值得他的信任。

路威繁想到史東跟他說過的話。

「每個人都會在十分鐘內把你當成知己，他們喜歡你，不知道你只是把他們當成娛樂的工具而已，而且你絕對不惹對自己沒有好處的麻煩，一點點都不行。別人的時間是你的，你的時間只有你自己用得到。」

我為什麼要跟顧森講那些事情？史東走了，庫瓦娜也走了，就算我有證據，能改變得了什麼嗎？我只要保護好我的權益，不要再讓那個婊子佔我便宜就好了，我到底還圖什麼？圖個贖罪的機會？

路威繁聽見庫瓦娜說：講吧！講吧！替我講出來吧！

「你沒做錯什麼，不是你。」

「是嗎？」

「我和她各發現一件可疑的事情，跟席薇亞有關，你確定想聽？」

「席薇亞？你說。」

「我有個很熟的朋友，後來住在療養院裡，他跟我提到一個藝術品經紀人，好像在幫他處理畫作交易的事情，他替那個人取一個代號，叫『鐘形瓶』。在我搞清楚以前，朋友就過世了。我問了療養院的人，他們根本不知道有這號人物，只說裡面有好幾個老師和志工，人來來去去，他們沒聽過有這種畫作代理的事情。

「你出院回到莊園的前兩天，席薇亞找我去她辦公室談事情。我才到沒多久，就有人打電話給她，她離開辦公室一下子，我他媽的覺得無聊，就坐在她的辦公桌前面隨便看看，結果看到有一疊A4大小的紙，上面印的是畫作的翻拍照片，畫家的名字沒聽過，但是畫作完成的日期都一樣。我覺得那個日期很眼熟，所以就把那疊紙轉過來仔細看，結果發現那是我朋友的簽名，我敢他媽的發誓，那就是他，因為那個簽名的圖案是我們兩個一起設計的，很複雜，不好模仿，下面那一行小小的數字，代表的是我們兩個，嗯，認識的日期，絕對不是作畫日期，一定是有人搞不清狀況。

問題是，那些畫我從來沒有看過，那不是我們還保持聯絡的時候畫的，如果是，我絕對會知道。有件事情我老是想不透，朋友住院時寫信給我，說他畫了二十幾幅圖，但是我們沒有一個人看過，本來還以為是他憑空想像，可是療養院的人跟我說他們的確有看到他不停在畫，可是畫最後跑去哪裡了？那群天殺的白痴只會說不知道。」

「席薇亞回到辦公室，我就套她話，說那些圖看起來很有原創性，賣的價錢好不好？她笑得多得意，說這批畫真的賣到還不錯的價格；我再追問，畫家是哪裡人？她跟我隨便扯個名字，然後又說他不是她代理的畫家，是朋友推薦給她看的，想要徵求她的建議，所以她不清楚畫家的個人資訊。我說，我真想認識這個畫家，她的臉就像媽的突然吃到屎一樣，時間很短，但是我看到了，她說有機會可以邀請他來蓮思莊園，我繼續追下去，說我想要先跟他直接通信聯絡，交個朋友，她快失去耐性了，就說她會幫我問看看，但是要先跟我討論續約的事情。我也不怕讓你知道，我只想趕快離開這裡，一看到她的臉我就快吐了，要不是我沒有確定的證據，我真想找人上來……算了，當我沒講。」

「你認為是席薇亞拿走你朋友的畫？也許他們私下有協議，只是；我就直講了，他不打算跟你提這件事？」

「那她應該知道我朋友早就掛了，還有，賣畫的錢跑去哪裡了？史東跟我提過他畫了新作品，有人幫他交易，說那個女人只抽一成服務費，你覺得一個不想讓我知道協議內容的人，會跟我講這些事嗎？」

「除了你在她桌上看到的那些照片，還有別的事情可以證實你的猜測嗎？」

「另外一件是庫瓦娜幫的忙。去年聖誕節那天，她跑來敲我門，說她知道『鐘形瓶』叫什麼名字。她說有個自殺的女詩人叫席薇亞．普拉斯，寫過一本小說，書名就叫《鐘形瓶》，我的朋友史東會寫詩，也是因為自殺才住進療養院，所以，我們覺得那個神祕的經紀人就叫席薇亞。」

「我不能完全否認這個推測，雖然有很多人也叫這個名字。」

「我知道你在想什麼，你認為我們兩個在鬼扯，講些屁話要誣賴你的未婚妻，沒關係，信不信隨便你，我說過，我要跟你說我們覺得可疑的地方。」

「你誤會了，我的意思是，我突然想到，朋友介紹我認識席薇亞的時候，好像提過她以前為療養院的病患開過畫展，好像是義工性質的，那時我沒仔細聽，現在你這麼一說，的確有點關連。」

「我是你的話，我會先好好查清楚她的底細，再讓她進來工作。」

「我有查過，她在藝術品交易的領域很有經驗，人脈又廣，到處都有人要挖角她。」

「既然你說你要直講，我也不跟你拐彎抹角。顧先生，你有想過她正在跟別人交往嗎？」

顧森許久沒有說話。

奧利維．岱弗

蓮思莊園的秋天趁著連日陰雨如賊一般地滲進每個人的體內，讓他們縮起身體，心裡起了疑問：「本來不是還很熱嗎？怎麼突然變得好冷？」

奧利維．岱弗進駐蓮思莊園將近七個月，他還是甩不開那種格格不入的感覺。他很少和別人來往，頂多就是點點頭，不得不交談的時候，他會用手勢、紙筆，或透過聾啞人士專用的通訊器向服務員交待生活必要處理的瑣事。他不止一次想著，我不應該在這裡，我想要回到正常人的世界，雖然他們認為我不正常，可是我不想完全被劃分到不正常的群體裡，我是藝術家，不是身障藝術家，我可以接受任何古怪的形容詞套在我身上，偏偏就是不要那兩個字，提醒我哪些事情我做得到，哪些事情我想都別想。

他經常為人生想像出另外一個替代的版本。

如果四歲那年我沒有發高燒，我現在就聽得見，能說話，家庭和樂、富裕；我長得好看，運動也很拿手，有足夠的藝文教養，沒有人不喜歡我；如果有的話，是因為他們嫉妒。

然而，他畢竟是聾了，只能靠著其它感官「聆聽」，他也一併失去清晰發音的能力。每當他嘗試要說話，聲音聽起來就像從遙遠之地傳送過來的電波雜訊，先是連串缺乏聲調變化的呆板單音，接著突然高高揚起或瞬間落下，他在許多人的臉上看見一種忍受噪音時的厭煩神情。

整個岱弗家族的成員多半是銀行主管、法官、醫生、建築師、運輸公司的董事、州政府的高階官員，而邁可·岱弗又是家族中最富有的。奧利維是邁可·岱弗最小的孩子，他的上面還有兩個姊姊，分別長他六歲和兩歲。他從小就生得俊美、活潑聰敏，個頭比同年紀的幼兒還高大。他失去聽力之後，全家人都花了很長的時間才接受現實，試圖重回原來的生活。

奧利維的母親凱瑟琳和大姊對他寵愛有加，從來不會因為他失聰而有所改變。家人每天親自教他讀唇語和開口說話，並且勉為其難地開始一起學習手語，除了邁可·岱弗之外。他認為手語只會讓兒子更加遠離正常人的生活，對殘障的身分產生依賴，拒絕奮鬥。他在排拒手語的同時，也排拒瞭解奧利維的機會。兒子能透過讀唇語、臆測和觀察肢體語言去傾聽父親，但是父親卻只能從一般人的角度看待他的兒子。

邁可·岱弗後來在別的女人身上滿足擁有健康子嗣的期望。

奧利維的二姊對他的態度始終搖擺不定。她嫉恨奧利維搶走她老么的地位，還有他身為男性而格外得到家族寵愛的特權，更別提他長得比她漂亮。自從他失聰以後，她既看不慣父親對待奧利維的惡劣態度，彷彿奧利維才六歲就學會殺人搶劫，是家族的奇恥大辱，可是她又忍不住要作弄弟弟，因為媽媽和姊姊的關愛全都給了他，她夾在中間，像個被岱弗家領養的普通女孩。

「你可以用別種方式去感受鳥叫聲，牠們唱歌的時候周遭空氣會震動，你也可以從牠們頭部和尾巴的擺動方式來認識牠們，一般聽得見的人很少會注意這些地方，所以你不是低人一等，你只是用不一樣的方法去認識這個世界。」奧利維一直記住手語老師麥姬說的這段話。麥姬教他們學習美國標準手語和手指拼字，等他們熟悉之後，再穿插教授幾個不同文化的通俗手語，為他們引介聾人世界當中各種形象鮮明的視覺表達語言。

麥姬首先發現奧利維的觀察力和視覺記憶比別的孩子還要敏銳，他可以記住他看過的圖像，他能生動地比劃出一個陌生地點裡物體、人物所在的位置，以及彼此的空間關係，即便他只在那裡待過很短的時間。如果奧利維想不出能表達自己想法的手語，他就會改用畫畫的方式來補足。

時間安靜地帶著奧利維往前走。

因為就學，他從倍受保護的家庭環境逐漸踏入由歧視、誤解、嘲笑和欺侮構成的現實世界。他強烈抗拒進入特殊教育班，然而就算他的家世顯赫，也沒辦法說服貴族學校破例讓他進入正常班級就讀。凱瑟琳只好另外延請會手語的老師為他上課，直到十年級之後，終於有公立學校勉強讓他這個完全失去聽力的學生進入一般班級就讀，那是家族成員從來沒有的經歷。

奧利維剛上高中時身高就已長到一百八十公分。他喜歡用跑步和游泳來維持結實體態，平衡情緒。某天清晨，他沿著馬路慢跑，沒聽見喇叭警示的鳴聲，被剎車失靈的汽車從側面撞上，幸好他只有左腿骨折，自此之後，他放棄路跑，將訓練活動集中在登山和游泳。每當他待在游泳池裡，他想像自己是海中的鯨魚和海豚，靠著波動聽見藍色世界的種種消息，海洋寬廣無際，他卻不會迷失方向。為了在水中保持移動和呼吸的平順節奏，他變得既專注又放鬆，盤據心頭的憤怒化為水中一串串氣泡。

他原本考慮要唸建築相關科系，除了興趣之外，也考量到未來社會地位和金錢收入的發展空間，但是伯父的一席話徹底打消他的念頭。

「你真的考慮清楚了嗎？建築師不是只會畫設計圖就好，還要跟不同的人溝通。你打算怎麼做？用比的？一個字一個字寫出來？隨身帶台筆記型電腦？」

總是有辦法。奧利維透過大姊為他翻譯。

「我知道你是個優秀的孩子，可是我也要跟你直講，我的公司不可能聘請像你這個狀況的員工。」

我記得政府規定企業要雇用一定數量的殘障人士！奧利維加快手勢的變化速度，而且還刻意拍打出聲響。

「我們公司有小兒麻痺的助理設計師，有受過燙傷的文件助理，有個建築師好像有什麼亞斯柏格症，個性怪怪的，不是很好相處，但真的很厲害。你看，伯伯沒有歧視你們，只是有些事情還是要考量到現實狀況。」

迫於無奈，奧利維只好選擇進入嘉勞戴特大學的藝術學院就讀，主修雕塑和陶塑，輔修藝術史。四年的就學期間，他盡可能參加各種團體活動，找到共同喜好藝術的同伴。他和同學一樣為不平等的現象感到憤怒，極欲用實際行動加入抗爭行列，可是他察覺到有另外一個自己，對聾啞人士的一切根本不感興趣，認為他不屬於這個族群。

他知道不少聾啞人把手語當成是抵禦正常人窺探和侵入的防線。他們不單使用美國手語，他們還會用手勢英語，以及各個小團體自己發明的暗號手語。他們長久以來被排擠到社會的邊緣，他們格外珍視完全歸屬於他們的社群、機構和文化，他們受夠了正常人把藉由研究「怪胎」所發展出來的理論硬生生套用在他們身上，整得他們死去活來。有些團體甚至規劃出一個完全由聾啞族群居住和管理的城市，裡面的設施和教育機構都是特別量身打造。奧利維的同學們時常談到與正常人相處時遇到的困難，挫敗的經驗不斷累積，有些人早就放棄嘗試融入正常社會，退回並緊緊抓住同屬於聽障社群的夥伴。奧利維認為這不是長久之計。殘疾人和正常人完全分開生活，互相隔絕對方，看似在減少人際磨擦的機會，內心的不平之氣和想要往外探索的渴望卻不會因此消逝，更何況，聾啞族群之間也並非沒有磨擦。

奧利維之所以有這種要求世界正視他一切權利的勇氣，正是受到母親的影響——她從來不因他身有殘疾而否定他的自主能力。凱瑟琳讓他跟別的孩子一同嬉耍，視情況要求他幫忙家事；她帶他領會聽覺以外的美，例如園藝、烹飪、繪畫；她借了許多默片，教奧利維留意人如何透過表情、姿態和手勢來敘說故事、表露情感。她鼓勵他觀察，並且用筆記錄下來。

凱瑟琳讓奧利維堅信，他以後會是一個不凡的男人，他要突破常人的偏見，成就自己的事業。

凱瑟琳是出身南方望族的千金小姐，自小堅守教會和長輩的教導，帶著家族的期待嫁給地方首富，纖瘦的她好不容易熬過懷孕的辛苦，產下漂亮健康的三個孩子，卻沒想到突如其來的高燒會從此改寫她的人生。

如今，孩子就是她的成就，她所有感情的寄託，回首過往，她發現自己根本沒有愛過邁可，只是家人說服她相信，時間久了，愛情和敬意自然就會產生。她尤其討厭那些床上應盡的義務，性事對她就像汽水一樣，讓她胃痛、不停打嗝、發福，如果拿掉那些甜膩的香料，剩下的不過就是空氣和熱量，毫無營養可言。她不懂為什麼有的朋友為了性愛而離不開爛男人。後來她想到，這些女人說不定也在納悶，為什麼凱瑟琳要死守著那個根本不在意她感受的沙豬丈夫。

因為離不離開，對我都沒有差別了。

我只希望我的孩子快樂，我想要和孩子們一起分享快樂。

凱瑟琳對美滿婚姻早已不抱期待，卻不代表她對孩子沒有期待。她希望孩子們都能堅強獨立，並且有智慧避免重蹈父母犯過的錯誤。

「如果妳們不想接受爸爸對你們婚事的安排，妳們就要想辦法自立更生，因為他會用各種方式逼你們就範。奧利維已經讓他夠難堪了，他只想早點把你們風光嫁給他要你們嫁的人，算是在親戚面前扳回一城，接下來他就可以全心栽培他那兩個私……其他的兒子。我能幫妳們的也有限，我雖然有一點積蓄，但是我會老，我不指望你父親會照顧我，我也不希望耽誤到妳們的生活，所以我得留一些錢給自己。

「趁著年輕，妳們還有很多機會，不用急著談戀愛，等男人給妳們幸福？看看媽媽的例子。多讀書，多去見見世面，認識朋友，幫助別人，沒必要只跟有錢人家的千金小姐交朋友。哪天你真的有困難，這些人躲得比誰都快。

「還有，奧利維聽不見，不是他的錯，也不是任何人的錯，他生病的時候，大家都盡力了。我希望你們三個要互相幫忙，知道嗎？」

凱瑟琳一直都是奧利維心目中完美女性的典範。他的第一任女友，也是班上的同學，為此感受過巨大的壓力。兩人分手之後，奧利維跟一名聽力正常的女孩子短暫交往，他對於那些聽說正常卻只為了接近他而勉強學習手語的女人頗有成見，他無法將整件事解讀為一種為了愛情而做的努力，他覺得她們只是崇拜他的外表，把他當成可以帶出門炫耀的珍禽異獸。他知道自己的態度越來越矛盾，踏出校園後的就業壓力沉沉壓著他的心，他既想大膽擁抱正常世界，又害怕世界會比他的父親更加殘酷。

奧利維以優異的成績取得學士學位，他原先還猶豫是否要繼續攻讀碩士，最後他聽從母親的建議，離家到母親朋友的公司求職，那是一家位於加州的景觀規劃設計公司，他們讓奧利維先從雕塑設計助理開始做起。

別人往往因為無法理解奧利維的發音、沒有耐心等他打字或用紙筆寫出想法而對他心存懷疑，不相信他可以勝任這個工作，他到職的頭一年對他和同事而言都是相當困難的考驗。

奧利維猜想，換做是其他殘疾人，免不了會這麼想：這些人完全在歧視我們，剝削我們！我們繳稅金，卻還得跟他們那些正常人伸手乞討我們應該享有的權益，我們如果變成罪犯，那是因為我們得不到平等的待遇，我們要讓那些正常人嘗嘗苦頭，我們要先讓他們知道，我們不是好惹的，我們可以拿走他們心愛的東西，我們可以給他們一槍，我們要讓他們體會被隔離的痛苦！

類似的抗爭對奧利維來說並不陌生，早在他成為聽障世界的成員之後，他就陸續「看」到這些想法。他知道自己得到過不少扶助資源，尤其是母親的幫助，所以他不敢完全將那些人的偏激想法斥為推卸責任的藉口，他只是換個角度提醒自己，如果我是正常人，就不會受這些氣嗎？客戶會恭恭敬敬地奉上鈔票，稱讚我是天才雕塑家？同事不會把難搞的事情丟給我處理？我寄錯設計藍圖時，主管就不會罵我是白痴？就當成是他們藉題發揮好了，就像爸爸明明婚後就不斷拈花惹草，硬是要怪罪媽媽沒有把我照顧好，害他失去一個健康的兒子。我還活著，好嗎？我能自食其力，我沒有做任何有辱家風的事，比你這頭發情的豬好多了！我才不要像你一樣，讓媽媽失望，我要她以我為榮，我要讓你後悔，我要證明我不用靠你，就能賺到媽媽和我需要的每一分錢。

他在那家公司待了五年，終於成為能獨當一面的環境藝術景觀設計師，之後陸續在兩家設計風格不同的中型工作室工作。兩個姊姊決定和他合資成立設計公司，他們採用母親凱瑟琳娘家的姓氏作為公司名稱，由能言善道的大姊幫他處理對外接洽和翻譯的工作，細心沉默的二姊處理帳務會計，二姊夫後來也加入，負責招攬業務。公司的全職員工很少，他會視接案狀況以專案外包的方式找以前的同學合作。他們從不違約拖延進度，寧願推掉部分生意，也要讓手上每個專案能如期驗收。靠著口耳相傳的好評，他的案源逐漸穩定。

結束校園生活以後，奧利維對愛情關係絲毫不感興趣，生活大部分都浸泡在工作裡。撇開跟家人和同事之間的溝通不算，他很少再參與任何需要使用手語的聚會活動。寂靜就像無形而高大的牆，他甘心樂意在牆內傾注心力於藝術創作，而後再從創作出的成品，汲取前進的動力。

如同一種未先經過他同意的交換，失聰讓他對於形體的運動狀態和空間配置格外敏感。正常人的文字是平面的，他們的對話會輕易從耳邊飄走，他們凝視著對方卻同時魂遊物外。手語卻不是如同正常人想像的，只是單純模擬實體的形象，或是由互不相干的單字組合而成，隨意比劃即可。如果從人的頭頂到肚臍之間拉出一條垂直線，由右到左劃一道半圓弧線，兩者將會交集形成一個語言的宇宙，手勢就是在宇宙中持續行動的光線，它會反射，會扭曲，會被吞噬，意義在這個宇宙中往外膨脹或向內收縮，空間位置的變化等於時間的變化、事件的順序——中間位置代表現在，往前是未來、接下來，往後是過去、上一次。手勢搭配臉部表情和身體動作，細微變化具有無與倫比的意義，這是一種必須要用心和雙眼專注去「傾聽」的語言。

奧利維的雕塑品就如同他所使用的語言，蘊含動態變化。他不會刻意尋求外在形象的肖似，而是抓住那些能突顯他們個性的幾個動作，經過反覆的觀察和嘗試，最後做出選擇，並且予以適切地變形。他也深受其他紀錄人體動態和掌握動作變化的藝術所吸引，例如現代舞、亨利．卡地爾．布烈松的攝影作品[1]、法蘭西斯．培根的油畫[2]。

大約在公司成立四年左右，疲倦宛如水滴滴落在湖面一般，先在奧利維的心頭濺起少許水花，接著往外擴散。那時他剛接觸蓮思莊園浮雕迴廊的第三期工程設計案，最後他決定要承接兩件作品的製作。結束之後，他覺得自己的創作力快要耗竭。他和顧森長聊過幾次，決定先完成手上所有未結的案件，另外再聘請設計師繼續公司的業務，而他將會花一年的時間在蓮思莊園裡創作。

1亨利．卡地爾．布烈松（Henri Cartier-Bresson，1908-2004）：法國著名攝影家，偏愛黑白攝影，被譽為二十世紀最偉大的攝影家之一，及現代新聞攝影的創立人。他的「決定性瞬間」攝影理論影響了攝影界。

2法蘭西斯．培根（Francis Bacon，1909-1992）：生於愛爾蘭都柏林，法蘭西斯．培根的作品以「人的身體」為主題，並藉由名作重新詮釋來表現個人心理而著名，畫作風格大膽、怪誕、暴力，多是以扭曲猙獰的臉孔和人體來傳達強烈的情緒，其中以「教宗英諾森十世」習作（改自迪亞哥委拉斯貴茲的同名畫作）最為著名。一九七一年法國藝術鑑賞雜誌把培根列為當時十大畫家之首，並是本世紀唯一的一位享譽國際且具影響力的英國畫家。

當秋風沙沙拂過奧利維的臉頰時，偶爾，他會誤以為雙耳聽見風聲，就像兒時在公園嬉戲時聽到的那一陣風聲，儘管他明知自己早就忘記絕大部分的聲響。

他感覺到有人輕拍他的肩膀。他靠手勢的輕重和節奏就能猜出那是誰。還有氣味。

那是席薇亞。

席薇亞在奧利維的心目中是個精緻絕倫、充滿驚喜的多層俄羅斯娃娃。

他覺得她的臉很美，但不是他看過最美的；當她流暢地用美國標準手語和他交談時，奧利維好像看見成群的蝴蝶在她的雙掌之間輕飛。

他問她，妳怎麼學會手語的？

我猜你的問題裡還躲了另外一個問題。你想問我是不是也有失聰的家人嗎？沒有。

奧利維咧嘴一笑。所以，你是因為認識聽不見的男朋友才學手語的嗎？

為什麼你們都要這麼想？給我一些有創意的答案吧！

因為對我們這種人感到好奇？奧利維試探地揚起眉毛，就像問句結束時上揚的語調，像問號的彎勾。

席薇亞先是微笑望著他的雙眼，然後才回答問題。我以前工作的地方有聽障人士，但是他們一開始都被誤診為自閉症、智力障礙、精神分裂患者，後來終於確定他們是因為聽不見。沒人教他們其它交談方式，有個女孩子一直被家人關起來，時間久了，他們就真的看起來完全沒有反應。他們智力並不差，一旦學會手語，他們就想要繼續學習和溝通，為了幫助他們接觸繪畫，從最簡單的開始，我就跟著一起學手語。

她看見他的眼神原本帶著笑意，隨著她繼續解釋，他的瞳孔逐漸縮小，嘴唇緊閉，手指像鷹爪般不時舉起又放下，想要打岔又強自忍耐。

那些人後來怎麼了？奧利維快速而且用力地比劃。

有進步，但還有很長的路要走。有些事情錯過了時機，好像就再也追不上了。席薇亞的手勢越來越慢，眼神流露出憐憫。

簡直是雙倍的折磨！完全沒有語言表達，完全不能溝通，那才是真正的無聲！完全的真空！連自己腦中一閃而逝的想法都無法對自己敘述，還有什麼比這個更慘的嗎？奧利維依然激動。

植物人？他們也許有想法，能在腦中對自己說話，可是他們失去所有的表達能力，別人分不清他們抽搐究竟是出於無意識，還是真的在用力掙扎著想要清醒，那不也是很悲傷的事？

或許吧，無論如何，正常人完全不能理解。奧利維移轉視線，無奈地望向交誼廳的角落，但是眼神沒有聚焦，他只是想結束這個話題。

席薇亞在他眼前小心翼翼地揮揮手，半帶請求要他看著她。你說的沒錯，但是這不能阻止我們努力嘗試去互相了解。了解有分很多種類，對不對？我們不能說因為男人沒有子宮，就百分之百不懂女人的感受，如果是這樣，為什麼我能被你的雕塑作品感動？只因為我身上缺少或多出某些器官？

奧利維勉強微笑。很抱歉，我可能反應過頭了。

沒關係，我能理解，這很不公平，而且殘忍。席薇亞說完後，伸出手輕拍奧利維的左手臂兩下。

奧利維凝望著席薇亞，雙手指尖先輕靠在下巴，然後手背朝外搧向她。謝謝。

席薇亞還以相同的眼光，右手如同放下蕾絲面紗般從額頭往下劃出半圓。不客氣。接著又說，有需要幫忙的地方，請告訴我。希望你會喜歡這個歡迎宴會。

奧利維點點頭。

他們的目光在對方的臉上多駐留了好幾秒，才找機會客氣地移開。

奧利維在乾燥的草地鋪上防水帆布，拿出背包裡的東西。他坐在帆布上面，漫不經心地看著遠方清晰遼闊的山景，以及湖面倒映出的藍天。分裝在不同塑膠盒內的水果、三明治、保溫瓶裡的咖啡、寫生用的筆記本、畫具等散落在帆布各處。他正在觀察風吹過草原時大地的變化。

席薇亞在莊園南面山坡的一個堰塞湖湖畔找到奧利維。

在她輕觸他的肩頭之前，她的香水味道早就已經順著風勢提前暴露她的行蹤。他很慶幸她用的不是濃郁的花香調。他先聞到香料植物和柑橘水果讓人心情為之一亮的氣味，木質與樹脂的組合來得比較晚，但恰到好處地趕上那股明亮過頭的前味；在秋燥時節，聞起來格外令人平靜安心。

席薇亞穿著白色高領毛衣，衣服鬆鬆地罩住她的身體；下半身是深藍色的直筒牛仔褲，搭配深棕色的半統低跟牛皮靴。她把紅髮紮成馬尾，臉上脂粉未施，只塗了點淡淡的粉紅色護唇膏。

我以前只有搭直昇機的時候，才會經過這個湖。席薇亞說。

一直待在莊園裡不是很好，所以我都會出來到處走，發現一些有趣的地點。這次的好找多了，上次那個地方太高太陡。

真的非常抱歉，我那時候沒有考慮清楚，只想到那裡風景太棒了，很想跟妳分享。

你大概以為每個人都跟你一樣很會爬山。

事實證明，妳不像外表看起來那麼……，怎麼說好呢？妳不是那種整天都坐在辦公桌前，要不就待在房子裡喝茶聊天看雜誌的女人。

我猜這應該是種讚美。

絕對是。

席薇亞從提籃拿出用橄欖油、香草、迷迭香、海鹽、洋蔥碎末醃過的生牛肉片，還有幾片黑麥吐司、奶油乳酪、一小瓶紅酒、兩個用白色餐巾布包好的紅酒杯。

奧利維一臉吃驚。廚房給我的東西像是讓窮學生帶去學校當午餐吃的，和妳的差太多了。

誰叫我是莊園的經理呢。席薇亞聳聳肩。

看來我邀妳出來是個正確的決定，可以好好享受一餐。

聽起來好像你平常在莊園吃得很差？

沒有啦，只是開玩笑，這裡真的很不錯。

很高興蓮思莊園沒有讓你失望。

奧利維沉默半晌，才又開始比劃。我只是有點不習慣。

是嗎？席薇亞露出些許驚訝的表情。

不知道該怎麼說，可能是這裡只有你一個人會手語，我跟其他人好像也沒什麼可以聊的。

你會讀唇語不是嗎？

對，但問題不在這裡。

願意讓我知道得更清楚一點嗎？

這裡的藝術家好像人數非常少？

講到這一點，我有點不好意思。

為什麼？

你也是公司的負責人，你一定明白很多經營事業會遇到的挑戰。

奧利維略略偏了偏頭，雙眉揚起，表示疑問。

蓮思莊園的第三期藝術家招募計劃只收了三位新的藝術家。庫瓦娜不算，她已經待了將近三年，另外一個女孩才來不到一個月，就說適應不良，想要離開，所以她也不算在內，其他人就是威爾森．路、你，還有賈克昂．諾耶。前面兩期的藝術家人數比較多，原本我想跟其中兩位談續約的事，但是他們的意願不高。

原因是？

這裡實在太遠了，雖然遠離吵鬧的城鎮是優點，這裡軟硬體設備也不錯，可是很多人還是不放心，特別是身障藝術家的家人，再加上，我們這裡也不是長期的收容照養機構，就算原本有一點興趣的人，聽到我們的合作計劃年限基本上只有一年，而且還要交作品，就全部放棄了。

你們有沒有考慮要放寬標準？比如說，可以找那些不是畫得那麼好，但至少會畫，然後你們再請老師幫他們上課。

有想過，但是效果可能不好，因為這樣一來，我們就和一般的公益團體沒有區隔，我希望還是能朝營利的方向走，尋找高水準的藝術家。

妳還考慮過別的方法嗎？

我還在試著要增加曝光機會和營收管道，目前算是小有成績，但還有很多問題要解決，顧先生也是我煩惱的原因之一，因為他擔心如果讓莊園完全商業化，會讓藝術家失去信心，以為自己變成莊園的賺錢工具，反而不能專心或放膽去創作。你覺得會發生這種事嗎？

我了解妳的意思。我的看法是，藝術家要學著去調適自己的心態，不要只會要求別人來理解我們的作品，卻不去思考這個世界希望藝術家能為他們帶來什麼樣的作品。我當然不是指完全的市場導向。以我自己的例子來說，有時候，我知道某些作品背後的概念和最後出來的成品都很棒，但是完全不符合客戶的需求。如果情況許可，我會把這些作品轉成公司的展示樣品，但是數量不能太多，因為收納空間有限，而且這都是成本。如果藝術家想要靠自己的作品來謀生，我認為我們要在自己的美學標準能接受的範圍內，盡可能貼近客戶的需要，創作和事業才能長久發展，要不然，原本的動機很好，卻因為不切實際，最後沒辦法持續，不就等於白忙一場？

我真希望顧森也能聽到你講的這段話，太棒了！

奧利維不好意思地笑了起來，甚至有點臉紅。

他們啜飲紅酒，享用美食，談論上流社會的新聞和禁忌、身心障礙人士被誤解的艱難景況、藝術市場交易的起落、各式展覽和表演、藝術評論、建築風格、美食等等，他們像是多年老友，有許多共同的記憶和見識，約好每個月會定期聚會個一兩次。

奧利維十分訝異眼前這位看起來才三十歲出頭的女子已經跑遍那麼多國家，趣聞和精闢的見解源源不斷從她的手中傾洩出來，跟她在一起感覺輕鬆自在，沒有教人尷尬的沉默。她比起手語來，輕的時候像絲綢在她手中滑動，重的時候讓他想起鳳凰這種想像中的生物，她的雙臂就是羽絨絨的長翅膀，在空中優雅地開闔；她的表情沒有他認識的聽障人士那樣鮮活誇張，畢竟她使用手語的時間不像他們那麼長，頻率也不高，分明的表情對她來說反而看起來會不夠莊重。奧利維發現自己很難將視線從她臉上移開，他希望自己在她眼中也能呈現出迷人而有自信的形象。

奧利維有時候不免會想，席薇亞和顧森好像很少同時出現，說不定他們的訂婚消息只是出於經營策略上的考量，不是事實。為什麼不是我？也許我的財富沒那麼多，但是無論從外表、思想和年齡各方面來比較，我們在一起，都會比她和顧森在一起更適合。他一想到席薇亞和顧森同床親熱的情形，就感到反胃。但是他不敢問她這件事，他也不敢透露愛慕之意，因為他害怕看到她拒絕的眼神，他不想冒任何風險。要不是因為有她，我根本就不想在這裡多待任何一分鐘。

蓮思莊園裡再也沒有任何人會讓奧利維真正感到好奇。他很討厭賈克昂．諾耶，他認為賈克昂最讓人不舒服的地方不在於他醜陋的外表，而是他的眼神，像兩把燃燒不完全的火一樣，藍綠色的眼珠在目眶裡變幻莫測。

＊＊＊＊＊

連續數天的暴風雪使得蓮思莊園的聖誕節晚宴必須提前到下午四點開始。奧利維．岱弗原本計劃要和家人一起過節，結果暴風雪害他心願落空。交誼廳雖然佈置得有模有樣，參加宴會的人數卻只有十五名不到，連服務員都算在內。

每個人看起來都心事重重，只有席薇亞盡力想要活絡現場的氣氛。就在她和奧利維談天的時候，她聽見淺田杉浦對庫瓦娜和顧森笑著說：「你們兩個真的很有緣份，不但血型一樣，連ＨＬＡ值指標也一樣。」

顧森瞬間變了臉色，但是庫瓦娜一臉天真，笑著問醫生ＨＬＡ值是什麼東西？

淺田杉浦及時發現自己失言，連忙找理由隨便帶過說：「喔，不是什麼重要的，就是一些身體的指數。對不起，我酒喝多了，年紀大的人真的應該要忌口一點。」當時只不過突然想到，既然都為他們做了基本的健康檢查，順便多加幾項檢測項目，也沒什麼關係，單純是習慣成自然的緣故。他是這麼對自己解釋的。

庫瓦娜轉過頭對顧森一笑，說：「會不會這就是我們聊得來的原因？」

顧森沒有回答，只是憐愛地看著她因為酒精而變成粉紅色的臉。他覺得庫瓦娜美的不像是在人間誕生的女人。閃耀著珍珠光澤的米棕色眼影、深咖啡色的眉粉和睫毛膏讓她的雙眼變得深邃；她特別綁了一種復古的髮髻，是她從幾幅古典女性肖像油畫得到的靈感；唇彩使得她的豐唇更顯可口。顧森心想，全世界會有幾個女人在聖誕夜裡穿一件自己用畫布做的寶藍色斜肩禮服？妳就是這麼獨一無二。

淺田杉浦看得出顧森的轉變。他知道顧森當初會和席薇亞訂婚，是因為她救了顧森一命，在事業上幫他很多忙，還有，顧森寂寞太久了。淺田杉浦想阻止他們結婚，他沒辦法相信這個女人，可是他不能把原因告訴顧森，那會要了顧森的命。

淺田杉浦如同往常一般，不經意又想起以前和顧駿伶共處時的景象，歲月雖然侵蝕了淺田杉浦的青春，卻還沒有完全奪走那段甜蜜記憶。他答應過她，除非他另組家庭，要不然他一定會好好照料顧森的身體，盡所有可行的辦法延長他的生命。他私自在內心將顧森當成他的繼子，顧森對他而言，就是顧駿伶的延伸。顧森有著顧紹官的堅忍和沉靜，又兼具顧駿伶對藝術的鑑賞力，到了晚年，母子倆也將熱情轉移到慈善工作的領域。他記得她半開玩笑地告訴他：「那些善事是用來賄賂上帝的，看看祂能不能讓森森健康起來。」講完沒多久，又自言自語：「哪有可能賄賂上帝呢？有什麼東西祂得不到？我們的心嗎？」

他知道顧森比他更壓抑。顧森從來沒有像他一樣全心全意地愛過一個女人，或被某個女人所愛。顧森的知己只有一個，就是母親顧駿伶，可是她已經過世將近二十年，而淺田杉浦在這期間，還經歷一次短暫的五年婚姻，分手過程尚稱平和，之後，他就維持獨身。

淺田杉浦已經七十二歲，他當然清楚蓮思莊園絕非一個理想的養老地點，他慶幸自己的身體還算硬朗，耳聰目明，思緒依然清楚。若不是過於掛念顧森，他真想早點離世。他希望顧森能夠找到適合的伴侶，雖然顧森總是跟他說：「我不想耽誤別人。明明隨時會走，何必多此一舉？」淺田杉浦猜想顧森只是因為有婚約在先，加上身體狀況越來越不穩定，所以不敢對庫瓦娜做任何表示。

晚宴結束後，路威繁待在庫瓦娜的工作室，看著庫瓦娜細心調製蛋彩顏料，兩人有一搭沒一搭地閒聊。

「喂，你是不是真的跟顧森有一腿？」

「當然沒有！你在發什麼神經？」

「真的沒有嗎？我覺得你們越走越近，別想騙我喔！」

「現在已經晚上十一點了，到底是哪個男人待在我房間不走啊？」

「妳該不會愛上我了吧？」

「路，我對自己發過誓，我再也不要罵髒話了，可是每次跟你在一起，我就覺得有好多個幹字急著想衝出嘴巴。」

「妳覺得承認愛上我是件丟臉的事？」

「對，因為我的品味通常不會那麼低。」

「口是心非。」

庫瓦娜回頭白了路威繁一眼。

「其實我是很認真在問妳。」

「我也是很認真在否認。」

「那你們為什麼常常在一起聊個老半天？」

「喔，我懂了，原來是有人在吃醋啊，放火的人喊救火，嘖嘖，你心機好重。」

「我才不像妳，膽小鬼，敢愛又不敢承認。我是吃醋沒錯，我在這裡就只有妳一個朋友，如果不是因為我愛男人，我可能會考慮跟妳這個三八婆在一起。」

「哈！三八婆跟死娘炮在一起！」

「我以為罵一個男人是娘炮也算髒話的一種。」

「對你除外，因為我是在陳述一件事實。」

「妳不要又閃閃躲躲。顧森已經訂婚了，妳雖然長得比席薇亞還要正，但是有錢人講究的是家世背景，而且還要有健康的女人來生小孩。妳還是趁早死心吧。」

「第一，他家只剩他一個人，而且他也不是那種一般的有錢人，要不然也不會搞這個賺不到錢的藝術村計劃。第二，我從來沒說過要跟他在一起，你不要幫我亂配對。」

「那妳在做什麼？不怕那個女人找理由把你趕走嗎？」

「你這個人很奇怪，我都不能交朋友嗎？」

「問題是，你們看起來根本不是普通朋友！」

「是嗎？那請路大師為我開示，顧森和我到底哪裡不是普通朋友？」

「他看妳的眼神不一樣，相信我，我對男人的了解絕對比妳的多。他平常很少會走出他的木屋，只要他走出來，幾乎都在妳身邊。」

「他在席薇亞辦公室或臥房的時候，你看的到嗎？」

「換我問妳，妳有看過他進席薇亞的臥房嗎？」

「我怎麼可能會看到？拜託你，我可不是跟蹤狂！」

「所以啦，妳怎麼知道他們真的有在一起？我們心知肚明，他們在一起工作的時候，樣子就像老闆對祕書一樣，他連看都懶得看她一眼，她的臉上分明就寫著：『我已經很久沒被他上了』。」

「路！別這麼惡毒好嗎？我知道你懷疑史東的事情是她在搞鬼，但我們又沒有真正的證據，就因為『鐘形瓶』這個代號？連我自己都不太相信！」

「我告訴妳，我遲早會找到證據，你不要看我是一個殘廢，好像什麼事都不能做。」

「我沒有！這裡沒有人否定你的能力，別拿槍隨便亂指人！」

「我只是怕妳踩到席薇亞的狗屎。」

庫瓦娜嘆口氣，說：「我知道，謝謝你。」

「妳是不是不敢跟我說實話？怕我把妳臭罵一頓。」

「是有一點。但不是你想的那樣。」

「那是怎樣？你給我說啊！」

「你又來了。」

「妳是存心要讓我心臟病發作是嗎？雖然現在有心臟病的是顧老爹，不是我，但是妳這樣搞，我也快要有了！」

「路……」

「幹嘛？」

「我猜我愛上奧利維．岱弗了。」

「我的老天啊……妳在開玩笑嗎？」

「我用我的畫向你保證，我現在非常非常認真。」

「你們……有說過話嗎？我怎麼從來沒聽過？」

「你真是個天生的王八蛋。」

「我知道啊，可是我現在要跟妳說認真的，你和他根本沒交集！妳可不要跟我說妳愛上他那張該死的俊臉，還有巨人一樣的身高，我跟妳說，男人那話兒跟身高完全沒關係，妳這個處女可千萬不要有錯誤的迷思。」

「我就知道不能跟你談這件事。」

「怎麼不可以！我才是妳最好的人選！我要讓妳的腦袋清醒一點！妳今天晚上就好好把事情交待清楚！」

「要不然？」

「要不然我就賴著不走。」

「那你就等著睡沙發吧。」

「小娜。」

「嗯？」

「如果妳不講，妳一定會爆炸。」

「爆你媽個頭啦！我知道我配不上他好嗎？他除了聽不見，幾乎算是完美！你看過他比手語嗎？就像天神一樣，他的雕塑作品每一件都是獨創的，不落俗套，就算三百年過後，絕對還是經典。」

「是嗎？我做的手銬也不賴啊，純銀做的，外環還有掐金絲的幾何花紋滾邊，中間鑲了三排淡紫色、粉紅色和黑色的萊茵石，客戶說要把它當傳家寶物，我敢保證，三百年過後，那副手銬一定更值錢，還可以隨身攜帶。」

庫瓦娜絕望地哀嚎兩聲，說：「我好想把你的嘴縫起來！你可不可以專心聽我講話？」

「可以。我只是不能體會那個奧利維有什麼了不起的，他看起來就是一副操他媽的勢利眼，以為他比我們這群人都還要高貴。」

「請問他做了什麼事惹到你嗎？」

「他什麼事都沒做，只是我跟他打招呼，他的臉就好像聞到屁一樣。」

「你太誇張了。」

「我什麼事都會誇張，就這件事我講的是事實。」

「聽起來跟別的事一樣誇張。」

「信不信隨你。」路威繁沒好氣地撇開臉。

庫瓦娜沒說話，她心裡想著，當然不信。你看過他專心地在用手語思考嗎？像指揮家面對著樂團，奧利維也在指揮自己的思緒。路，如果你不要那麼自大，不要那麼急著壓制所有人，說不定你就會看到奧利維的美。因為聽不見，他必須注視著想要和他溝通的人。他的眼睛有熱情，混和著困惑、無助，他好想要看懂對方的意思，他的手指好修長，剪得短短的指甲縫裡藏了一些還沒清掉的黏土或石膏粉，他的表情就像這裡的天氣一樣，時刻都在變化，他改變姿勢就像芭蕾舞者一樣好看。他談起雕塑的時候，眼睛亮得像太陽，我都快瞎了。

「顧森就像我爸爸一樣，雖然他沒那麼老，但這就是我的感覺。他沒我爸那麼保守，那麼愛說教，但是他們都很有愛心，也有耐心等對方變好。我大概是補償心理在作祟，顧森也是我的救命恩人，如果不是他，我現在大概還是在一間破房子裡發爛，想著：『我是爛人，再也沒有人會在意我，死的人應該是我』等等，我這樣說，你能了解嗎？」

「這我懂。」

「我從來沒有喜歡過男人。以前我才不會去想我到底是同性戀還是異性戀還是雙性戀，我只知道在當下我的靈魂和肉體就是想跟女人在一起，我不愛男人也不討厭男人，他們就是人而已。我也不懂，為什麼我偏偏就對奧利維有特殊的感覺。他平常是很冷淡沒錯，可是你要換個角度想，如果你什麼都聽不到，要讓不會手語的人了解你，還得透過寫字，有多麻煩，像你這種沒耐心的，該怎麼辦？對了，我最近買了光碟要來學手語，路，你要不要一起學？」

庫瓦娜自己很清楚，每次她看到席薇亞和奧利維用手語與高采烈地交談時，一種複雜的情緒就像鑿冰錐般刺進她的身體。

「我對他又沒興趣。」

「就當是學新東西嘛！」

「我很忙的。」

「好吧。」

「妳現在打算怎麼做？用彆腳的手語誘拐他？」

「我想要送他禮物。」

「送什麼？把你自己脫光光，綁個蝴蝶結，躺在他床上？」

「你的腦袋都只裝這些東西嗎？」

「我覺得這是最實用而且直接的禮物。」

「我還在想，你不要吵我。」

＊＊＊＊

隔年一月中旬，多日的風雪終於暫時歇息，讓所有人都鬆了口氣，因為莊園已經被迫與世隔絕將近一個半月，糧食物資接近緊急補給的界線，通訊和供電系統還曾一度失靈。

當眾人吃著清簡的午餐，七嘴八舌討論要如何輪流下山處理私事的時候，警衛室值班的保全人員衝進交誼廳，用沒有遮掩的音量對著席薇亞喊：「顧森在浮雕迴廊裡昏倒了！」

所有的人都被這個消息嚇住，淺田杉浦立即離開座位，快步往門外走，邊走邊交待保全人員通知直昇機的機師準備待命，席薇亞緊緊跟在他的身後，庫瓦娜眼裡漲滿淚水，匆匆看了路威繁一眼，也跟著跑出去。

顧森被送到州立醫院接受急救。

兩天後，席薇亞和淺田杉浦疲憊地回到蓮思莊園，神情凝重。席薇亞要大家別過度擔心，她說顧森暫時平安，但是病情還不穩定，所以會待在醫院一段時間。她再三保證莊園的營運完全不會受到影響，一切照舊，而且她相信顧森一定會康復。最後，她帶著所有人一起為顧森祈禱。

席薇亞陪著顧森下山就醫時，奧利維考慮過要立刻搭車回家，他無法忍受沒有席薇亞的蓮思莊園，更別提在連續一個半月的封山季之後，他十分想念母親和溫暖熱鬧的城市生活，但是他又怕自己會錯過好消息。

顧森昏倒的意外在奧利維心中引發一個惡魔般的想法——他希望顧森不要再回來，永遠永遠。如此這樣一來，他們的婚約就宣告終止，席薇亞最終會成為他的妻子。

當他看見席薇亞一臉憔悴，在交誼廳強自打起精神宣布顧森的近況，還不忘鼓勵所有人的時候，他心裡對她既憐愛又敬佩。這才是我想要的女人，就跟媽媽一樣，能堅強面對困難，還能充滿愛心地回應他人的需求，美麗、有教養、勇敢、善良，一定是個好妻子和事業夥伴。

奧利維知道很多人都會誤解像席薇亞這種漂亮且有事業手腕的女性。就算她們循規蹈矩，靠著無比的智慧和勇氣站上高位，別人也會猜想她們是靠著出賣肉體才得以成功。男人可以同時多金、瀟灑和野心，但是女人不行，她必須長得醜，婚姻不幸，但是事業有成，或者，她可以漂亮又幸福，但絕對不可能同時還有精明的頭腦；就算真的有，她得想辦法假裝頭顱裡面一片空白。他不反對女性適時而合宜地施展魅力。他當然知道好看的外表對於事業確實有幫助，多虧他那有如希臘雕像般的長相和體魄，他硬是將同行快要簽約的案子搶到手。奧利維認為事情很公平，上帝奪走他的耳朵，當然要在別的部分補償他。

席薇亞回到莊園的當天晚上，奧利維在床上翻來覆去，無法成眠，雖然當時已經將近半夜三點，他還是想去外面的涼廊和小花園散步。走著走著，他發現自己的雙腳不受控制，正一步接著一步地穿過大型工作室，走到辦公塔樓。塔樓的二樓是辦公室，三樓是席薇亞的房間。奧利維發現往上的樓梯入口已經關閉，這裡的保全鎖和他住的主建築不同。

他呆站在入口，抱著一絲僥倖的期待，也許席薇亞剛好下樓，他們將會不期而遇，他要緊緊擁著她，向她傾吐無法抑制的愛情。一月的酷寒夜晚很快就讓他放棄，十分鐘後，奧利維頹喪地往自己房間的方向走。途中他看見醫護室的燈光亮著，門窗緊閉，簾幕全部被拉上，但是他無心探究。大約一個鐘頭後，他聽見直昇機發動的聲音，從他房間的角度，他只能看見一小部分的機尾，還有燈光打在雪地上的反光。他心裡不禁狐疑：落雪雖然停了，但是半夜飛行不是很危險嗎?有誰的身體也出狀況了?應該不會是她吧?

就在奧利維以為自己又將度過未眠的一夜時，他的思緒逐漸模糊。才沒幾分鐘，他就掉進濃稠的睡眠裡。

翌日，一個叫依利雅．巴森的女人向蓮思莊園的全體人員宣布，由於席薇亞需要照顧顧森一段時間，所以往後一個月她將會代理席薇亞的經理職務，席薇亞仍然會透過各種通訊方式和莊園保持聯絡，也會不定期回到莊園探視。依利雅．巴森後來私下找到奧利維，她不會手語，只能很簡單地說幾句話，大意是席薇亞特別交待她要把一封信交給奧利維。

奧利維打開信，信裡只有幾行字，但是足夠安撫他的心。

「彼此心意是互通的。請不要離開，等我把所有事情都處理好。非常需要你站在我這邊。你的S. C.」

兩個星期後，奧利維一聽到席薇亞回到蓮思莊園的消息，直衝席薇亞的私人起居室，按下門旁的對講電鈴。

許久沒有回應。

奧利維不死心，急促而用力地敲著門板。就在他擔心到快要發狂的那一刻，席薇亞打開門，看起來憂心忡忡。

他說，我有事要跟妳談。

現在嗎？我剛好不太方便，有幾件事急著要處理。

五分鐘就好。他沒有留意到席薇亞杵在門口的姿勢不太對勁，還沒等她答應，他就推開門，逕自往房間裡面走。

席薇亞不安地對他一笑。

奧利維走近她。我愛妳。

他發現席薇亞的表情很複雜，先是驚訝，再來是喜悅，但又似乎很快地想起一件可怕的事，她的眼神開始閃爍，不停往兩旁張望。

他將她擁進懷中，激動而無法自持地吻了她。

席薇亞雙手緊緊抱住奧利維，忘情地回吻他。然後，她像觸電一樣，用力把他推開。

奧利維以為她突然記起顧森住院的事，心有愧疚，不得不拒絕他。

席薇亞飛快地告訴奧利維，她現在心情非常混亂，請他給她時間，她現在最需要的就是獨處。

奧利維看見她的綠色眼眸裡滿是淚水，似乎在哀求，但是他不確定她想要請求什麼事情。

請你先離開，真的。

妳真的沒事嗎？

席薇亞用力點頭，淚珠跟著急急滾下。

於是奧利維帶著困惑和擔憂離開，走之前又用力摟了她一下，席薇亞沒有拒絕，但是她開始發抖。

奧利維不知道當時房間還有別人。

第三部
畫　展

提格·法柏

新年從來就不是一個可以揮別過去的開端，它會帶來新的煩惱，勾起過往的難堪記憶，對提格·法柏來說，事實就是如此。

他總是會想：要是我死在那次火災該有多好。

不要有後續的治療。那些日覆一日的浸泡、刷洗死皮、上藥、包紮、抗生素、止痛劑、營養液、壓力衣、有如螞蟻在血管裡爬動的搔癢、眾人的指指點點。

不要有審問和牢獄之災。他在醫院接受偵訊的時候，始終堅持自己在英國出生，只是父母失蹤，於是他和姊姊一起被父親的表哥領養。但是政府單位沒有任何可以證明他合法出生或被領養的資料，也沒有人出面作證。等他出院後，他以非法移民的身份服刑，罪名是殺人既遂和縱火罪。

提格·法柏和克萊爾·法柏是一對在冬天出生的雙胞胎，克萊爾早了十五分鐘出生，所以她成了姊姊。那一年的貝爾法斯特[1]時常有槍聲和炸彈聲，火焰瞬間衝天而上，他們的母親

1貝爾法斯特：（Belfast）位於愛爾蘭島東北沿海的拉干河口，是英國北愛爾蘭的最大海港。曾經歷幾次宗派鬥爭。

在有限的燭光照耀之下，將他們帶到這個充滿恨意的世界。

姊弟兩人的個性天差地別。克萊爾長相甜美可愛，她是那種會讓父母驕傲得飛上天的聰明小孩。反觀提格，長得像隻落難的小狗，獨自瑟縮在角落，神情羞怯，總是迴避爸媽姊姊以外的任何人。

從三歲半開始，克萊爾就清楚意識到自己有多麼迷人。她常常拿著一面小鏡子，假裝那是一臺照相機，到處找人和她一起合照。提格時時刻刻都黏著姊姊，只要她不趕他走。他需要她的光芒來保護他，她叫他做什麼，他都會照做，雖然有時候會軟綿綿地抱怨個幾句。

提格喜歡畫圖。只要有筆，他就能畫。他把自己家的和別人家的牆面當畫紙；他用樹枝當筆，在泥地畫，他拿著燒焦的椅腳，在馬路上畫；哈一口熱氣，在冰冷的玻璃窗上畫。畫畫是他最喜歡做的事，僅次於跟姊姊在一起。

當他們越長越大，父母忙著拮据地養活他們的時候，提格發現克萊爾開始有了自己的生活。他變得更加安靜。

他們的父親希亞．法柏在加入北愛爾蘭共和軍之前，是位詩人和記者。他常常跟孩子們講，如果有人問你爸爸是做什麼的，記住，要先講詩人，然後才是記者。媽媽蘿辛是小學老師，年輕時夢想能到巴黎和義大利學畫，後來她很快就明白，能夠填飽肚子，手腳無缺地活下來，就是她被允許擁有的最大夢想。

蘿辛在走回家的路上，身旁的汽車突然爆炸，她像被惡作劇的小孩甩在牆上的肉泥丸一樣，血肉模糊。

希亞開始喝酒，開始學會拿槍，冷靜地裝置炸彈，加入綁架和行刑的行列。他的孩子們跟著爸爸到處逃亡。

後來，希亞連續十幾天都沒有出現。十三歲的克萊爾一面張羅食物，一面想辦法打探消息。

有對夫妻出現，說他們是希亞．法柏的表哥，要來幫孩子們處理喪事。克萊爾不相信。他們把報紙拿給她看，她父親的名字印在死亡名單上。夫妻買了食物和新衣服給他們，說想要領養姊弟兩人。夫妻說，我們的國家不會有爆炸，而且還有魚和炸薯條可以吃。

克萊爾點頭說好，但是提格無論如何都不想走，他說他也要加入反抗軍。

克萊爾說：「你只有十三歲，反抗軍才不會收你。」

提格說：「可是我不相信那兩個人，我也不想離開家。」

「你想跟我一起出去偷麵包嗎？做好幾年的小偷，然後被人用槍射死？」

「我們可以去教堂，那裡有吃的……」

「你是說我們可以當乞丐？」

「不是……」

「我永遠都不會丟下你，可是我再也不想待在這裡，你不跟我走的話，等於是要我死。我對你不好嗎？你不愛我嗎？」

提格開始掉淚，重覆對她保證他永遠只愛她，他要保護她。

姊弟倆到達新家的時候已經是半夜。那是一棟位於市郊的兩層樓樓房，房子前面有草坪和好幾排花圃。他們發現那裡好像有點偏僻，最近的鄰居住在幾十公尺遠的地方。

那對夫妻把他們餵得飽飽的，還讓他們洗個熱水澡，洗著洗著，他們就睡著了。

他們醒來的時候，發現周遭一片漆黑。疼痛的感覺暗示他們，身體有些地方受傷了。提格很害怕，喚著姊姊的名字。他聽見她在哭，但是聲音聽起來離他很遠。他想站起來，還沒站直，他的頭就頂到牆，他忍不住叫了一聲。他伸出手往左右探，只摸到好像是木板的東西。他再度試著小聲問：「克萊爾，妳在哪裡？」他聽見她說：「我快死了。」

過了許久，燈泡亮起，他們才發現自己被關在小小的房間裡，一人一間。

從此之後，他們再也沒有見過日光，直到兩年後的一場大火。

*****

提格．法柏服刑十三年後得以申請假釋。他拿到身分證件，靠著救濟金和拾荒度日。他不知道克萊爾在哪裡，他只能假設她還活著，因為審判的時候，他聽到火災現場只有那對夫妻、另外一個男人和嬰兒共四具屍體。沒有克萊爾。他身上受虐的傷痕也早就被火燒得一乾二淨，只剩下燒傷傷口癒合後的增生厚皮。周遭的鄰居說他們沒有看過提格．法柏，也沒有他口中說的雙胞胎姊姊。警察到的時候，發現提格昏倒在草坪上，醫生證實當時提格體內的酒精濃度相當高。警方發現房子的起火點有大量汽油燃燒的痕跡，他們認定提格是個憤世嫉俗的年輕非法移民，喝了酒之後，隨意挑選受害者，趁著夜半的時候燒掉他們的房子。無論他怎麼解釋，就是沒有人相信他。

他之所以活下去，就是為了要尋找克萊爾。他恨自己沒有遵守承諾，好好保護她，反而讓她捱了兩年比死還痛苦的日子。他總是不停幻想，如果時間能夠回到過去，他會告訴母親蘿辛，下課後繞別條路走。

出獄後兩年左右的某一天，他出門要去醫院領藥，途中看見有人在發送傳單，上面寫著美國燒傷協會受邀到諾丁罕市中心舉辦演講和分享會。

晚上時間一到，提格就進場入座，他發覺其中一個分享復原經驗的男人長得跟他很像，臉上鼓起的疤同樣集中在左邊。提格待到活動結束。他跟著他們一行人走向醫院附近的旅館。他隱約感覺到自己心中在盤算某些事情，他很害怕，卻又忍不住往下想。他看見那個跟他長相相似的男人，單獨離開旅館，似乎打算找個酒吧喝兩杯。提格知道那個男人至少要走三條街以上才能到達最近的酒吧，路上雖然還有一些行人和汽車通過，但店面多半早就打烊，途中還有兩條小巷，那附近正好有大樓在進行改建工程。

提格看著男人走進酒吧。一個多鐘頭之後，男人離開酒吧，步伐已經沒有先前平穩。提格等到男人走進路燈照不到的角落，他拿著事先從工地撿到的廢棄水泥塊擊向男人的頭顱，男人跌坐在地，提格扯住他的頭髮，讓他臉部朝下，用力撞擊著路面，直到男人再也沒有反抗。

這是提格．法柏生平犯下的第一宗殺人罪。

提格．法柏的手抖個不停，好不容易才剝下男人的衣服，之後，他把男人拖到先前撬開的工地側門後方，用廢棄建材和泥沙包勉強蓋住男人的屍體。提格狂奔跑回自己破爛的住處，快速地用髒毛巾沾著臉盆的水擦過臉、手、身體，然後就帶著簡單的畫具和幾件衣服，連夜搭車趕去機場。提格拿出男人的機票和護照，把班機改成飛往美國的最近班次，永遠離開那個灰色的半島。

提格．法柏到了美國，成為賈克昂．諾耶。

通關的時候，他對著面露疑慮的航警解釋，他出國前一個星期才剛到診所接受微整型的治療，所以有些地方比較光滑平整。肉毒桿菌，你知道的，他們告訴我這樣會有幫助。

賈克昂用死去男人皮夾裡的錢在小旅舍度過一段時間，白天就帶著地圖和筆記本四處晃。後來他擔心男人的家屬可能會去報警，所以他搬出旅館，也不敢隨便提到這個名字。

錢用完了，賈克昂趁著晚上去電影院出口附近翻找垃圾筒，裡面有還沒吃完的熱狗、爆米花和可樂，有體力的話，他就走遠一點，在某家營業到半夜兩點的速食小吃店的後門等著。每天打烊之後，廚房的人會把過期或燒焦的食物扔進巷子裡的大型垃圾箱，賈克昂等到他們關上所有的燈，鎖門離開之後，再去那裡尋找他的餐點。後來，他找到幾個打零工的機會，有了一點錢，他離開公路橋下的簡陋木箱，搬進廢棄的拖車裡，慢慢建立起自己的生活。

有個叫做史提・艾默斯的男人看見他在路邊畫畫，走上前和他閒聊。剛開始賈克昂完全不搭理他。隔一陣子，史提和一群教會的人找到他的拖車，他們陸陸續續給他日用品，還介紹簡單的工作。過了很久以後，賈克昂看見史提，開始喊他：阿默。

阿默以為他可以幫助賈克昂過更好的生活，沒想到賈克昂後來把賺到的錢都拿去買酒。他辯稱，酒喝得越多，他畫得越好，要不然他會因為心痛而畫不出來。賈克昂不想讓阿默知道他在雜誌上看到他姊姊，她要結婚了，可是我現在卻變成這副德行。阿默還發現賈克昂施打嗎啡。阿默說要壓著賈克昂進戒酒中心，除非賈克昂戒掉這些成癮行為，要不然他不會再為賈克昂經手賣畫的事情。

當賈克昂拿到席薇亞・克萊爾的名片時，他知道自己的救贖日終於接近了。

賈克昂抵達蓮思莊園的一個星期之後，他看見席薇亞。她和他記憶裡的姊姊一樣，綠色眼珠，紅色頭髮，胸口有個淡淡的爪形胎記，但是顏色比之前雜誌上那張照片還要來得淺，幾乎快要消失不見。

他發現自己嚴重失眠，情緒低落，手常常發抖，眼前出現幻覺。沒有酒精的幫助，他不敢面對席薇亞，他不敢向她求證，雖然他內心十分篤定她就是失聯多年的克萊爾・法柏。賈克昂只能遠遠站在看得到她的距離觀察她。

結果席薇亞忍不住在電話中先試探地喊他：「提狗狗？」

賈克昂握住電話聽筒，感覺自己的心跳突然停止，等他回過神之後，心臟才又開始以瘋狂的節奏跳動，他沒回話。

「對不起，我打錯了。」

「妳是奇奇貓嗎？」

那是他們小時候兩人專用的暱稱。

原來，她也早就半信半疑地留意過他。

偶爾提格．法柏會想到賈克昂．諾耶這個有著法國姓氏的美國人。他原本的生活快樂嗎？有沒有工作？有沒有愛他的家人？還是他跟我一樣，獨自面對這一切，受傷以後，更是人人急著閃避的怪物？他在分享會上看起來很健談，說不定他在偽裝，把自己塑造成浴火重生的硬漢，說不定他跟我一樣，私底下時常喝酒，一邊喝一邊哭。

賈克昂在莊園裡多半獨來獨往，在幻想中和所有人對話、建立友誼，想像自己有好幾種身分，分別有著不同的性格和生活歷練。

庫瓦娜．蘭金曾嘗試要和他攀談。他們隨意聊了幾句，談浮雕迴廊裡的作品，偶爾在房門口碰到，兩人也會簡單打個招呼。賈克昂認為有席薇亞在身邊，一切就足夠了。還有誰比她更瞭解蓮思莊園?還有誰更有資格為我的畫作提供建議?

他極度厭惡路威繁。他認為那個人講話太大聲,總是想要得到注意力,只想到自己要什麼,而且想盡辦法一定要遂行自己的心願,是個沒有同理心的虐待狂,所以只要路威繁在場,賈克昂一定想辦法閃開。原本賈克昂對庫瓦娜還有些許好感,自從他發現她和路威繁逐漸變得要好,他連帶討厭起庫瓦娜,最後甚至認同席薇亞的說法——庫瓦娜只是在裝可憐,她的目的就是想要誘惑顧森,成為蓮思莊園的女主人。

賈克昂沒辦法嫉妒顧森,因為他知道顧森就像阿默一樣,正在努力克服身體的缺陷,將時間、體力和金錢與需要幫助的人分享。他看得出來席薇亞對顧森沒有感情,但是賈克昂清楚奧利維將會是那個再度把席薇亞從他身邊帶走的人。他為奧利維想像過各種死法。

賈克昂需要席薇亞的安慰,而她不斷有許多理由必須離開,於是他便開始恨她,恨意強烈到他認為她比所有的人都還要壞,因為當初若不是她堅持要離開家鄉,他們兩個也不會經歷那麼多磨難。

他作畫時心裡狂亂地想著許多事情。他變得比以往更加抑鬱,但是他自認已經找到真正的解答了。他將會是席薇亞追求幸福的絆腳石,就算他殺掉全世界的男人,席薇亞最終仍會想盡辦法躲開他。他決定要親手終結所有的混亂。

在心中的結局即將揭幕之前,他開始著手繪製新的畫作,並且利用等待顏料乾透的空檔撰寫一份文稿，對著某個人迹說他生命裡那些由真相和謊言交織的故事。

他心想，我們是不是要對別人施惡，才能得到我們指定的公平？就像那個可憐的美國人賈克昂·諾耶，他千里迢迢飛到英國，不過只是想幫忙，他好不容易熬過復原的痛苦，最後卻因為自己的好心死在異鄉。

不過，跟那些將要死在我手中的人相比，這樣的死法算得上是幸運的。

好不容易，我終於看到人性良善的那一面，但是，你們看看我後來做了什麼事？

我罪有應得。

史提．艾默斯

夏天還沒真正到臨，城市的氣溫卻已停不下逐日飆升的腳步。史提．艾默斯剛從春季聯展的會場走回到辦公室，熱得一身是汗。

他瞄到桌上有件裹得密密實實的長方柱型包裹，高度約三十五公分，寄件地址寫得很潦草。他撥了內線分機，要助理進去他的辦公室。

「這件包裹是你拿進來的？」

「對，上個星期四大約五點多送到的，因為你不在，所以我剛剛才送進來。」

「守衛檢查過了嗎？照得出來裡面是什麼嗎？」

「他說裡面是一大疊文件，捲成圓筒狀，裡面還有個方盒子，盒子裡裝的好像是拼圖。」

「拼圖？」

助理點點頭。

「好吧，沒事了，謝謝。」

史提先換下被汗水浸濕的襯衫，在琉璃製的洗手檯前用沾濕的毛巾快速擦過臉部和上半身，噴了少許帶有薄荷味的古龍水之後，回到辦公桌前，雙手扠腰，盯著那件包裹，他因為自己猶豫不決感到氣惱。

他拿出刀片，小心地把外邊的牛皮紙割開。

沒裝訂的文稿一頁頁舒展開來，方盒子的上蓋跟著掉落。

史提用剩下兩截手指頭的左手，將文稿攤平。他看見文稿首頁的第一行寫著：「給我最敬愛的朋友，阿默」

給我最敬愛的朋友，阿默：

這是我第一次，也是最後一次寫信給你。

附上一份文稿，我暫時為它取名為《海馬迴與女神》。這是一個帶有血腥祕密的愛情故事，從某些人的觀點來看，結局卻可能是最甜蜜的。

你一直鼓勵我把自己的故事寫出來，對吧？我真的寫了，只不過我寫的是儲存在我腦部有個叫海馬迴的地方的記憶。寫作的時候，我不斷從汪洋中汲取那點點滴滴的記憶，我以為它們永遠不變，可是海岸線隨著潮水時進時退，海水跟著天色的變化而折射出不同的顏色。不論有意無意，我任由那些細節在筆下被憑空創生、被剔除和收留。我的記憶在變動。你知道嗎？我還看到四十年後的我。

這不難理解吧？我們眼中的好人，可能是別人現實生活中的惡魔，當我們為心愛的人繪製肖像畫，豈能不為他們隱去缺點、突顯優點？除非，我們真的下定決心，要向世人揭露他們真正的面目。

如果我們要為怪物畫一張圖，不必然要將牠身處的巢穴或被劫持的人類畫得跟牠一樣可怕，對吧？我們可以藉著美化其他人事物，來對比出牠的醜惡，畢竟，牠才是重點，不是嗎？至於忠於原貌的寫實技法，就留給其他人去使用吧。

盒子裡是一幅雙面畫，我將整張畫以等比例切成方塊。畫作的一面用油彩，是我改造過後的記憶，一面用水彩，是我不願意昧著良心繼續否認下去的真相——如果我真的還存有一點點所謂的良心。它們會告訴你，除了我以外，誰是另外一名兇手。你不妨把《海馬迴與女神》當成是拼圖的提示文件，也許能幫你順利拼湊出其中一面圖。

我勸你打消用文稿和畫作當成犯罪證據向警方舉報，因為成功機率真的很低。我只希望，世上還有別人隱約知道真相。

這些東西是我最後的作品，連同過去我放在你那邊的畫，都交由你全權處理。

謝謝你為我所做的一切。

賈克昂．諾耶

史提讀完信之後，連忙從通訊錄找出蓮思莊園的聯絡電話。

「你好，麻煩你轉接賈克昂．諾耶，他是住在你們那裡的藝術家。」

「請稍等。」

史提開始覺得坐立難安。

「抱歉，我們這裡沒有這個人。」

「怎麼可能？他是去年三月左右進駐蓮思莊園的水彩畫畫家！」

「我們查過了，真的沒有這位藝術家待在這裡。」

「你們經理在嗎？席薇亞．克萊爾對吧？」

「請問您是哪位要找她？」

「我是艾默斯畫廊的負責人，之前跟她接洽過，要談蓮思莊園藝術家舉辦聯展的事。」

「我為您轉接給代理經理巴森小姐好嗎？」

「為什麼？克萊爾小姐不在嗎？」

「她剛新婚，去歐洲度蜜月，大概要一個月才會回來。」

「喔，恭喜她，顧森先生太低調了，怎麼沒發新聞讓大家知道？」

「呃……先生，您可能有一段時間沒跟我們經理聯絡了，顧森先生把蓮思莊園的經營權轉交給克萊爾小姐以後，他現在已經不住在這裡了，克萊爾小姐是跟岱弗家族的公子奧利維結婚，前一陣子還上了地方報紙的頭條新聞版面呢。」

「你是說，那個有錢到幾乎可以買下整顆月球的岱弗家族？」

接電話的人笑而不答。

「嗯，好吧，那請你幫我轉給巴森小姐。」

「我是依莉雅．巴森，請問您是？」

「我是史提．艾默斯，是這樣的，我們藝廊旗下有位藝術家，去年春天開始就在你們蓮思莊園待著，但是剛剛有位小姐說她看不到這個紀錄，我想大概是哪裡出了一點交接上的問題。」

「是哪位藝術家？我來幫您查查看。」

「賈克昂．諾耶，他的臉受過傷，我想應該很好認才對。」

「嗯……我知道為什麼總機說查不到，因為這個藝術家已經離開蓮思莊園了，他沒有續約，而且，不好意思，我必須跟您報告一下，這位賈克昂先生沒有履行合約，他在這裡的一年內，完全沒有交出任何作品，克萊爾小姐在他的名字後面還特別註記這件事情，但是我不清楚他們之間後來是怎麼談的。」

「不會吧，他過去作畫很規律。」

「不好意思，這點我就沒辦法評論了。」

「呃，那我知道了，謝謝妳的幫忙。」

「不用客氣，希望未來我們還有機會跟您合作。」

「對了，還有一件事，如果賈克昂之後跟你們聯絡，不曉得能不能麻煩你留個話，說阿默在找他。」

依莉雅．巴森笑了一下，問：「賈克昂先生不是你們藝廊的藝術家嗎？他應該會先跟你聯絡吧？」

史提忍著氣回答：「你也知道，藝術家就是這樣，有時候對他們最好的人，反而被他們當成是嘮叨的老爸老媽。」

「的確。我會留意的。那就祝您有個愉快的一天！」

「非常謝謝妳。再見。」

史提跟著兩名助理花了好幾天的時間，才把寬九十八公分、高六十八公分、被切成約兩千片的畫作拼出來。

油畫那一面有座露天的神殿，光線明亮，裝飾華麗。往上的階梯佔據畫面的中央，階梯頂端是個石造的祭壇，祭壇上躺著一名有著烏黑秀髮的女子，身穿希臘長袍，長髮像海帶一般在祭壇四周流瀉搖曳。全身雪白如精靈的女人站在祭壇前方，面露神祕的微笑，雙手攤開，彷彿捧著一個隱形的嬰孩。階梯兩旁有神祇漂浮在空中，神祇的頭頂有圓形光環，祂們神情莊嚴，等待祭典開始。

史提拿出賈克昂寫的文稿，他翻到描寫歡迎宴會的幾頁。「柯希雅的黑髮……希臘式長袍禮服像雲一般浮在她的身軀……。」他心想，也許這個女人就是柯希雅。階梯兩旁的神祇外表和文稿中提到的那幾個人都有類似之處，他在筆記本上的簡圖上分別標上名字。

水彩那面圖的背景一樣是個神殿，但是祭典發生的時間是在夜晚。祭壇上躺了一個全身雪白的女人。祭壇前方站著一個紅頭髮的女人，身上穿的衣服和油畫那面的柯希雅一模一樣，她的身邊有個穿黑色斗篷的人，手上捧著一個墊著絨布的方型銀盤。紅髮女人的神情兇狠，雙手高舉，準備要將手上的利刃往下刺進白色女人的心臟。眾神已經失去光采，祂們分別少了兩片耳朵、失去雙腿、面容損毀、胸口缺一個大洞。每一位神都面露愁苦的神情，衣袍破損，沾滿乾涸的深色血跡。神殿的牆面龜裂破損，到處都是枯乾的黃褐色帶刺藤蔓，猩紅的月亮在圖的右上方靜靜照耀。

史提突然想起雜誌上的一張照片，那是去年蓮思莊園舉辦夏日野餐會時的合照，他急忙翻出雜誌，然後將照片中幾個身障藝術家的名字和外形特徵記在筆記本。他心想，如果賈克昂說他的記憶會被改寫，當他寫一個女人是黑髮，說不定實際上她是紅髮或金髮。史提還發現文稿中的人物名字和照片中那群人的名字存在著發音近似的現象。於是他列出幾個等式。

賈克昂．諾耶＝？（面容損毀的藝術家／面容損毀的神？）

阿默＝史提．艾默斯（藝廊負責人，也是他的經紀人。我）

露納．金斯基＝庫瓦娜．蘭金（月亮、白皮膚／白化症／祭壇上、前方的女人？）

迪倫．古德生＝顧森（蓮思莊園創建人。心臟病、全身浮腫／跟畫裡面胸口缺個大洞的神有關嗎？）

柯希雅＝席薇亞．克萊爾（長髮貌美的經理／長相跟畫作的黑、紅髮女人相近？）

威廉・費拉＝路威繁（坐輪椅的藝術家／長髮男性／失去雙腿的神？）

戴夫・歐立維＝奧利維・岱弗（在文稿裡，個性非常沉默，只用幾行字帶過／高大英俊的藝術家，聽力缺失／失去耳朵的神？）

柯帝柏＝？（長相可怕、陰鬱／祭壇旁邊穿黑色斗篷的人？）

史提感到萬分疑惑。

照片沒有任何人像柯帝柏，因為他不在照片裡嗎？我記得席薇亞說過她是家裡的獨生女，父母對她要求很嚴格，在她十幾歲的時候不幸因為意外過世，還留下負債，所以她得靠自己的力量才能有後來的成就，如果她沒說謊，柯帝柏就不會是席薇亞的哥哥，既然是這樣的話，賈克昂這樣安排有什麼用意？假設，大膽一點，把賈克昂等同於柯帝柏，那不就變成賈克昂和席薇亞可能有血緣關係？好像太扯了。還有，如果油畫那面的內容跟文稿的故事比較接近，是不是代表文稿是經過美化、扭曲過的記憶？水彩畫代表真相……賈克昂在指控席薇亞傷害庫瓦娜嗎？那個庫瓦娜不是也在蓮思莊園嗎？我是不是應該再打電話問問看？

你在稿子裡不提我這雙接近全殘的手掌，也是出於為我隱惡揚善的動機嗎？你從來沒有談過你對我的看法，我還以為你只是在忍耐我，像犀牛忍耐皮膚上的水蛭一樣。我講過的話，你都記得那麼清楚，我覺得很慚愧。你究竟想讓我發現什麼事？你在哪裡？

史提為賈克昂・諾耶舉辦一次盛大的個展，史提除了想盡辦法借到賈克昂以往已售出的畫作之外，展覽的作品還包括歷年尚未賣出的畫、已出版的畫冊和詩集。

在畫展開幕的前幾天，他抽空再撥了通電話到蓮思莊園，依莉雅．巴森沒有像上次那麼客氣，她猜忌史提想要跟蓮思莊園搶奪藝術家的經紀權。依莉雅只簡單說明庫瓦娜．蘭金是在三年半前進駐蓮思莊園，第三年的合約還沒到期，她就違約離開莊園，還帶走不少畫，留下來的都是沒畫完的半成品，席薇亞念在庫瓦娜過去的確為莊園增加收入和知名度，所以放棄法律的追討權利。

「不好意思，最後一個問題，賈克昂跟我提過莊園有位藝術家，名字叫柯帝柏，可能是克萊爾小姐的親戚，他也離開莊園了嗎？」

依莉雅一語不發。就在史提懷疑對方是否已經掛掉電話之際，她才又說話。

「艾默斯先生，我們的時間都很寶貴，希望你日後不要再開這種無聊的玩笑。我查過了，蓮思莊園的藝術補助計劃從一開始到現在，從來就沒有什麼柯帝柏。克萊爾小姐是她們家族的唯一成員。」

「這樣啊……」

「祝您有個愉快的一天。」依莉雅說完之後，就果斷而用力地掛掉電話。

史提還是寄了一份開幕茶會的邀請函給席薇亞．克萊爾，不過，她既沒有現身，也沒有回函或送禮致意。

史提站在入口，盯著懸吊在展場中央、以透明壓克力板固定的雙面拼圖畫作，一面回想著依莉雅．巴森說過的話。雙面拼圖右邊的展示架放著一本書，書名是《海馬迴與女神》，史提後來決定加上一個次標題——「未解的莊園謀殺案」。

他希望賈克昂會輾轉得到這個畫展開幕的新聞，主動與他聯絡。一個半月過去了，史提始終沒有賈克昂的半點消息。

如果你因為某種苦衷不能現身——就像文稿裡面寫的，你是一個殺人兇手，我能夠理解你不得不缺席，可是接下來呢？

克萊爾．法柏

夏日的清晨四點半，席薇亞．克萊爾站在玻璃屋三樓的小畫室，望向遠方。她看起來似乎在欣賞山景。

她想像自己站在天堂的被告席接受審問。那裡四周都被白色所包圍，有一團刺眼的強光高高在上，聲音從光團裡傳出。

「妳認罪嗎？」

「祢就是他們說的『上帝』？」

「我是。」

「如果祢願意先向我認罪，我會考慮為我做過的事情懺悔。」

「妳認為我應該認什麼罪？」

「因為祢創造人，祢設下陷阱害我們犯罪，卻推卸責任，說我們有自由意志，你害我們沒有目的地受苦，卻又要求我們相信祢，祢比所有的暴君還要殘忍，魔鬼就是你的分身。」

光團開始往外擴張。

克萊爾看見自己出現在小時候的房間裡，那時她十三歲，名字叫克萊爾．法柏，而不是席薇亞．克萊爾。媽媽蘿辛從院子朝樓上喊她的名字，但是她故意不出聲。

她和弟弟提格正躺在床上。克萊爾親吻提格的嘴唇，停下來，觀察他有什麼反應。提格滿臉漲紅。她要他伸手摸她的胸部，但是他搖搖頭，說，這樣不對，萬一媽媽看到就慘了。

哪裡不對？

我們是姊弟。

所以我們才要更親密啊。

我覺得我們已經很好了。

克萊爾的手指繼續在提格的腹部畫圓圈圈，然後慢慢往下。

提格想要推開姊姊的手，但是他怕她生氣，而且他覺得好舒服。

提狗狗，你不喜歡奇奇貓了嗎？

喜歡啊。

可是你拒絕了奇奇貓。

因為奇奇貓壞壞。

你討厭壞壞的奇奇貓嗎？

我不知道。

如果奇奇貓要提狗狗呢？好不好？

克萊爾看到那一段記憶重現，忍不住用手遮住雙眼，她開始後悔，因為她知道接下來發生什麼事，而且不止發生過一次。

當她再度睜開眼睛，她看見爸爸希亞．法柏帶著姊弟去撿媽媽的屍塊。爸爸的身邊出現一顆沒有樹葉的大樹，樹枝指向不同的選擇：

帶孩子離開武裝衝突區。

加入反抗共和軍。

用詩句宣揚和平與包容。

用自己的遭遇煽動仇恨。

為復仇棄養兒女。

陪伴兒女長大。

每個人都可能是殺害我妻子的兇手。

克萊爾看見鮮血從大樹的根部往上走，流向那些她已經親眼目睹的選項。最後整顆樹結出一顆黑色的果實，果實炸開，躲藏在裡面的克萊爾和提格被拋到地上。

眼前黑影一閃，克萊爾看見十四歲的她拉著提格往一間黑暗的小屋子裡跑。提格原本想要把她往另外一個方向拉，可是她堅持要朝小屋子前進。她開始流下眼淚，再也沒辦法鎮定地想像自己受審判的那一天，因為過去那些記憶正猛烈地指控她，她卻一句話都無法反駁。

「祢該死的上帝，不要再放這些片段了！我知道接下來發生什麼事！祢明明可以保護我們的，祢為什麼不改變我們的心意？都是祢的錯！」

十四歲的克萊爾和提格被分開關在地下室裡兩個小小的房間。那個聲稱是父親的表哥的男人，每天都要下來折磨她。他們在食物裡放鎮定劑，這樣她就不會像剛開始那樣用力反抗。男人有時候會要他的女人幫他拍照。女人看起來就像在水裡泡了好多天的死人一樣，全身腫漲，方形的臉沒有表情。男人會帶他的朋友下來，讓朋友去找提格。他們不給提格吃藥，因為朋友說這樣比較刺激。克萊爾迷迷糊糊地聽到提格的慘叫和哭聲，她哭個不停，但是她動彈不得，她只是不停說，不要傷害我們，不要打我的臉……

提格幾乎不再跟克萊爾說話。

後來克萊爾懷孕，男人要她生下來，但是女人偷偷餵她墮胎藥。克萊爾流了很多血，差點死掉，女人被男人打個半死，躺了很久還不能下床。半年以後，克萊爾再度懷孕。男人讓她吃得比較多，也不太碰她，只是要她用嘴巴和手幫他解決。生下來的小孩是個男嬰。

產後三個月的某個晚上，男人邀請朋友到家裡聚會，說這是他們夫妻的新生兒。到了半夜，客人大半都離開了，而男人和虐待提格的朋友兩個人喝得爛醉。男人的妻子很清醒，因為她要負責照顧小寶寶，還要下去替克萊爾擠母奶。

女人打開小木門，看見克萊爾正在哭。克萊爾全身赤裸，縮在角落，小聲說，我沒有奶水了，我真的沒有了，求求妳我現在全身都在痛……

女人抓著克萊爾的胳臂，像拎一隻小貓一樣。她對克萊爾說，妳走，帶著妳的弟弟走，快點，這裡有一點錢。女人要克萊爾自己進去跟提格說。

提格他全身都是瘀青和傷口，有隻眼睛被打到張不開。在派對開始之前，提格被強制灌下半瓶滲了迷幻藥的威士忌，全身軟綿綿，有時會舉起雙手朝空氣亂揮。克萊爾哭著扶住提格，但是她懷疑自己可以撐著他走多遠的距離。她趁女人不注意，在穿衣服的時候順手摸走男人放在地下室階梯上的打火機。她不知道為什麼，那只是一瞬間的想法。

女人讓他們從後門離開。

克萊爾先帶著提格藏在路旁一輛車子後面。

等她看見女人回到屋裡，鎖上門以後，克萊爾繞到他們的車庫，那是用一個半開放式的鐵篷搭成的，她知道男人懶得時常跑大老遠去加油，所以他都會額外再帶幾個塑膠桶到加油站，把多買的汽油放在車庫備用。克萊爾之所以知道，是因為男人有一次警告她說他那天多買了幾桶汽油，不是要給車子用的，是準備用來對付她的，除非她很乖。

克萊爾很快就看到她要找的東西。她確定鄰居的燈都已暗下，四周再也沒有別的人。她提著汽油桶環繞房子一圈，又另外澆了半桶在男人的車子上，直到汽油全部倒完為止。

她拿出打火機在前後門的出口點火。

她回到提格的身邊，看著火焰熊熊燒起。她看得好入迷。

就在她回過頭準備要扶起提格的時候，她發現他不見了。

她站起來，才看到提格張開雙臂，往車庫的方向跑。

她要開口喊他，男人的車子卻在瞬間爆炸。

等到她掙扎著從地上爬起來的時候，她看見提格趴在地上，全身著火，而鄰居房內的燈一一亮起。

她再回頭看了提格一眼。

克萊爾選擇往另外一個方向拔腿狂奔。

她的腦袋一片空白，只知道要跑，但是不知道自己到底往哪裡跑；她的腳一直在抖，她卻以為自己正在飛，而且可以飛到任何一個她想去的地方的錯覺。她看到遠處有一間教堂，她沒辦法去思考那是什麼教派的教堂，雖然心裡隱約出現爸爸的聲音：「妳媽媽就是因為新教徒放炸彈，才會死得那麼慘。」

她鼓起勇氣敲門，當修女戴著眼鏡出來應門的時候，她的腳突然完全癱軟。

修女拿東西給她吃，為她清洗身體。當她們看見她身上的傷疤時，忍不住問她：「這些傷怎麼來的？有人打妳嗎？」

克萊爾一個字都不肯說，只是不停掉眼淚。

她穿上乾淨的衣服，睡在一張有黴味的床。

她只睡一下子就驚醒了。她繞到廚房，找到空紙袋，把她拿得到的食物全部塞進袋子裡，然後從房間的窗戶爬出去。

*****

克萊爾閉上眼睛，再度回到天堂的被告席上。她擦乾眼淚，抬起頭來直視著讓她受苦的光團。

「為什麼只有我要為錯誤的選擇付上這麼大的代價？祢讓很多壞人安享晚年，卻讓好人受苦。」

「妳說的那些安享晚年的壞人，他們一樣要來到這裡接受審問。我不也讓妳活下來了？我讓妳活到現在，不斷傷害其他人。」

「如果不是因為祢讓那些敗類出現，我們也不會變成現在這個樣子，一切都是因為祢！」

「所以妳認為自己理所當然可以做壞事，而且心裡沒有愧疚？」

「對。」

「虐待妳和提格的那三個人，對他們來說，事情不也是理所當然嗎？」

「是祢讓壞事變得理所當然！如果祢不能負責任，我們何必相信祢？」

「你們不照我的話去做，又要求我負責任？」

「亞伯照祢的話去做，最後他還不是死在該隱的手下？」

「如果該隱照我的話去做，亞伯就不會死在哥哥的手下，這是該隱的選擇，我也已經為亞伯伸冤。」

「還有其他枉死的人呢？在戰爭裡被炸死、在路上被謀殺的那些人呢？」

「如果妳能告訴我妳明天、下個月、明年會發生什麼事，我就告訴你我怎麼對待那些需要悲憫和公義的靈魂。」

克萊爾冷笑。

「如果我能預知未來，現在被稱為上帝的就不會是祢，是我！我才配作上帝！我靠自己活下來了！你這個騙子！滾！」

白色的光團發出隆隆的雷聲，倏地從她眼前消逝。

克萊爾看到自己站在玻璃屋的小畫室。

就在她轉身打算離開的時候，她看見前方出現一個黑色的洞，許多橘紅色的熾焰和鮮血不斷從洞裡湧出，熱氣不斷撲向她，她看見自己全身著火，她聽到自己正在厲聲尖叫。

克萊爾．法柏被自己的尖叫聲嚇醒。

她花了很久的時間才發現方才在作夢。

沒有上帝，沒有審判，沒有烈焰，但是過去那些可怕的遭遇卻一一鮮明地重現。

她咬著毯子的一角悶聲哭叫。

＊＊＊＊

自從克萊爾逃出地下室的牢房、放火燒死兇手之後，她就沒有在一個地方長時間停留過。她用盡各種手段，只為了要活下去。她偷東西，利用搭便車的機會搶劫——她只搭女人開的車，她還偽造證件，不斷盜用別人的身分。她知道美貌是求生的利器，所以她很小心地避免會讓外貌受損的任何事情，她寧願餓到去垃圾筒翻找食物，也不願意賣淫，賣淫會生病，會被皮條客毒打，會被迫吸毒，然後就會變老變醜，她絕對不要再回到以前那種夢魘般的生活，無論可以賺多少錢。

克萊爾只跟女人住在一起，但是她從來就不信任其中任何一個人。

那時候，她的名字叫貝蒂．歐文。全世界有好多個貝蒂．歐文。二十五歲的貝蒂把頭髮染成金色。後來她在一間舊書店當臨時工。她喜歡那個地方，會讓她想起以前父母唸故事給他們姊弟聽的美好時光。她還記得爸爸最愛的那幾個詩人，她反覆讀著那些詩句，回想父親當時唸詩的語調和神情。舊書店老闆愛上這個來歷不明、穿著簡樸的美麗女孩，他看見她手臂上的舊傷疤，心裡漲滿欲念，口口聲聲說要為她離婚，還企圖在店面的後方倉庫裡強暴她。於是她偷走櫃子裡現金，帶著幾本書和幾件衣服，逃到別的城市去。她發現自己可以不要只找骯髒的工作，只要她再多唸點書，想辦法把身上的疤弄掉，說不定她看起來會更完美。

她當過餐館服務生、推銷化妝品的業務員、啤酒女郎，後來她把頭髮染成棕色，剪了瀏海，開始為服裝公司拍攝冬季的成衣型錄。她把賺到的每一分錢都投資在自己的外貌，她吃得很少，住漏水的便宜雅房，電車經過的時候，整個房間會跟著搖晃。每到假日，她就泡在書店或圖書館看書。她不跟任何人約會，也不交朋友，她認為這些人對她完全沒有幫助，因為他們都是一群只會抱怨下雨天上班會淋濕腳、身上又多出幾磅肉的白痴。

她透過函授課程和職業學校取得高中學歷之後，在餐廳認識一個大學講師。他的年紀約四十歲左右，老實木訥，沒有不良嗜好，只是無趣，每天早上都到同一家店吃同一種早餐看同一家報紙，在同一個時間走路去上班，大家都想要湊合他們兩個。她跟他說，她一定要唸完大學才考慮結婚。男人提議他們可以先訂婚，住在一起，他會全力幫助她。兩年半過後，她拿到畢業證書，趁著男人出差到外地開會，她立即收拾行李，用男人的旅行支票訂了前往美國的單程機票。

她的求生刀刃越磨越利，而且目標越來越明確。凡是她認為日後可能對她有幫助的人，她都會想辦法和他們建立關係。人際關係就像一張網，由許多不同的加害者和受害者、共謀與旁觀者、全然無辜的人構成。有時候，這些身分會重疊在同一個人身上；有時候，看起來是合法的關係，其實是違法而短暫的。

某個其貌不揚的富裕男子正在籌備一個特殊的藝術贊助計劃，他需要有經驗的經理人做他的左右手。

那時候，克萊爾．法柏的名字是席薇亞．克萊爾，她有一頭紅色的秀髮，美麗且談吐不俗，在藝術品交易的領域有豐富經驗——只有她自己知道哪些是真哪些是假，而真實的部分又包含多少污點。

就在顧森認識克萊爾後的三個多月，他的心臟終於宣告怠工，他只能躺在病床上等待適合的心臟進行移植手術。克萊爾透過一家所謂「生命公司」的經紀人，讓顧森取得可移植的心臟。顧森只肯讓已退休的淺田醫師動刀，於是克萊爾再度找到門路向私人小型醫院借到手術室和醫護小組。淺田杉浦沒有多問移植心臟的來源，他知道最好別問，他不想在知道真相後感到愧疚，他只想救顧森。

出院後沒多久，顧森就和席薇亞．克萊爾宣佈訂婚的消息。

克萊爾很快樂，她慶幸顧森很快就對她失去興趣，但是她不能直接表露出她的喜悅，更何況，她得到的還不夠多，她還不夠快樂。

當席薇亞．克萊爾看見賈克昂．諾耶的那些水彩畫時，她立刻想到死去多年的雙胞胎弟弟提格．法柏。

提格很小的時候就開始畫圖，雖然線條還不夠穩定，透視和配色尚未成熟，但是他很早就發展出某些固定會出現在畫中的元素。這些元素像指紋一樣，讓某些創作者，或是特定時期、特定流派的藝術作品容易被辨識出來。提格以前喜歡畫小樹枝、以側身面對畫家的鳥禽和蓋爾特文化的古字——提格會把字母轉換成圖畫般的線條，然後連續寫成一長條，當作畫的圖框裝飾。提格不了解那些單字是什麼意思，他只是從父親的書架上抽一本古詩集，翻一頁他自己看得順眼的句子照描。

而賈克昂的每張畫作的右下方都會有被藤蔓鳥獸抽象花紋所盤據的C．F．字母，就像西元七世紀的手繪抄本《杜洛書》裡的裝飾大寫字母；畫的左下角有一株小小的枯樹，上面停著一隻烏鴉，樹幹旁邊有T．F，剛好是他們姊弟兩個人的姓名縮寫。有幾張水彩速寫簡直就是席薇亞兒時記憶的重現。

她想跟這個畫家見面，但是又非常害怕，只好請朋友肯薩斯幫她接洽。

十幾年前那個晚上當她轉身逃跑時，其實她不確定提格是不是真的已經死掉。她只看見他全身著火，而鄰居又準備朝那間正在燃燒的房子跑過去，她腦中只有一個念頭：不要再被抓回去！她顧不得提格，只能拼命跑。她事後不斷回想，以提格當時的身心狀況，他們根本就沒有成功逃走的機會，他們走沒幾步就會被鄰居活活逮到。她認為提格死去的靈魂一定會諒解她，畢竟，那不是她的錯。雖然當初是她堅持要去。萬一提格還活著呢？他是不是會帶著燒傷的疤痕？他會恨我嗎？

肯薩斯告訴克萊爾：「那個叫賈克昂．諾耶的畫家以前出過意外，臉很可怕，連頭髮都沒有。」

「是燒傷嗎？」

「我沒問，那不太重要吧。我看過有個女人的整張臉被黑猩猩撕開，動過幾十次手術縫合，看起來還是像海怪一樣。賈克昂比她幸運多了，他至少五官都還在。」

「人看起來怎麼樣？」

「不好相處。如果妳真的要收他進來，我覺得事情會有點麻煩。不過，看起來他應該跟經紀人史提．艾默斯的關係還不錯，史提是個守信用的人，他敢把賈克昂推薦給妳，應該是對這個畫家很有信心，反正有問題的話，就讓史提去處理吧。」

「謝啦，我欠你一次人情。」

「我還是很羨慕顧森。」

克萊爾輕笑：「幫我向妳的新婚妻子問好。」

她掛掉電話後，心想：假設提格就像我一樣，一路改名換姓跑到這個國家，我是不是應該找個機會彌補他？克萊爾考慮好長一段時間，終於下定決心要和賈克昂見面。

當克萊爾終於在醫護室看見賈克昂的時候，她忍不住倒抽一口氣。那張臉沒有一處是正常的皮膚，比她想像中還要恐怖。她隨便講個幾句應酬話就匆忙離開。如果那個人就是提格，如果提格真的變成這副模樣，我該怎麼辦？

三個多月過後，懸而未定的恐懼一直控制著克萊爾，如同一團濕漉漉的東西黏在她的背上，她最受不了的是賈克昂看著她的眼神。她趁著一股湧出的衝動，打內線電話到賈克昂的工作室，劈頭就問：「提狗狗？」她的口氣聽起來像在發脾氣。

沒回應。

「對不起，我打錯了。」克萊爾整個人放鬆下來。

「妳是奇奇貓嗎？」

克萊爾頓時講不出話。她才終於知道，原來自己一直都寧願提格當時就死掉。

她要提格保守秘密，絕對不能讓別人知道他們的真實身分和關係。

提格說：「但是我想跟妳單獨見面。」

「這裡到處都有監視器。」

「妳房間應該沒有吧？」

她心想，他已經不是以前那隻任她控制的天真小男孩了。

提格走進克萊爾房間，他們兩個人都不知道該怎麼開口。

「妳怎麼知道是我？」提格問。

「你的畫，簽名很特別，我想到我們兩個的名字，還有那張〈夢中庭院〉，院子有黃色的小木馬，就跟我們家的一模一樣。」

「我是為妳畫的，我知道妳還活著。」

「對，活得很辛苦，我經歷很多不好的事。」

「妳覺得我過得怎麼樣？看到我的樣子嗎？」提格逼近她，席薇亞坐在辦公桌後面，考慮是否要按下警衛鈴。

「你一定受到比我更多的痛苦。」

「妳知道就好。」

「我們本來可以一起逃走的。他們大概是讓你吃了什麼藥，你的意識不清，一直不肯跟著我，後來還衝回去火場，我拉不住你。」

「妳最好把事情說清楚。」提格在心中預演過無數次和姊姊重逢時的情節，他要先抱著她，流淚對她傾訴多年的思念和經歷過的痛苦。只是不知道為什麼，他一看到她眼中的恐懼，不由得生起氣來。

克萊爾將當時情況一五一十說出來，當然，修飾了部分的細節，同時強調她有多麼努力嘗試要救他。她也把跟他分開後的生活大致對他講一遍。

「妳沒有想過我可能還活著？」

「我只記得你全身著火，加上你那時狀況很糟，我覺得機會很小。」

「審判的新聞妳都沒看過？」

「那時候我到處流浪，每天只想著要找東西吃，找個安全的地方睡，我怎麼可能有時間去看電視或買報紙？至少過了四五年以後，我才開始有比較像樣的地方住。」

「如果妳真的那麼相信我已經死掉了，為什麼妳看到畫的時候會懷疑畫家是我？」

「我只是說，機會很小，難道我不能抱有一點點的期待嗎？說不定我的弟弟還會回到我身邊。」

「可是妳看起來不像很期待的樣子。」

克萊爾生氣了。「我們二十年沒見，你的外貌又變化那麼大，你要我怎麼樣？像電影一樣，立刻衝上前去抱頭痛哭嗎？那你呢？你這什麼口氣？質問我嗎？你又好到那裡去？」

「假如當初不是有人用死來要脅我，我現在也不會變成這樣，妳還好意思問我！」賈克昂心想，天啊，這跟我想的不一樣，我不是要來跟妳吵架的，妳為什麼要生氣？妳憑什麼跟我生氣！

「是啊，如果我們不走的話，我只是會在半夜被拖出去強暴，然後再被一槍做掉，你呢，可能會被動私刑吧，他們會追問你爸爸去哪裡了，接下來會有什麼計劃，說不定最後也是讓你吃一顆子彈，當然啦，最好的情形就是我們一下子就被炸死。」

「至少比後來發生的事情還好。」

「如果我，可以預知後來會發生什麼事，你他媽的覺得我會堅持要去嗎？」克萊爾氣得咬牙切齒，她很久沒有在任何一個人面前發這麼大的脾氣。

提格沒講話，一雙眼睛死死盯住她。

「你也可以選擇不跟我走啊，把全部的責任推到我身上，公平嗎？」

「因為我愛妳，我不能失去妳。」

「那你為什麼不想辦法留住我！你是男人啊！你如果真的覺得不對勁，你為什麼不拿出魄力堅持下去？把我綁起來啊！出事了才怪我，才哭哭啼啼說，喔，我都是聽我姊姊的話，既然你這麼聽我的話，你就別再他媽的怪我！」克萊爾到最後已經不是在講話而是接近咆哮，因為提格講出那些日日夜夜在她心裡折磨她的控訴。

「克萊爾，對不起，我本來不是要講這些的，我只是，我忍了二十多年沒人可以談，我一看到你就沒辦法控制。」

「你以為我當時在另外一個房間過得很好嗎？我懷孕兩次，一次被下藥，流產了，第二次生下來的小孩，後來也在房子裡，難道他活下來了嗎？我救的是你！你這個渾球還敢來質問我！如果不是我把你找進來，你會有機會對我這樣講話嗎？」克萊爾滿臉淚水，邊講邊氣得舉手把旁邊的水杯和酒瓶掃出桌面。

提格眼眶泛紅，不停向克萊爾道歉，說他太衝動，只想到自己。他站起來，不安地看著她，似乎又回到以前，他在等待她的關愛。她看見提格的眼神開始轉變。她知道她得見好就收，不能再發脾氣，而是要哄哄他，讓事情和緩下來。她對他張開雙臂，半哭半笑地對他說：「你看看，你害我哭得那麼慘，過來，讓我抱抱。」提格用力抱著她，彷彿想要把兩人之間二十年的隔閡壓成比一片紙還要薄的厚度，他用力嗅她的頭髮，吻著她的脖子，他的掌心在她背後恣意遊走。

克萊爾不斷提醒自己絕對不能流露出任何疑似不悅的神情。她把注意力放在提格寬闊的肩膀，回想十三歲時她抱著他的感覺，想像如果沒有那場火，他現在會變得多麼白皙俊美，說不定配上他那憂鬱且需要憐惜的藍綠色雙眼，蓮思莊園裡的每個女人都會爭先恐後想要找機會接近他。她知道提格想要的更多，這一天只是個開始而已。

相認後的頭一個月，提格還頗能控制自己，他只會站在遠處看著克萊爾。然而他看得越多，他就想要佔有更多，他沒辦法只是望著她公開和其他人有說有笑，他想要和她獨處，碰觸她，像小時候一樣。於是他開始不斷打電話給克萊爾，要她安排時間見面，她不是說工作在忙，辦公室有人，就是說顧森在她房間，被別人看到很危險。他開始不耐煩，只要她一離開塔樓，他就在她身邊走動，有時候距離近得連其他人都開始起疑心。後來他威脅克萊爾，如果她再不想辦法，他就要跟顧森公開他們的真正身分和關係。她照例會先對他發飆，提格雖然靜靜不反駁，但是她知道，害怕的人是她，因為王牌不在她手上。

塔樓三樓入口的監視器老早就拆掉了，當初克萊爾想辦法說服保全公司不要把她的私人區域納入監視範圍，因為她聽見那些警衛聚起來打賭，看看她房間什麼時候會有男人進去。她的確有這個想望，想在房間和奧利維在一起，拆掉監視器，只是為將來作預備，沒想到居然是提格先享受到這個特權。如今，就算保全人員看見提格走進塔樓，也只會認為他是去二樓的經理辦公室。為了避免事跡仍有可能敗露，她要求顧森同意她更動辦公室內的部分格局，另外弄一個隱蔽的階梯直達三樓她的房間，她說有時候半夜想到公事，想要立刻處理，但是還得穿好衣服，解開樓梯通道的保全鎖，然後再打開辦公室的門，過程十分麻煩。顧森不同意，他認為生活不能被工作控制，要她好好休息，而且他認為這樣的設計更動不但可行性低而且很醜。

他們在克萊爾的房間碰面，因為那裡除了顧森以外，沒有其他人會進去，克萊爾從來都不允許服務員進去打掃，而顧森早就放棄爬到三樓去找她，一向都是克萊爾去顧森的小木屋。提格要求見面的次數越來越頻繁，直到克萊爾反過來威脅他，他才稍加收斂。她說，如果他要去跟顧森告狀，她隨時歡迎，因為只要他一講，她就要馬上離開蓮思莊園，永遠不再跟他聯絡，就算要她去動整型手術，嫁個平凡人，從此隱姓埋名她都在所不惜。

然而，最叫克萊爾傷神的還不是提格，而是顧森。

顧森第一次移植的心臟勉強撐不到三年就開始出問題。他一直抗拒接受第二次移植手術的可能性；他雖然想要為庫瓦娜活下去，只是想到往後長期服藥、移植失敗等等問題，他不免心生恐懼，更何況，庫瓦娜已經對他挑明說過，她不會愛上他，那麼，還有什麼值得再留戀的呢？顧森也曾想過，或許他只是不想再透過克萊爾為他處理移植手術的事，他想要找機會再跟她把事情談清楚。他料想克萊爾應該不會拒絕繼續管理蓮思莊園，但整個莊園的產權和營運收入，他必須另外成立一個信託基金會來管理；賣掉莊園也是他盤算的選項之一，就當這三年的補助計劃不過是他個人不切實際的夢想，若能拋磚引玉，讓後繼者發展出更好的補助模式，也算值得。「如果上天可憐我，說不定我還有機會打動庫瓦娜的心，在一起享受幾年快樂的生活……」顧森如此幻想著。

克萊爾非常擔心顧森突然去世，而自己只能續任經理的職務，卻失去得到整個龐大的物業產權和收益的機會。她知道顧森對她越來越沒興趣，他們的關係差不多就是結婚以後一天講不到十句話的那種夫妻。關鍵就在庫瓦娜那個賤女人。明明知道顧森已經和我訂婚了，還成天黏在他身邊不走。

提格在聖誕夜派對裡喝了不少酒。半夜一點多的時候他打電話給克萊爾，說他們已經三個星期沒有親熱，要她馬上到他房間，如果她不去的話，他就要打電話給警察和報社，說蓮思莊園剝削藝術家，所以他要以死抗議，他要在房間裡自殺，把血塗得到處都是，毀掉蓮思莊園的聲譽，反正他得不到他想要的，他就要毀掉顧森和所有人。克萊爾妥協了，她找了一塊原本要用來蓋畫的黑絨布，離開塔樓，要進入主建築之前，就拿黑布罩住全身，只露出戴著墨鏡的眼部，她甚至只敢穿一雙早就該扔掉的黑色平底鞋，因為怕會被認出來。那是她逃出來之後，第一次用自己賺到的錢買的鞋子，她保存鞋子是為了要提醒自己絕對不能再落到受人宰制的景況。

半夜四點多，克萊爾好不容易等到提格睡著，她悄悄溜出房間，打算趁無人出入的時候跑回塔樓。她關門時，沒發現庫瓦娜正好從路威繁的房間一路往自己的房間走。庫瓦娜以為她是小偷，正想張嘴大喊，克萊爾食指放在唇邊的位置示意要庫瓦娜別出聲，庫瓦娜怎麼肯答應，立刻喊：「有小偷！」克萊爾一急，只顧著衝向前要摀住庫瓦娜的嘴，忘記拉緊身上的黑絨布。

「怎麼會是妳？」庫瓦娜先是一臉錯愕，她隨即往克萊爾的來處快速一瞥。庫瓦娜用質疑的眼神看著克萊爾，心想：「席薇亞是從我隔壁的房門走出來，隔壁是那個叫賈克昂・諾耶的怪人，她去那裡做什麼！」

克萊爾勉強擠出笑容：「除了我會在這裡關心藝術家之外，還會有誰？」她還不想講出賈克昂的名字，因為她不確定庫瓦娜到底知道多少。

兩個女人各懷心事地瞪視對方。

「妳怎麼從來都沒有在半夜來關心我？賈克昂真有那麼特別？」

「他心情很不好，打電話給我，希望我能跟他談談？」

「電話裡不能談？要妳半夜親自到他房間談？」

「沒辦法，他堅持，他說要不然他會做傻事。」

「那妳為什麼要全身用黑布包得緊緊的？」

「我怕警衛會亂說話，妳也知道，他們半夜不睡覺，就盯著螢幕看，亂探人隱私。」

「這樣不是更奇怪？妳也可以要求把門打開，這不是保護你們雙方的做法嗎？」

「我試過，但是他不肯，他怕別人聽到他的秘密。」

「好吧。反正在這裡妳最大，妳說了算。」

「妳怎麼這麼說？顧先生一直跟我們強調，藝術家才是蓮思莊園最重要的資產。」

「資產？顧先生會把人當成資產？我還以為這是妳的專用術語。」

「如果妳要質疑我的經營方式的話，隨時候教。」

「如果我明天半夜四點打電話給妳，要請妳來我房間指教我呢？」

「那妳得先跟我的助理預約，因為還有其他人真正需要我的關心和意見。」

「我了解了，晚安。喔，我說錯了，現在應該是早安吧。」

克萊爾屈身撿起地上的黑絨布，冷冷地回：「祝妳創作順利。」

從那一刻開始，克萊爾發現自己真的受夠這些殘障。先是顧森，再來是提格，現在又是庫瓦娜。

＊＊＊＊

一月初的某個晚上，庫瓦娜又打算在半夜偷偷跑進玻璃屋看滿月夜的雪景。她走到二樓，準備先找一本書，書中介紹歷代以聖母為創作主題的相關繪畫作品。她遠遠看到塔樓的三樓有兩個人互相擁抱，她心想，喔，顧老爹畢竟還是有需要的。她知道自己這樣想很惡劣，把席薇亞醜化成顧森的洩慾工具，但是自從聖誕節清晨那次不愉快的會面之後，庫瓦娜對席薇亞非常不諒解，更別提她可能還跟史東的不幸有牽連。

就在她打算把視線撇開時，她突然覺得不對勁，因為顧森的個頭沒那麼高。於是庫瓦娜小心地躲在書櫃後面，繼續朝塔樓的方向看。她看見那兩個人開始親吻，只是席薇亞好像很不情願，急著要推開男人。男人粗魯地抓住她的手臂，用力搖晃她。她說了幾句話，男人放開她，好像很生氣地轉過頭，臉正好轉向庫瓦娜視線所及的角度。

庫瓦娜不自覺叫出聲，她絕望地證實那個親吻席薇亞的男人竟然是賈克昂，全莊園會戴那頂暗灰色的毛線帽的人就只有他。

一月中旬左右，暴風雪終於停了。

克萊爾叫護士把藥放在桌上，她會提醒顧先生吃藥。

前一天晚上，克萊爾到小木屋找顧森，她還特別打電話給提格，故意讓他知道，因為她發現提格已經爬到她頭上，試圖要全面控制她，她必須警告他最好適可而止。

她說：「如果你真的要做傻事，那就做吧，我們可以跟警察說是你個人無法控制情感，迷戀已經訂婚的經理。」

「我要把你們兩個人都殺了。」

「那好，到了地獄之後，我就再也不用怕你了，我還可以自己挑喜歡的對象。」

「妳不要以為我在開玩笑。」

「你不要以為只有你在外面吃過苦。你以為只有你敢耍狠嗎？如果不是因為你是我的弟弟，不是因為我愛你的話，不是因為我想照顧你，我告訴你，我以前就跟你說過，我情願你去把所有的事情都揭穿出來，我可以換個身分重新再來，就算到地獄也是一樣。」

「我只是很害怕妳會離開我！我很嫉妒！」

「不要怕，聽奇奇貓的，我們的計劃就快要實現了。我去找顧森不是要跟他上床，他早就不行了。祝我好運吧，可以嗎？」

顧森對她的反應很冷淡，只讓她睡在旁邊，連牽手都不太樂意。

隔天早上，克萊爾幫顧森準備要服用的心臟藥。她覺得自己像調配長生不老藥的仙女一樣。

強心劑，正常劑量的兩倍，利尿劑，正常劑量的兩倍，讓血鉀降低，讓顧森對毛地黃的反應激烈一點，嗯，也許加一點止痛用的嗎啡，來點快樂的幻覺，如果再放五分之一顆的威爾剛呢？沒辦法，為了滿足嬌滴滴的年輕未婚妻，這也不是什麼新鮮事，嘖，這個小護士果然跟平常一樣粗心，居然還拿降血壓的藥過來，可惜不能讓顧先生吃太多，萬一他直接一命嗚呼就慘啦。

顧森早就習慣每餐吞服五六顆藥丸，口服液和維它命膠囊還不算在內，所以當克萊爾拿杯開水遞給他，要他嘴巴打開的時候，他根本沒有多想。顧森吃完藥就說他想趁著雪停的時候出去散個步。

十五分鐘後，顧森手腕上的監控器顯示他的心跳幾乎要停止，警衛看見警示訊息，立刻衝進浮雕迴廊找人。他們看見顧森昏倒在地，一人為他做初步的急救，另外一人去通知醫生。

兩天後，克萊爾回到蓮思莊園。她在交誼廳宣布完事情之後，就一直關在自己的房間裡，晚餐時間也沒有出現。

半夜兩點的時候，庫瓦娜聽到電話鈴聲，連續兩天不停哭泣又缺少睡眠的她，腫著眼睛拿起電話。

「我是席薇亞。顧森剛剛搭直昇機回來了。他怕大家一聽到他回來就急著要探望他，他叫我先跟你講，請妳過來醫護室，他有重要的事要跟妳談。」

「真的嗎？」

「我知道我們合不來，但是顧森要找妳，我能阻止他嗎？妳不想來最好，我跟他說。」克萊爾故意裝作沒好氣的口吻。以她對庫瓦娜的認識，好言請求不會有用，庫瓦娜還會懷疑她在耍詐。克萊爾祈禱這步險棋走得正確。

沒多久，醫護室就有人來敲門。

克萊爾打開門，一臉不耐煩地看著庫瓦娜：「快點進來，顧先生還要休息。」門一關上，提格就從庫瓦娜身後抱住她，右手拿著一塊布摀住她的嘴。提格沒想到庫瓦娜的掙扎力氣那麼大，他的小腿脛骨被她狠狠踹了一腳。提格原本對庫瓦娜還有一絲憐憫之意，被踢了之後，他只想快點擺平這個麻煩。

克萊爾拿著針筒刺向庫瓦娜的手臂，庫瓦娜原本還想掙扎，但是她很快就發現自己完全使不上力，也叫不出聲音。

庫瓦娜被抬上看診台。

她看見席薇亞示意一群人接近她，她拚命想要看清楚，卻只感覺到自己的心臟蹦蹦狂跳。她看見一團強光之後，接著就是全然的黑暗。

兩個星期後，克萊爾暫時離開醫院，回到蓮思莊園。她一進到自己的房間，就發現提格．法柏赤裸著上半身，躺在她的床上。

「你在做什麼？」

「在想妳。」

「這是我的房間，萬一別人看到了，怎麼辦？」

「妳連人都敢殺了，還會擔心這種小事嗎？」

「這不是小事。顧森還在住院，我要等到他三月初回來以後才能跟他談。」

「過來，好久沒看到妳了。」

「我現在沒那個心情。我很累，我才剛搭直昇機回來。」

「只是陪我一下而已。」

克萊爾看著提格。她告訴自己，一定要再忍耐，計劃就快結束了。她嘆口氣，慢慢走到他身邊。

提格一把拉住克萊爾的手，把她壓在床上，他正準備撕開她的上衣的時候，有人在外面用力敲門。提格瞪著克萊爾，克萊爾連忙搖頭。就在提格的注意力又回到克萊爾的身體時，敲門聲更急促，而且還有模糊的吼叫聲。

「如果是顧森，妳最好趕快解決。我等不及了。」

敲門的人是奧利維．岱弗。

克萊爾強忍著淚水和想要求救的恐懼，想辦法把奧利維打發走。她站在門口，遲遲不敢回到床邊，她在心裡喊著奧利維的名字，希望他能有所感應，回來救她。

「捨不得他走嗎？」

「你在亂說什麼？」

「我注意你們很久了。」

「是嗎？」

克萊爾才剛轉過頭，提格就衝向她，狠狠搧了她好幾個耳光。她被打得暈頭轉向，跌坐在地上。提格從他的外套裡層抽出一把野戰用的刀子，架在克萊爾的脖子上，她因為疼痛和驚嚇而不停發抖。

「你是不是又要拋棄我，啊？我早就不是那個只會聽話的笨蛋！我再也不要聽妳擺佈了，說什麼妳愛我，放屁，妳愛的是那個有錢的聾子，妳愛的是錢！就是因為妳，我才會變成怪物，沒人愛我、沒人相信我，妳只會叫我殺人，接下來妳要殺誰？說啊！你想殺掉我對不對？妳早就對我厭煩了，以為我看不出來嗎？我告訴妳，我今天來就是要和你做最後一次，我要讓你死，我再砍死我自己！」

提格把刀子往旁邊一放，將她壓在地上，挪出右手要解開自己的褲子。

克萊爾痛得叫出來，不停流著眼淚，說，求求你，不要……

「妳說什麼？我聽不見。」提格加重雙手的力量，像捕獸夾一般緊緊箝住她的脖子，他看見她的臉快速漲紅，眼珠突出，嘴巴腫得像被蜜蜂叮到一樣，他一邊忘情地觀賞，一邊說：「原來妳也有真的變醜的時候。」

「傑森……班」克萊爾掙扎著說出那兩個魔鬼的名字。

「什麼？」提格的手稍稍放鬆。

「你……和傑森」克萊爾覺得自己快完蛋了。

「妳到底他媽在講什麼？」提格發現自己眼眶後面開始刺痛，有許多影像在他頭顱裡面衝撞，他拚命眨眼，想要看清楚那些是什麼東西。

克萊爾趁提格的手又再鬆開一些的時候，喊了一句：「班本來要掐死你我救了你！」

提格呆住了，克萊爾不停咳嗽。

克萊爾連忙接著說：「第一天晚上，那個男的，就是騙我們說是爸爸的表哥，班，他太累了，硬不起來，以為我睡死了，所以他就拿酒瓶插進我的……我拚命反抗，踢他，尖叫，後來他威脅我，如果我不讓他做，他就要在我面前掐死你，他說，你睡得很熟，他要動手很容易。我聽不見你的聲音，我覺得他說的是真的，我只好……」

提格癱坐在地上，掩面大哭。

「有一次，他用力掐住我，說要看我快死的樣子，他才能得到高潮。就跟你剛剛一樣……我正在想辦法讓我們以後能過好日子，你居然因為別的男人愛上我，就對我動手，你和傑森有什麼兩樣？」克萊爾痛哭失聲。提格滿臉愧疚地看著她，伸手摸摸她的頭，又摸摸方才被他狠心掐住的頸子。

她傾身用力抱住提格，說：「求求你相信我好嗎？我們已經吃過很多苦了，不要再互相折磨了。」

「對不起對不起，奇奇對不起，我居然做出這種事，我差點就……天啊……」提格抱著克萊爾痛哭。

克萊爾像哄小孩一樣，輕輕拍著他的背，親吻他的耳朵。

她慢慢摸到提格先前放在身邊的刀子。

「提狗狗，你會永遠愛我，對不對？」提格啜泣著，用力點點頭。

克萊爾迅速地把刀子刺向提格的腹部，再使勁往上頂，她本來還想往旁邊移動，可是力氣不夠。希望至少刺穿他的肝。她抽出刀子，面向著他匆忙往後退開。

提格一臉困惑看著克萊爾。他一點都不覺得痛，因為他混淆了，他不敢相信身體告訴他的事。

克萊爾退到門邊的大花瓶旁邊，她記得後面有支中型的滅火器。

她站起來，拿起滅火器，手抖得很厲害。

提格看著她笑了，像小時候那樣溫柔。他閉上眼睛，躺在地上，嘴角開始淌血，說：

「這樣也好。」

克萊爾痛哭失聲，害怕地往提格躺著的地方走，她不敢太靠近他。

她看著他不斷流血。

提格在哭。

她又等了兩分鐘，再走近兩步，然後舉起滅火器，打算用力砸破提格的頭部。

提格突然翻身往右滾，滅火器砸到地板，反彈的作用力讓克萊爾痛得放開它。

提格大笑，掙扎著想爬起來。

克萊爾突然覺得好累。那些恐懼、罪惡感、親情壓在她的背上，她早就想把它們徹底甩下來。

她再度拿起滅火器，抽掉插銷，噴頭對準提格，用力一按，趁他急著閃避滅火的粉末時，她使盡全身力氣，用滅火器砸他的頭

提格失去重心，他先撞倒在牆上，然後又順著牆跌坐在地。

克萊爾再砸他的頭。一次、兩次、三次。

她又砸提格的膝蓋和腳踝。看你還能不能再走。

然後她什麼都不再想，只是一直往提格的頭用力砸。直到滅火器從她手中跌落。她心想，你就是不肯讓過去的事消失。我要完全丟棄過去，不能再讓任何事情阻止我得到快樂。你也不行，提格．法柏。

等她有力氣站起來，走到電話旁邊，請警衛室的人進來，已經是十幾分鐘後的事了。

克萊爾在醫院接受治療的同時，警察也在身邊製作筆錄。

她說賈克昂．諾耶大概喝了酒，躲在通往塔樓三樓的樓梯，一看到她出現，就拿刀架在她脖子上，威脅她不准出聲，他要她開房間的門。一進去之後，賈克昂試圖要性侵她，她掙扎，被打得很慘，他還威脅她說完事以後要殺了她，後來她想辦法講一些他感興趣的話題轉移他的注意力，然後趁他恍神的時候，先用刀刺他的腹部，然後再拿滅火器。

塔樓入口的監視器照到賈克昂進入塔樓，後來還有奧利維。克萊爾針對影像補充說明：「奧利維．岱弗來敲門的時候，賈克昂躲在桌子底下，他威脅我說，如果我敢求救，他就要先殺掉奧利維，再殺掉我。我不能這樣傷害到無辜的人，我情願自己死。」

克萊爾在醫院住了好幾天。

奧利維．岱弗後來請求親戚透過關係壓下這件事，不讓蓮思莊園發生暴力事件的消息在任何新聞媒體上曝光。

奧利維後來為了這件事責備過她。

你認為我打不過他嗎？

我不知道。那時候想不了那麼多。我只希望你快點走，不要受到任何傷害。因為賈克昂那時候真的很瘋，還喝酒。

奧利維溫柔地抱著全身是傷的席薇亞．克萊爾。

以後讓我來照顧妳好嗎？

與路威繁談過話以後，顧森的思緒一直處在混亂當中。

四月到了，新進的藝術家興奮地在莊園裡走動，顧森仍然沒有庫瓦娜・蘭金的消息。

某天傍晚，顧森走到後花園的魚池旁邊。他看四下無人，主建物的窗邊似乎也沒有人跡，他猜想大概所有人都去交誼聽用餐。他鼓起勇氣伸手摸進魚池裡。他摸到魚池邊牆底部有塊突起的石造手把，他用力壓下去，聽見水流嘩嘩的響聲。他既驚又喜，同時責怪自己不早點行動。他緩慢地站起身，再走到魚池另外一側，學庫瓦娜一樣，往浮雕牆上一對怪獸的眼睛用力按下去，可是完全沒有動靜，他沒有聽見石塊磨擦的聲音。他懷疑自己可能記錯了，於是，他耐著性子，從浮雕牆的下方開始，逐寸逐寸往上摸，半個鐘頭過去，沒有任何地方可以讓他用力往下按。他仔細看著浮雕外牆，發現有一塊地方的顏色和別的區域不一樣，太新太亮了，似乎有人最近把那一塊浮雕換掉。顧森心想，還有誰知道這個機關嗎？他又走到樹叢後面，沒有任何通往地下的入口出現。顧森覺得事情越來越古怪，但是他打不開第二道機關，一時之間也無計可施。他開始盤算找人挖開地下通道入口的可能性。

同時，他還注意到席薇亞離開莊園的機率變得越來越頻繁，有時候是她自己開車下山。他花錢請人跟蹤席薇亞，發現她多半會帶著畫和畫商接頭，可是莊園的交易報表裡沒有提到這些交易。

顧森質問席薇亞，但是她沒有針對他的問題正面回答。

「你不相信我沒關係，我也早就放棄和你結婚的念頭，既然想談，我們就來好好談一談吧。」

「妳還想談什麼？」

「我想談蓮思莊園的產權和經營權。」

「嗯，怎麼樣？」

「我要你把蓮思莊園給我，你還是可以住在木屋，我也不會去動你別的財產。」

「這是解除婚約的條件嗎？」

「不完全是。」

「妳知道自己的要求很不合理嗎？」

席薇亞．克萊爾不想繼續假裝自己是個善解人意的好幫手，她才不要只做幫手。

「顧森，我挑明跟你說好了。如果你不照我的條件做，我就要把你非法進行心臟移植手術的影片公諸於世。」

「什麼非法移植？」顧森不由得激動起來。

「如果要照程序來，三年半前你就應該躺在太平間裡。」席薇亞突然想到顧森可能會偷偷錄下他們的對話，於是她開始改變談話的方式。

「第一次，顧森告訴我，他的心臟是從中國的死刑犯身上摘除的，來源不但有問題，手術也不是透過正常的醫療體系完成的。第二次，顧森因為適合的心臟難尋，於是在發現庫瓦娜．蘭金和他的各項組織配對交叉試驗結果大致吻合之後，就計劃在蓮思莊園的醫護室裡教唆他人謀殺蘭金小姐，顧森現在身上那顆心臟就是蘭金小姐的心臟。雖然淺田醫生原本答應要為顧森執行這次手術，但是醫生後來突然反悔，顧森擔心延誤時機，也怕醫生洩露真相，因此他不顧多年來的情誼，僱人殺害淺田杉浦，要不是醫生已經事先警告過我，我可能就是下一個被害者。」

顧森覺得腦袋轟轟作響，他擔心自己會昏倒在這個女人面前。

「妳到底哪裡有問題？妳在誣賴我嗎？我從住院以後就沒再看過杉浦，我一醒來就要人打電話聯絡他，我根本就聽不懂妳在編什麼見鬼的故事！」

「有影片，你想看嗎？庫瓦娜就躺在你旁邊的病床。」

「我明明就在州立醫院！」

「你『本來』是在州立醫院。我迫於無奈，只得聽從你的命令，找人在半夜把你送回莊園，雖然我完全不知道你為什麼堅持一定要回來。」

「妳到底在說什麼！」

「直到看了其他證人拍攝的影片之後，我才發現自己的未婚夫犯下這麼可怕的罪行，他甚至叫人把蘭金小姐和淺田醫生的遺體丟棄到莊園的地下通道裡。現在，我決定要跟他解除婚約，並且向警方舉報。」

克萊爾看見顧森臉色發白，一副快暴斃的樣子，心裡有種無法言喻的暢快。

「如果你就這樣放棄的話，庫瓦娜不就白白地犧牲了嗎？希望你聽得懂我在說什麼。」

克萊爾看見顧森像死人般動也不動，於是接著說：「如果你還認為我在誣賴你的話，證據在這裡。」

過了好幾天，顧森才敢把光碟片放進電腦。

他看到庫瓦娜閉上眼睛之前臉上徹底絕望的神情，他看到自己毫無意識地躺在旁邊。當執行手術的屠夫一刀往她胸口劃下去的時候，顧森用力抓著自己的胸口，嚎啕大哭。

幾天之後，顧森找律師幫他處理蓮思莊園產權轉移的手續。

他放棄所有關於蓮思莊園的任何權益。

他搬離蓮思莊園，拒絕服用任何藥物，在療養中心捱了將近半年，於睡夢中過世。

＊＊＊＊

克萊爾收到史提．艾默斯寄給她的畫展邀請函，裡面的介紹文案特別強調畫展有賈克昂．諾耶的最新畫作和書稿，那個副標題「未解的莊園謀殺案」尤其讓她感到刺眼。她原本打算要去參觀展覽，看看賈克昂到底還有什麼最新作品，所幸同行轉寄一篇電子新聞稿給她，她才可以在不用出席的狀況下得到答案。

她看見那幅雙面拼圖的照片，也拿到文稿的電子檔，心裡又氣又急，她認為雖然賈克昂沒有直接寫出人物的真實姓名和特徵，但是畫的內容足以提供必要的線索。更讓她感到意外的是，他好像早就知道自己會死在她的手上，連腹部受重創和滅火器都寫出來了。

她不停試著安撫自己不要去多想，畢竟她親身經歷那些事，感受難免比別人來得強烈，除她以外，應該不會有人當真，那些文稿不過就是故事，藝術家的想像而已，說不定她還可以用毀謗罪的名義阻止畫廊繼續展出畫作和文稿，因為裡面的確出現了「蓮思莊園」的名稱，但是這樣一來，恐怕又會讓人起疑心，指責蓮思莊園欲蓋彌彰，更別提雖然公開說法是賈克昂行蹤成謎，實際上，莊園裡的人和警方都知道賈克昂因為席薇亞的自衛反擊而死亡，至於庫瓦娜・蘭金，她目前還是下落不明——無論莊園再怎麼想要脫離關係，通聯紀錄顯示庫瓦娜最後一次和朋友聯絡的發話地點仍然是蓮思莊園，時間就在顧森被送下山急救的當天晚上。

克萊爾不停揣想：「那個史提到底知道多少？賈克昂以前是不是跟他提過我們的關係？我要怎麼探他的口氣，又不會讓他懷疑到我身上？」

她決定靜待展覽結束，再看看史提會不會找上門。她有把握史提絕對猜不出賈克昂和她有任何關係，只要史提看不出柯帝柏就是賈克昂・諾耶創造出來的黑暗替身，也搞不清楚賈克昂玩的諧音字遊戲。她相信再也沒有任何人知道賈克昂・諾耶的來歷，因為這是他犯下殺人罪所得到的新身分，-。

就在克萊爾躺在木屋的新床上細細推敲之際，她的新婚丈夫奧利維因晨光的照拂而慢慢清醒，轉身抱住她。

克萊爾微笑，用指甲尖溫柔撫過奧利維赤裸而結實的手臂。他起身，壓在她的身上，親吻她。

他張開嘴，無聲而逐字地說：「妳─好─美。」

克萊爾也有樣學樣，說：「我─好─快─樂。」

奧利維凝望著她的臉。然後他撐起身體，半坐臥地靠在枕頭上，一個動作接著一個動作慢慢比劃。

妳是我的女神。我要為妳畫一張最美的肖像畫，還要做成雕像，放在莊園的入口，讓所有人都看得到。

克萊爾既羞又喜，笑著點點頭。

於是，奧利維傾身緊緊擁抱著名叫席薇亞．克萊爾．岱弗的女人，心想：「老天眷顧，我是全天下最幸運的男人。」

女神的肖像

作者◆蘇晞文
發行人◆施嘉明
總編輯◆方鵬程
主編◆葉幗英
責任編輯◆王窈姿
美術設計◆吳郁婷

出版發行：臺灣商務印書館股份有限公司
臺北市重慶南路一段三十七號
電話：(02)2371-3712
讀者服務專線：0800056196
郵撥：0000165-1
網路書店：www.cptw.com.tw
E-mail：ecptw@cptw.com.tw
網址：www.cptw.com.tw

局版北市業字第 993 號
初版一刷：2011 年 10 月
定價：新台幣 280 元

ISBN 978-957-05-2643-1

女神的肖像／蘇晞文著. -- 初版. -- 臺北市：
臺灣商務，2011. 10
面； 公分

ISBN 978-957-05-2643-1(平裝)

857.7 100015320